在唐风宋韵里追寻暖男的身影

但为君故吟至今

唐风宋韵里的暖男情怀

兰泊宁／著

团结出版社

图书在版编目（CIP）数据

但为君故吟至今 : 唐风宋韵里的暖男写意 / 兰泊宁著. -- 北京 : 团结出版社, 2016.5
ISBN 978-7-5126-4050-4

Ⅰ. ①但… Ⅱ. ①兰… Ⅲ. ①唐诗－诗歌欣赏－中国②宋词－文学欣赏－中国 Ⅳ. ①I207.2

中国版本图书馆CIP数据核字(2016)第084486号

出　版： 团结出版社
（北京市东城区东皇城根南街84号　邮编：100006）
电　话：（010）65228880　65244790（出版社）
（010）65238766　85113874　65133603（发行部）
（010）65133603（邮购）
网　址： http://www.tjpress.com
E-mail： zb65244790@vip.163.com
fx65133603@163.com（发行部邮购）
经　销： 全国新华书店
印　装： 北京艺堂印刷有限公司

开　本： 163mm×240mm　1/16
印　张： 14.5
字　数： 218千字
印　数： 4045
版　次： 2016年5月　第1版
印　次： 2016年5月　第1次印刷

书　号： 978-7-5126-4050-4
定　价： 32.00元

目录

第一章 李商隐：直道相思了无益，未妨惆怅是清狂 /001
第二章 苏轼：有声当彻天，有泪当彻泉 /079
第三章 赵佶：玉京曾忆昔繁华，春梦绕胡沙 /097
第四章 陆游：红尘烟雨一放翁 /155

得罪上司

虚负凌云万丈才——一生襟抱未曾开

霜天白菊绕阶墀

低谷

羁旅漂泊的游幕生涯

凄凉景阳夕：谁与寄寒衣

密锁重关掩绿苔，廊深阁迥此徘徊

锦瑟华年成追忆

古来才命两相妨

远隔天涯共此心

世路干戈

木兰花尽失春期

三生同听一楼钟

真令人不爱此世

大谬大误：诡薄无行

独树一帜

第一章

李商隐：直道相思了无益，未妨惆怅是清狂

家道衰微
峰回路转
情诗里的隐痛
雾里看花：玲珑却剔不透的情诗
李商隐的未了情：一生长痛是柳枝
宋华阳：红楼隔雨相望冷，珠箔飘灯独自归
永忆江湖归白发
应举之路：鸾皇期一举 燕雀不相饶
日薄西山 动荡频仍
牛李党争虬结

富于抱负和才华的诗人在追忆悲剧性的一生时，弹拨出一曲人生悲歌。晚唐大才子李商隐的诗笼罩着一层浓重的哀伤，在凄迷朦胧中，反映出一个衰颓的时代中正直而又不免于软弱的知识分子的悲剧心理：既不满于环境的压抑，又无力反抗环境；既沉于追求想象，又时感空虚幻灭；既为自己的悲剧命运深切哀伤，又对悲剧的缘由深感惘然。

那惊鸿一瞥的绝美相遇，心生无尽爱慕，虽然深知那是一段无果姻缘，却难抵那柔情似水。蝴蝶梦里沧海月明，那光阴的锦瑟重又弹起，千年之后，听来动人心魄。金风玉露，雾柳云度月，幽葩闲落，深情分付西风，此夜凉意惊梦，悲聚散，为伊消得人憔悴，山回路转，回首向来萧瑟处，道是无晴却有晴，堪叹华年逝如水。

李商隐（约 813—858 年），字义山，号玉溪（谿）生，又号樊南生，汉族人，原籍怀州河内（今河南沁阳），祖辈迁荥阳（今河南郑州荥阳市），生于唐宪宗元和八年（813 年），死于唐宣宗大中十二年（858 年）。唐文宗开成二年（837 年）进士，当过秘书省校书郎、弘农尉、东川节度使判官等小官。早期，李商隐因文才而深得牛党令狐楚的赏识，并在令狐楚的极力运作和推荐下得中进士，后入李党的王茂元幕，并将女儿许配给他，他由此而遭到牛党的唾弃与排斥。从此，李商隐便在党争的夹缝中左右支绌，被卷入“牛李党争”的政治旋涡而备受排挤，一生困顿不得志。辗转于各藩镇佐幕为生，并于四十七岁的盛年郁郁而卒。清乾隆五十四年《怀庆府志》记载，李商隐死后葬于祖籍怀州雍店（今沁阳山王庄镇）之东原的清化北山下。

唐代诗人，晚唐乃至整个唐代，李商隐是为数不多的刻意追求诗美的作者。李商隐擅长诗歌写作，骈文文学价值也很高，和杜牧合称“小李杜”，与温庭筠合称为“温李”。其诗构思新奇，风格绮丽，尤其是一些爱情诗和无题诗写得缠绵悱恻，优美动人，广为传诵。但部分诗歌过于隐晦迷离，难于索解，至有“诗家总爱西昆好，独恨无人作郑笺”之说。

家道衰微

李商隐曾自称与唐朝的皇族同宗，经考证确认李商隐是唐代皇族的远房宗室。但是没有官方的属籍文件证明此事，因而可以认为李商隐和唐朝皇室的这种血缘关系已经相当遥远了。李商隐数次在诗歌和文章中申明自己的皇族宗室身份，但这并没有给他带来任何实际的利益。无情最是帝王家，李姓王朝遗忘了这位才华横溢的末世王孙，他的皇族宗室身份太过遥远而被漠视。

李商隐的家世，有记载的可以追溯到他的高祖李涉。李涉曾担任过最高级的行政职位是美原（治今陕西富平西北）县令；曾祖李叔恒（一作叔洪），曾任安阳（今属河南）县尉；祖父李俌，曾任邢州（治今河北邢台）录事参军；父亲李嗣，曾任殿中侍御史，在李商隐出生的时候，其父李嗣任获嘉（今属河南）县令。

李商隐三岁左右，随父亲李嗣赴浙。不到十岁，李嗣去世。从此，家道衰微，孤儿寡母只得从江浙扶丧北回故乡郑州，过着艰苦清贫的生活。李商隐可谓是从小孤贫。当时的状况之凄苦，义山曾在《祭裴氏姊文》中写道：“四海无可归之地，九族无可倚之亲。”或许正是由于家世的孤苦不幸，加之身体瘦羸文弱，形成了他易于感伤的性格，也刺激了他希望通过科举入仕来振兴家道，光宗耀祖。

成长的岁月是艰辛的。身为家中长子，必须承担养家的责任，李商隐在成长的同时背负了撑持门户的重任。李商隐在文章中提到自己在少年时期曾“佣书贩舂”，即为别人抄书挣钱，贴补家用。

峰回路转

李商隐“五岁诵经书，七岁弄笔砚”，李商隐的启蒙教育可能来自他的父亲，而对他影响最大的老师，则是他回到故乡后遇到的一位同族叔父。他的这位堂叔父也是位隐居的大儒，曾上过太学，但没有做过官，终身隐居。据李商隐回忆，回乡后，这位叔父在经学、小学、古文、书法方面均有造诣，而且对李商隐非常器重。受他的影响，李商隐“能为古文，不喜偶对”。大约在他十六岁时，写出了两篇优秀的文章（《才论》、《圣论》，今不存），便因擅长古文而得名。他获得了一些士大夫的赞赏。这些士大夫中，包括时任天平军节度使的令狐楚。大和三年（829 年）移家洛阳，结识白居易、令狐楚等前辈。

《唐才子传》载：“令狐楚奇其才，使游门下，授以文法，遇之甚厚。”被这样一位时任天平军节度使又是当代大儒的贵人青睐，收为门生，义山也算是苦尽甘来、峰回路转了。

令狐楚是李商隐求学生涯中又一位重要的人物，他本人是骈体文的专家，对李商隐的才华非常欣赏，对他十分器重，让李商隐与其子令狐绹等交游，亲自授以今体（骈俪）章奏之学，并“岁给资装，令随计上都”，就是说，令狐楚不仅教授他骈体文的写作技巧，而且还资助他的家庭生活，后又聘其入幕为巡官，曾先后随往郓州、太原等地。

在令狐楚的悉心教导下，李商隐成为晚唐时期最重要骈体文作家之一。这种文体注重文辞的对偶，并使用大量典故，广泛使用在唐代官方文件中。李商隐为许多官员代笔起草过奏折、书信等文书。《旧唐书·文苑传》说李商隐“尤善为诔奠之辞”。由于当时章奏中使用的骈体文，要求辞藻华丽，又要表述准确，因此对于用典的要求很高。而擅长写作骈体文的李商隐，养成了用典的习惯，因此被认为这是他的诗歌中喜欢用典的原因。范文澜在《中国通史简编》中对李商隐的骈体文评价很高，认为只要《樊南文集》存留，唐代的骈体文就算全部遗失也不可惜。

李商隐由骈体文写作的迅猛进步而获得极大的信心，希望可以凭借这种能力展开他的仕途。

在这几年中，李商隐一面积极应试，一面努力学文，在科举上虽一再失败，但在写作上则完成了由散向骈的转变，此后他很少再写散文。大和七年（833 年）令狐楚调任京职，李商隐离太原返乡，曾入王屋山学道两三年。这对其思想与创作产生一定影响。

在这一时期（大和四年，公元 830 年）的《谢书》中，李商隐表达了对令狐楚的感激之情以及本人的踌躇满志：“微意何曾有一毫，空携笔砚奉龙韬。自蒙夜半传书后，不羡王祥有佩刀。”

认识令狐楚是李商隐一生中最重要的事件，但也正是由于这一段经历，使得他一生都处于党争的政治旋涡中。从 829 年令狐楚聘用他作幕僚，到 837 年令狐楚去世，他们一直保持着亲密的关系，李商隐以谦卑诚恳的态度赢得了令狐楚的信任，令狐楚在病危之际让李商隐代他撰写遗表——这可是上呈给皇帝的政治遗言啊，由此可见令狐楚对李商隐的器重。令狐楚之子令狐绹在公元 837 年帮助二十六岁的李商隐得中进士。可以说，这时，他还是很顺利的，直到他娶了王茂元之女为妻。

情诗里的隐痛

李商隐以《无题》为名的爱情诗，最为人所传诵，他的无题诗具有“朦胧”的特点，旨意隐秘。这些以无题为名的爱情诗，包括以《无题》为题的十五首，和以句首二字为题的“准无题”诗近三十首。这些诗有的有所寄托，但大部分属于纯粹的情诗。如《无题二首》其一：诗中描写了与其相爱者心心相印而无缘久处的惆怅情怀，同时也表现了诗人屈沉下僚、受制于人的愁闷与不满。又如《无题》“相见时难别亦难，东风无力百花残。春蚕到死丝方尽，蜡炬成灰泪始干。”此诗描写一对恋人在暮春时节的离别之恨、相思之苦，以及别后细致入微的关怀体贴之情，表现了真挚爱情之珍贵难得和人们对爱情的坚贞不渝，典型地反映了士大夫隐秘的爱情生活和心理。李商隐的“准无题”诗也写得相当出色。如《锦瑟》此诗貌似咏物，实则咏怀。它隐去了平生所历具体之事，以锦瑟起兴，充分运用了比兴、象征、典故等多种手法，将自己满腔的忧伤、郁愤之情，形象而又婉曲地表达出来。

然而，最美丽情诗的作者，却是爱情不成功的人所作。成功的爱情诗要让爱情比较不成功的人来做，这也许，正是宿命。

都说人生是赌场失意，情场得意。但李大才子却是爱情不如意，事业不成功，就算逃禅也只是口头禅、文字禅，达不到物我两忘的真如境界，真是情何以堪。

“虚负凌云万丈才，一生襟袍未曾开。”他的朋友崔珏这样写诗叹惜他。

“中路因循我所长，古来才命两相妨。”他在自己的诗中这样叹惜自己。

李商隐是薄命才人，漂泊天涯的浪子。同时也是位惊才绝艳的大诗人，他和杜牧合称“小李杜”，与温庭筠合称为“温李”，代表着晚唐诗歌的最高成就。《唐诗三百首》中收录李商隐的诗二十二首，数量仅次于杜甫、王维、李白三人。唐朝诗歌经过盛唐、中唐充分开拓后已难以为继。在气势衰微的晚唐，李商隐却横绝出世，为晚唐这迟暮的美人，再添加上一缕娇艳。如果说唐诗是牡丹，那么李商隐就为这末世唐朝开出了最绝艳的一朵。这朵倾国之色开放在大明宫巍峨颓败的宫墙上，摇曳着末世的风流。他的诗绮丽又典雅、深挚而又蕴藉，工整而又精致，喜欢用象征，隐喻，比兴，《无题》诸篇深情绵邈，语意晦涩难明，后人钩沉索隐，不亦乐乎。

《无题》诗创造出一种深情绵邈、意境含蓄的诗风，是李商隐诗歌的最大特色，历来号称隐讳难明，有如玲珑棋局，引起了许多考证高手或有闲阶层的兴致。

李商隐的无题诗，《全唐诗》中共收入十六首。另外，还有些诗以篇首或句中二字标题，如《锦瑟》、《碧城》等，应算作无题诗一类。李商隐的无题诗，情意隽永，富象征意味，容易引起联想，千多年来让人争论不休。有人认为它是隐秘难言爱情记录；有人认为它借言情寄托诗人自己的政治怀抱；也有人认为它诗人向权贵陈情干谒的告白。冯浩《玉溪生诗集笺注》：“自来解无题诗诸诗者，或谓其皆属寓言，或为其尽赋本事，各有偏见，互持莫决。余细读全集，乃知其有寄托者多，直作艳情者少。夹杂不分，令人迷乱耳。”

那么，李商隐的无题诗到底说了些什么？李商隐生逢末世，又在党争中左右为难，一生爱情、功名、抱负无一顺遂，由情事到身世，由身世到功名，由功名到国运，最易百感交集，诗歌是诗人心灵的流露，但对忧谗畏讥、依违两难的李商隐来说，内在的思绪是不敢也不愿放肆得去表达，所以参照《道藏》中的隐秘诀文的表达方式来写诗，他不是有意制造谜团，也许只是想表达，但是又不能痛快地表达，所以为此而已。你说他写情事，写人生遭际，写日薄西山的国运等，可能一感引起百感，最后百感熔铸于一体，并不是不可能的。一些学者考证无题四首（“来是空言去绝踪”）是李商隐向令狐绹陈情干谒之作，而且一句诗影射一件事，个人觉得李商隐是没那个闲情去做这事，但在诗中，流露出那么一点意思，也不是没有可能。

综观李商隐的无题诗，大致有以下那么一些内容：

一是实写男女之情。部分无题诗中交织着李商隐爱情的希望、失望，乃至绝望，寄托着他爱情的欢悦、痛苦。如“昨夜星辰昨夜风，画楼西畔桂堂东。身无彩凤双飞翼，心有灵犀一点通。隔座送钩春酒暖，分曹射覆蜡灯红。嗟余听鼓应官去，走马兰台类转蓬”，这显然是爱情诗，种种细节说明此诗似有本事背景，这些本事作者不肯说明，其实后人也无从追究。

二是言情之中另有所寄托。李商隐少即有才华，渴望用世，但抱负不能施展。发之于诗，“为芳草以怨王孙，借美人以喻君子”。他的无题诗有些可归类于此。如“何处哀筝随急管，樱花永巷垂杨岸。东家老女嫁不售，白日当天三月半。溧阳公主年十四，清明暖后同墙看。归来辗转到五更，梁间燕子闻长叹”。

三是百感交集意境混融。李商隐有些无题诗，通篇写相思情意，意境混融，不觉得有什么寄托，但细读之又觉包藏细密，似有含蓄不尽的意味。如“相见时难别亦难，东风无力百花残。春蚕到死丝方尽，蜡炬成灰泪始干。晓镜但愁云鬓改，夜吟应觉月光寒。蓬山此去无多路，青鸟殷勤为探看”。这首诗是李商隐无题诗中的名篇，意境朦胧，要说是爱情诗，它深情绵邈，要说是政治寄托，恐怕又有那么点意思。“春蚕到死丝方尽，蜡炬成灰泪始干”句，人们在不同的场合，以不同意义上引用不断。比如，我们可用于爱情，也可用于对事业的追求，唯其有不同的解读，所以它就具备更广泛的意义，这就是无题诗的魅力所在，这一点，也许唯一的局中人李商隐始料不及。

【无题·昨夜星辰昨夜风】

李商隐

昨夜星辰昨夜风，
画楼西畔桂堂东。
身无彩凤双飞翼，
心有灵犀一点通。
隔座送钩春酒暖，
分曹射覆蜡灯红。
嗟余听鼓应官去，
走马兰台类转蓬。

李商隐和心上人在“画楼西畔桂堂东”相见，当下就一见钟情，所谓“身无彩凤双飞翼，心有灵犀一点通”，虽然不能身生双翅飞到一块儿，但是心中灵犀相通，结下难解之缘。但是时间仓促，李商隐要去上班，“嗟余听鼓应官去”，这一面见得实在是，匆匆太匆匆。

李商隐的诗，常以清词丽句著称，他寄情幽微，意蕴晦隐，含蓄委婉，富有朦胧婉曲之美。他的无题诗大多具有模糊性和不确定性，最能表现这种风格特色的作品，是他的七言律绝，其中又以《无题》堪称典型。诗人一生，命运乖戾，怀才不遇，阴险的倾轧下，无法大声呐喊，于寂寞和困苦中，只能把自己的千千心结，尽藏在呕心沥血的诗作里。诗人虽将身世之感并入华艳词章，但其艳丽而不猥亵，痴情却不狂癫。

这首无题诗中作者直接出场。抒写对昨夜春风一度、旋成间隔的意中人的深切怀想。开头两句由今宵情景引发对昨夜的追忆。星光闪烁，夜风习习，空气中充溢着令人沉醉的温馨气息，一切都似乎与昨夜仿佛，但昨夜的那一幕已难再追寻。三、四句由昨夜回到现境，写今夕之相隔引起的幽微心理，自己虽无彩凤之双翼，得以飞越间隔，但彼此的心，却有如灵异的犀角，自有一线相通。五、六句写对意中人的想象，画楼桂堂，灯红酒暖，觥筹交错，笑语喧哗，隔座送钩，分曹射覆，渴望相会的情感是如此热切。“如此星辰非昨夜，为谁风露立中宵”，在终宵的追怀思念当中，不知不觉，晨鼓已响，上班应差的时间又到，可叹自己如飞蓬般不能自主，不得已匆匆走马兰台（秘书省的别称，李义山上班的地方）。这首诗将爱情间隔的怅惘和身世飘蓬融合起来，既抒情，也伤身世。

昨夜星辰璀璨明照，间奏出凄美的音调。昨夜风凉爽拂面，吹拂着今日的思绪，加深了今昔相隔的怅惘。爱的执着造就了低徊再三的震觫，没落的感伤注入瑰丽的凄凉。今宵的画楼西畔，犹有昨夜欢宴的美妙。星辰好风、灯红酒暖不知今夕何夕，而人生的轻愁与无奈则写满桂堂东。比翼齐飞的是身有双翼的彩凤，但心有灵犀一点通，那两心息息相通的正是你我，异常灵敏的感应把相爱的两颗心，衬托得流畅美丽圆满。那间隔中的契合，那怅惘中的喜悦，相爱的心就是这样渗透，交融和慰藉。

那和风习习的春夜，那空气中弥漫着的醉人幽香，烘托出回忆中永恒的一幕。隔座送钩的游戏藏不住笑语喧阗，分曹射覆的行酒令，猜出来了彼此的心会神通不言自明。春酒暖人让心灵也极尽了华丽，蜡灯红光掩映的美貌越发鲜明。在以后无数落寞抑郁的岁月里，一次次给我以回味无穷的甜蜜。

柔美旖旎的昨夜好风注定了一次绝美相会，华美流转的情致永远地沉浸在温馨回忆里。想昨夕的欢宴彻夜到晓，当是时，楼内笙歌未歇，楼外鼓声已响。

你无言地注视着我，我知道你是在惋惜听鼓应官去的无奈。职事所羁，仕途蹭蹬。兰台多的是随风飘转的蓬蒿，人人追求春风得意，可兰台虚无缥缈若蓬莱仙境地。而走马兰台，身不由己，我本类一转蓬。就这样我们的偶遇旋即而成间阻的惆怅，一生怀想，刻骨铭心，然惆怅无尽。浅吟轻叹，惘怅未竟。岂独相思苦？复叹业未成！

绮丽流动中沉郁悲慨，哀怨千古冰月白。一片岑寂，冷中凝香在，幽幽飘来。

【无题·凤尾香罗薄几重】

李商隐

凤尾香罗薄几重，碧文圆顶夜深缝。
扇裁月魄羞难掩，车走雷声语未通。
曾是寂寥金烬暗，断无消息石榴红。
斑骓只系垂杨岸，何处西南待好风。

大诗人李商隐之七律无题，在艺术上达到了炉火纯青。这首七律无题，抒写了一个女孩子爱的幽怨，以及断无消息而痛苦相思，采取了深夜追思这种类心理独白的方式。之所以夜缝罗帐，是因思念而无眠。“金烬暗”、“石榴红”不经意地点染着景物，寓含着极丰富的内涵。把象征手法运用得这样自然精妙，又不露痕迹，这确实是艺术上炉火纯青的标志。

这首无题起联写女主人公深夜缝制罗帐。凤尾香罗，是织有凤纹的薄罗，碧文圆顶，是有青碧花纹的圆顶罗帐；接下来写女主人公的一段回忆：对方驱车匆匆而过，自己因为羞涩，用团扇遮面，虽相见未及通一语。颈联写别后的相思寂寥：自那次匆匆相遇之后，对方便杳无音讯，不知道多少天独自伴着黯黯残灯度过寂寥长夜，而眼下，又到了石榴殷红、春光消逝的时候；末联回到期盼上来，化用曹植《七哀》“愿为西南风，长逝入君怀”的诗意，希望一阵好风吹来，把自己吹向对方的怀抱。

那幽居独处的闺中女子，在寂寥的长夜中，你在做什么？凤尾香罗的织纹精美，碧文圆顶的花样清丽，两种罗帐在渴望着团圆好合。你默默地缝着罗帐，在这无眠的深夜里，怎么能不沉浸在对往事的追忆？又怎么能不充满着对团圆的深情期待？

难忘的仍是那一次的邂逅。

裁为合欢扇，团团如明月。裁制成圆月形的绯红扇子，难掩少女满面的羞涩。雷声殷殷，阵阵响起，正是郎君的车驰之声。我们甚至连句话也没有来得及说，但我们的心在对视。从此，这颗深闺寂寞又敏感的女儿心，魂牵梦萦的就是你那深情的眼神。

灯花忽明忽暗，已陪我度过多少个寂寥长夜。金烬陪我望断多少回耿耿星河。几番石榴红，这红花好开的青春时光在断无消息中，令人心碎地流逝着。我的心上人啊，你为什么依然杳无音信？

日复一日年复一年，让我的痴情化作奇想：我思念的人乘的斑骓马，只系垂杨岸，愿为西南风，长逝入君怀。西南好风啊，你让我乘而飞至郎身边吧！

相见与团圆难道真的是镜花水月？心上人你难道真的是遥不可及？夜夜密缝罗帐，一针一线一相思，一线一针一泪滴。问君何时才是团圆日？那天你驱车匆匆走过，羞涩让我团扇遮面，虽然相见却未及一语。这断无消息前的最后一次照面，时时回忆起，越发清晰越发痛楚越发让我思念你。你说好一定来接我，你说好我们一定要团圆，你说好我们永远相守不分开，可如今我却只有一份空空回忆。谁人能化这别忧？谁人能解这离痛？今夜你将斑骓系之于何处呢？你可还记得杨柳岸边曾有伊人望穿秋水？

就在绝望的荒原上等下去，看看又将是石榴花红的季节了。再也不必惊奇我独自度过一个个漫漫不眠长夜。知否知否，到石榴花再红，春天就已经消逝了。知否知否，在寂寞的期待中，流光易逝、青春虚度给我的是怅惘与伤感。

希望在绝望中燃烧，我的心在寂寞和痛苦中，依然贯穿着执着的深情。

【无题·重帏深下莫愁堂】

李商隐

重帏深下莫愁堂，
卧后清宵细细长。
神女生涯元是梦，
小姑居处本无郎。
风波不信菱枝弱，
月露谁教桂叶香。
直道相思了无益，
未妨惆怅是清狂。

李商隐堪称晚唐诗坛上的一位大家，影响深远。最能表现其朦胧婉曲之美的作品，是他的七言律绝，其中又以《无题》诸作堪称典型。或因不便明言，或因难用一个恰当的题目表现，所以命为“无题”，是李商隐的创造。辞藻华美，音韵悠扬，朦朦胧胧，情深款款，眷念凄婉，绮丽动人。

这首诗侧重写女主人公的身世遭遇之感。首句从环境氛围写起，幽居的主人公自伤身世，辗转不眠，倍感静夜漫长，帷幕深垂的居室弥漫着无名的幽怨；颔联用巫山神女梦遇襄王典故，写女主人公对爱情遇合的回顾，追思往事，在爱情上尽管有过自己的幻想和追求，但到头来不过是一场梦幻而已，而直到现在，我还像清溪小姑一样，独处无郎，终身没有依托。颈联从不幸的爱情转到不幸的遭遇，说自己就像柔弱的菱枝，却偏遭风波的摧折；又像芬芳美质的桂叶，却无月露滋润而使之飘香，措辞婉转，意极沉痛，寄寓有受到恶势力摧残而又得不到帮助的凄凉无助之感。末联写爱情遇合既然如梦，身世遭逢又如此不幸，但女主人公自己并没有放弃追求，“直道相思了无益，未妨惆怅是清狂”，即便是相思全然无益，也不妨抱痴情而惆怅终身。

“神女生涯元是梦，小姑居处本无郎”似乎充满暗示，前句暗示有过短暂的遇合，但终究是一场幻梦，尽管自己迄今依然独居无郎，但人们对她颇有议论，所以说“本无郎”有辩解意味。这首诗如是写爱情，则是蕴藉含蓄，意境深幽，细腻优美，但如果是写给权贵的陈情干谒诗，则感觉辞卑气苦，格调偏低。

重帏深下，帘幕层层遮垂闭，幽邃的居室笼罩着深夜和静寂。弥漫在空气中无名的幽怨让莫愁堂里充满忧和愁，河中之水向东流，说是莫愁实难不愁。最愁的是午夜梦醒以后，此时清宵细细长，忧愁让不眠的长夜漫漫无边际，时间在这里改变了流逝的速度，缓慢到了滞留。在辗转中徒自伤感，往事如梦似幻。而无所依托的残酷现实，横遭朋党屡次摧折的惨痛际遇，谁人至此能不发一声凄苦的感叹！

我的心上人，到现在我才不得不含泪相信，当初那浪漫的巫山神女梦遇楚王式的相识相会相亲复相爱，到头来不过是一场幻梦而已；直到现在，任凭世人嘲笑，清溪小姑仍是未能嫁，居处本无郎，终身无所托。菱枝本已微软柔弱，而风波不信，偏偏横加摧折；桂叶极具芬芳美质，月露却不肯滋润，让她难以飘香。现实之无情一至于此，沉痛的致慨可堪化解这无情吗？！

即使说相思全然无益，也不妨我执着痴情而惆怅终生。触及到了幻灭却仍然坚定不渝，这全是因为相思已刻骨铭心。无尽的惆怅让我偏把痴情说成是清狂，是的，这一种悲凉是强大的，命运是如此的不确定，所有的追求与努力现在全归于绝望，然而绝望中我还是张开希望的翅膀。伴随着回顾往事时的深慨轻叹，对着朋党势力屡屡射来的黑箭，我的心上人啊，我仍在向着你的方向，忍受着无尽的煎熬而飞翔！

缠绵悱恻的相思，哀怨动人的诗句，让爱情因其不能实现而极具悲剧美感。据古希腊美学观，悲剧能使人产生比一般美感更高级的崇高感，尤其是其之净化作用，让爱情升华且永恒。

商隐无题诗的魅力就在于那爱的绝望，凄婉感伤的色彩唤起读者的强烈共鸣，诗人的主观情结通过语言符号而外化成典雅娟丽、精妙委婉的诗。把诗吟读，每一句都饱含着深情，却又不是大河决堤式的情感泛滥，直白而不突兀，含蓄却非隐晦。读罢，为悲情酸恸，也为那绝妙文采与贴切比喻而拍案叫绝，如“烧香”之“香”、“牵丝”之“丝”谐音“相思”，让人莞尔一笑，心悦诚服。

【无题·飒飒东风细雨来】

李商隐

飒飒东风细雨来，芙蓉塘外有轻雷。
金蟾啮锁烧香入，玉虎牵丝汲井回。
贾氏窥帘韩掾少，宓妃留枕魏王才。
春心莫共花争发，一寸相思一寸灰。

【无题·相见时难别亦难】

李商隐

相见时难别亦难，东风无力百花残。
春蚕到死丝方尽，蜡炬成灰泪始干。
晓镜但愁云鬓改，夜吟应觉月光寒。
蓬山此去无多路，青鸟殷勤为探春。

飒飒东风细雨来，水芙蓉塘外传来阵阵轻雷，春为我们传出了生命萌动的讯息。金蟾形状的香炉虽上了锁，却锁不住袅袅炉烟；井水虽深，玉饰的虎状辘轳仍可汲上清泉。在长日无聊、深锁春光的惆怅里，相思正深长且无孔而不入。

贾氏窥帘爱上了青年才俊韩掾，她对爱情是多么执着多么勇敢啊。洛水女神也情之发乎中而不可抑止，才高八斗的魏王曹植感动于宓妃留枕而作《洛神赋序》。香销成灰，相思无望，美好情愫被毁灭后郁积成悲愤。爱情是缥缈难企及的海市蜃楼，却在相爱人心里开出不败的花朵。春花早已萌蕾绽发，相思却燃烧成灰化烬。

凄恻的眷恋，绝望的炽热，爱如落红满是悲剧的芬芳。任凭一寸相思一寸灰，我心却不会冷却同死灰，春心又共花争发，春心仍共花争发，春心正共花争发！

李商隐的这首《无题》诗，由疾而缓，由喷薄而出直抒胸臆的情感宣泄，到缠绵悱恻哀感动人，又由沉郁再到一线光明在前，连绵往复，细微精深，成功地再现了心底的缱绻深情。柔肠百转，跌宕起伏，缠绵悱恻，凄婉动人，极尽曲婉之妙，更兼其深情动人，实为咏唱爱情的千古名作。尤其是春蚕那一联又把殉情主义表现得深刻而富于悲剧美，举凡为理想、事业殉道，也常常引用。

关于这首无题，很多注家皆以为寓意令狐氏之作。或谓进士及第后，寓意君王之作。但基本上没有拿得出来的证明。从其描写的内容来看，首先应是情诗，但也熔铸了人生感慨和政治失意之感。首句写相见不容易，而离别尤其难舍难分，一声珍重，便是海角天涯，风烟万里。二句写伤别之时，偏值春暮，东风无力，百花凋残，象征为离别相思之情所困扰，情绪低落；三、四句是脍炙人口的名句，言相爱之深切凝重，春蚕自缚，满腹情丝，生为吐尽，吐之既尽，命亦随之而亡，蜡烛自燃，热泪长流，流之既干，身亦成灰烬；五、六句想象被怀念的女子的生活情景，暗含离人相思，心心相印之意，并示关切、珍重之意：晓妆对镜，抚鬓自伤，女为谁容，只是希望与心上人一见，然春光易逝，容颜易老，怎不令人悚然惊心？留命以待沧桑，保容以俟悦己者，其间苦情蜜意，令人叹惋；结尾说相距本不远，但既难相见，又难通音信，希望能有人代为传递信息，带去问候。我的感觉是，这首此诗是作者爱情怅惘、人生感慨、政治失意的综合体，是百感交集的产物。本诗绵缈深沉而不晦涩，华丽而又自然，情怀凄苦而不失优雅，是李商隐诗中最为传诵的篇章。

是怎样的一个午夜梦醒时刻，又是怎样的突兀又摄人心魄！

一声叹息如歌：相见时难别亦难！我的心上人啊，难！难！两个难字浓缩了多少哀怨忧愁，那孤独无助的苦恋，那凄凉无依的酸痛，让两个难字道不尽万千哀怨，说不完无奈感叹。

我们有过多少思念渴盼，才终于等来了这难得的相聚。可是时光无情，匆匆，太匆匆！如此短暂，短暂如此！还没有来得及多问几句，也没有来得及多看几眼，离别的催促声已响，黯然魂断中唯有期待下一次的相见，然而再次相见知何日？！离别时的难舍难分和离别后的艰难煎熬，怎一个难字了得！何以相见难？又何以别亦难？多年以后才发现那世事突变的背后，原来有一双翻云覆雨的黑手……

极度相思化成了深沉感叹，在聚散两依依中凸显别离的苦痛。伤别的你我恰又逢暮春天气，东风无力，任凭群芳凋逝；人世遭逢，悲怀难遣；天地间只剩下了一颗透明的泪滴。

彼此注视的柔情还停留在眼波，彼此相闻的气息还弥漫在左右，彼此缠绵的呢喃还萦绕在耳畔，彼此魂授神与的炽热还回旋在心间。相爱的人形影不离耳磨厮鬓犹觉不够，一日不见就是三秋之漫长折磨。不得见心上人的世界是多么残酷，那份空洞苍白是你我永不能承受之深痛。痴情总是九死而不悔，春蚕缠绵不尽，相思直到生命尽头。真爱总是刻骨铭心，将一见钟情燃烧至死缠绵至死。思君如明烛，煎泪几千行。在燃烧的煎熬中，抒一世的悲哀写就一世的忠诚。悲哀的烛直到成灰，满腔热泪才会流干。爱情升华到彻底的执着和牺牲，灼热和坚忍画出深情的无以复加。

漫漫的煎熬中有时光年年流逝，孤独的等待中青春已渐成黄花堆积。心上人啊，你怎知，对镜晨妆，我在为你轻抚如花之容颜，唯恐云鬓改色，唯恐红颜易逝，为了爱情我要长留住青春：让爱情在最美好的年华有最美好的结果吧！隔着天涯隔着海角，永远不能隔断的是彼此的思念，寒夜里的相思是怎样的一份悲凄？那月光正浸骨地寒凉，所思在远道，我在深深愁苦中想：亲爱的，你一定会夜夜上高楼独自吟诗，那清冷的月光是否会让你感觉到寒冷？那冰凉的露水是否会打湿你的衣衫？青鸟啊，请把我的温暖带给你吧！昼夜回环的相思年复一年地缠绵往复，终其一生都在灼灼思念中苦度，却一生无悔那缠绵的执着。日夜的思念跨越了阻碍重重，思君念君，情之不能自已，心上人啊，我能时刻感觉到你的冷暖。天佑有情人，真爱必将感动上苍。哪怕你的住处在蓬莱，哪怕蓬山此去无多路，哪怕你可望而不可即，可是有传书的青鸟在为我们殷勤探看，听，青鸟在说：前途一片光明！阳光永远灿烂！让真爱痴情，绵延再绵延，永无尽期。

爱得伤感爱得不易，心上人，这也许就是爱情的美丽。

这百折千回，这柔情似水，心上人啊，值得你我一生无悔。

【无题其四】

李商隐

何处哀筝随急管，樱花永巷垂杨岸。
东家老女嫁不售，白日当天三月半。
溧阳公主年十四，清明暖后同墙看。
归来展转到五更，梁间燕子闻长叹。

本诗开头两句先写闻乐，再写乐声从樱花盛开的深巷、垂杨轻拂的河边传出，表现出听着闻乐神驰、按声循踪的情状。颇有“良辰美景奈何天，赏心乐事谁家院”之意味。三、四句写“东家老女”婚嫁失时，自伤迟暮。五、六句掉笔写历史上溧阳公主（梁简文帝女）嫁给侯景时的风光。同是阳春三月，丽日当空，一个是年长难嫁，形单影只，一个是少年得意，夫妇携手同乐。结尾写东家老女归来后的情景。暮春三月，芳华将逝的景色，丝管竞逐，赏心乐事的场面，益发触动了她的身世之感，增添内心的苦闷与哀怨。这首无题应该说是一首以艳情寄寓身世的作品，以美女的无媒婚嫁，朱颜的见薄于时，寓才子不遇的感慨。清薛雪《一瓢诗话》云：“此是一副不遇血泪，双手掬出，何尝是艳作”，可谓知音。

【无题·来是空言去绝踪】

李商隐

来是空言去绝踪，月斜楼上五更钟。
梦为远别啼难唤，书被催成墨未浓。
蜡照半笼金翡翠，麝熏微度绣芙蓉。
刘郎已恨蓬山远，更隔蓬山一万重。

这首无题写一位对远隔天涯的所慕女子的思念。首句说当初远别时对方曾有重来的期约，结果却是“空言”，一去却再也不见人来。经年远别，会合无缘，夜来入梦，忽得相见，一觉醒来，却又踪迹杳然，只见得朦胧斜月照楼阁，只听得五更晓钟声凄清，何等的空虚，寂寥，惆怅。梦往往能够实现现实中不能实现的愿望，但梦又往往演绎真实的现实，短暂的欢聚之后还是难堪的远别和无法自抑的悲泣，此梦是如此伤感，更强化了刻骨的相思，因此，梦醒之后不假思索的第一冲动，就是给意中人修书，心急情切，墨没磨浓就奋笔疾书。梦醒书成，残烛之黯淡余光半照着帷帐，被褥上似乎还依稀飘袅着麝熏的微香。最后两句用刘晨重上天台寻觅仙侣不遇的故事，点醒爱情间阻的主题，双方本就阻隔不通，会合良难，后来对方又复远去，相见的希望就更加渺茫。

这首无题诗，生活原料已经被提炼、升华到只剩下一杯浓郁的感情琼浆，一切具体的情事都消融得几乎不留痕迹，情思幽邈，让人回肠荡气。一些学者认为这首无题是李商隐向令狐绹的陈情干谒之作，如冯浩在《玉溪生诗集笺注》中云：“首章二句，谓绹来相见，仅有空言，去则更绝踪矣！令狐为内职，故次句点入朝时也。梦为远别，紧接次句，犹下云隔万重也。书被催成，盖令狐促义山代书而携入朝，文集有上绹启，可推类也。五六言留宿，蓬山，唐人每以比翰林仙署；怨恨之至，故言更隔万重也”，如此学究解诗胶柱鼓瑟，把整首诗的美的意境是完全消解了，简直是焚琴煮鹤。

晓月斜照一个人的楼台，凄凉的五更钟声悠悠传来，心上人啊，短会久别是入梦之由，梦醒时迷离恍惚、真幻莫辨，而孤寂凄清中依然重复着强烈的思念，梦中轻怜深爱，那份欢乐来去飘忽不可追寻，每天每夜实实在在的只是离别后的清夜孤灯。

来是空言去绝踪，为欢短暂，换来更深泣心痛。不知历经过多久这样的重复：梦醒后总是坚信，五更天明以后我就可看见你了，但是，但是，但是，无数回强烈的渴望都只换来了更深的失望，日复一日，年复一年，这深深的失望渐成绝望，而我却又总是在绝望的煎熬中，用痴情培育着新的希望，心上人，你可知道我就是这样，天天在希望与失望的交织中，渴望着你我甜蜜的梦幻般未来。

蜡照烛光半笼半罩，麝熏芬芳的绣芙蓉床褥里，一个人儿未成眠。此刻夜已央，月光用清冷的光辉，把孤单满洒在金翡翠的绣帏罗帐上。锦字香笺，提笔满是无尽的思念，可这绵绵离恨怎能书写完？

夜夜盼望有好梦啊，与君梦中重相逢。可是好不容易盼来的一个甜梦，却是会醒来的。觉后怅然若失，窗外渐现出的晨曦，我看见阳光下的泡沫，只有旦夕间的一片斑斓与璀璨。刘郎已恨蓬山远，更隔蓬山一万重，伤别之情在回环递进中达到极限！

我愿化作一缕风，时刻跟随着君的影踪。我愿化作一根线，编织成布缝成衣，温温柔柔紧贴君身边，丝丝缕缕与君缠绵、亲密而无间。我的心上人啊，相见无期是不愈的创伤，我的心里是永生不息的悲凄酸痛。可是我的心上人啊，我到哪里才能见到你的影踪？

李商隐少年欲炽，中年情深，一生深陷在这情爱里，遁不脱，甩不去，但这却成就了中国文学史上最美丽斑斓、最幽邃缠绵、最隐晦难懂的爱情诗，虽然这也给李商隐带来无尽的向往与迷惘。这些深挚幽艳的情思，大多熔铸在他《无题》的诗里。但李商隐的无题诗，虽然是玲珑却不剔透，虽觉神光离合，虽有千年间阻，但只要以人性中共通的东西，设身处地以心灵去感知心灵，那么就能破解诗谜，让美丽的情诗玲珑剔透起来。

李商隐的未了情：一生长痛是柳枝

相比李商隐潦倒困蹇的仕途生涯，他的情感可谓是流光溢彩、精彩绝伦，真是痛并快乐着。他一生绯闻不断，桃花运从未离开过这个灵心善感的诗人。

李商隐的爱情生活，被许多研究者关注，部分原因在于李商隐以

《无题》为代表的诗歌中，表现出一种扑朔迷离而又精致婉转的感情，容易被人视为丰富的爱情体验的表达。这组诗风格秾丽新奇，笔下缠绵悱恻的爱情诗和曲折委婉的无题诗，深受时人及后人的钟爱，为世人争相传诵。

关于李商隐的爱情，猜测的部分远远多于有实际证据的，但这并不妨碍人们对此津津乐道，甚至像阅读侦探小说一样揣摩分析他的诗文，希冀发现切实的凭据。而名叫柳枝的这个女子被认为是与李商隐有过感情纠葛的。

柳枝的名字出现在李商隐写于开成元年（836 年）的一组诗《柳枝五首》中。他还为这组诗写了一个长长的序言，讲述了柳枝的故事，这个故事应具一定的真实性。

而这个故事如果不是李商隐杜撰，这一段没有结果的感情很可能就是他的初恋。

李商隐二十五岁时所作追忆柳枝的《柳枝五首》，个人觉得诗句远没有序言生动精彩：

柳枝，洛中里娘也。父饶好贾，风波死湖上。其母不念他儿子，独念柳枝。生十七年，涂妆绾髻，未尝竟，已复起去，吹叶嚼蕊，调丝擫管，作天海风涛之曲，幽忆怨断之音。居其旁，与其家接故往来者，闻十年尚相与，疑其醉眠梦物断不娉。余从昆让山，比柳枝居为近。他日春曾阴，让山下马柳枝南柳下，咏余《燕台诗》，柳枝惊问："谁人有此？谁人为是？"让山谓曰："此吾里中少年叔耳。"柳枝手断长带，结让山为赠叔乞诗。明日，余比马出其巷，柳枝丫环毕妆，抱立扇下，风鄣一袖，指曰："若叔是？后三日，邻当去溅裙水上，以博山香待，与郎俱过。"余诺之。会所友有偕当诣京师者，戏盗余卧装以先，不果留。雪中让山至，且曰："为东诸侯取去矣。"明年，让山复东，相背于戏上，因寓诗以墨其故处云。

译：柳枝，洛阳妹子。父亲是大款，在经商时翻船淹死了。柳枝有兄弟几个，但她妈最喜欢这个女儿。我一次从洛阳去长安的时候见过她。那年她十七岁，妹子居然有很深的音乐功底，对诗歌的鉴赏能力也很在行。回去后我就想她想得睡不着觉。我的堂哥李让山刚好是柳枝的邻居，他在她家窗台底下朗诵我写的诗。柳枝惊讶地问这是谁写的？李让山卖力地替我吹嘘了一通。豪爽可爱的柳枝妹子当时就扯下皮带，托堂哥转送给我，要我写一首诗给她。第二天一大早，我就和堂哥到柳枝窗台底下的弄堂里等着。柳枝那天梳着双髻特别可爱，很大方地指着我说："三天后，我沐浴焚香，你们几个都过来。"我点头如啄米，周围人全羡慕极了。回去后，堂哥在几个哥们儿面前一通海吹，结果坏事了。要一起去长安的一个哥们儿，第二天偷偷地带上我的包就先去长安了。我知道他是妒忌我。本来我是想三天后再走的，可我惦记我包里的钱哪，那可是我几个月的生活费。没办法，我第二天只能追他去了，没能和柳枝赴约。这年冬天下了场很大的雪，堂哥来长安找我，告诉我柳枝被关东的一个大官娶作小妾。我写了《柳枝诗》五首请堂哥回洛阳的时候帮我抄在柳枝家的墙上。我答应过要送一首诗给柳枝，我写了五首。

美少女柳枝是东都洛阳城内一个富商的千金小姐，柳枝的父亲在经商时遭遇风浪而死。有兄弟数人，但其母最喜欢这个聪慧可人的女儿。

她长得花容月貌，温润如玉。柳枝性格豪放，活泼可爱，开朗大方，不喜女红，更不爱化妆，颇有女汉子的风范。她喜欢唱歌，善解音律。十七岁的柳枝能弹琴吹箫，"作海天风涛之曲，幽忆怨断之音"。李商隐的堂兄李让山和柳枝是邻居。一天晚上，月满中庭，李让山摇头晃脑地吟诵李商隐的《燕台》情诗。诗写得绮靡动人，诗念得也是声情并茂。在阁楼上推窗赏月的柳枝，被这首情诗所蕴涵的丰沛情感和秾丽的意境所折服，她起身下楼，急切地询问李让山，说："这首诗写得太好了，快告诉我，作者是谁？"李让山说："是我堂弟李商隐的作品。"李让山还告诉柳枝，刚好表弟李商隐和几个朋友进京赶考，这几天落脚在自己的家里。柳姑娘如果想一睹诗人的风采，可以为她引荐。唐朝时，男女交际比较自由，风气比较宽松，柳枝更是敢爱敢恨，听说诗人居然近在咫尺，不禁喜出望外，立即扯下衣带打了个同心结，烦请李让山交给李商隐，以表达爱慕之情，并要求李让山代她向李商隐求诗。

古典爱情中，风流才子们个个都是擅长用情诗泡妞的高手，青春女子被诗人用情诗打开芳心如痴如醉的故事不胜枚举。但像柳枝这样，被素不相识的李商隐的情诗引发春心大动，也是前所未闻的浪漫情事。由此可见李商隐的情诗对异性有多么大的杀伤力。

第二天，李让山带上李商隐去看望柳枝，两兄弟并辔来到柳枝家的里巷。柳枝梳着双髻，两手交错地站在门前柳树下等候。丫环打扮的柳枝，人柳相映，两相婀娜多姿。或许唐朝的男人如同现在日本男人钟爱女仆装的女孩一样，喜欢丫环装扮的嫩妹，反正一照面，李商隐就爱上了装扮独特、不事粉饰的美少女柳枝，而柳枝也被李商隐风流倜傥的诗人气质和言谈举止所倾倒。两人四目相望时，一见钟情，过电了。

那一年，柳枝芳龄十七岁，珠圆玉润；那一年李商隐二十三岁，风度翩翩。两人在柳树下私定了终身，柳枝约好三天后将焚香恭迎李商隐上门提亲："三天后小女子焚香以待，请公子如期到来。"诗人欣然答应了柳枝的邀请，三日内魂不守舍，期待着与柳枝的相会。

或许两人命中注定有缘无分，与李商隐一同赴长安城赶考的哥们，出于羡慕妒忌恨，竟然恶作剧地将李商隐的行囊先行带到长安去了。行囊中有李商隐很重要的物件，包括李商隐的卧装（内衣内裤及睡衣）全带到长安去了，迫使他不得不暂时放下儿女情怀，急匆匆追往长安而去。李商隐因这一追，硬生生错过了与柳枝山盟海誓的约会。柳枝等来等去等成了一场空，暗自伤心不已。

那年的冬天，李让山冒着第一场雪赶到长安，告诉李商隐，迫于压力，柳枝已被关东的一位掌握地方军政大权的长官东诸侯娶为姬妾了。

李商隐闻讯后悔不迭，肝肠寸断。残酷的事实摆在面前，他只能抱怨造化弄人，让有情人不得成眷属。在深切的痛苦和自责中，李商隐一连作了五首《柳枝诗》，并请李让山题在柳枝的旧居墙上，寄托伤感和怀恋之意。

五首诗皆写得哀婉动人，表达了诗人对柳枝的思念之情，同时还有为柳枝的命运而担忧，并为自己不能与她百年好合，感到此恨绵绵无绝期的悲痛。

柳枝五首展示了李商隐对柳枝的怀恋之意，第三首中前二句赞美

【柳枝诗】

李商隐

一

花房与蜜脾，蜂雄蛱蝶雌。
同时不同类，那复更相思？

二

本是丁香树，春条结始生。
玉作弹棋局，中心亦不平。

三

嘉瓜引蔓长，碧玉冰寒浆。
东陵虽五色，不忍值牙香。

四

柳枝井上蟠，莲叶浦中干。
锦鳞与绣羽，水陆有伤残。

五

画屏绣步障，物物自成双。
如何湖上望，只是见鸳鸯。

柳枝的美貌和聪慧，下二句说她虽然这般美妙，自己却“不忍”对她轻薄。第四首以珍贵的鱼鸟来比喻美慧的柳枝遭受关东豪强的摧残，深深为她的命运担忧，也许，如果不是那次爽约，柳枝的命运不至于如此。第五首感叹世间有许多美好事物能成双作对，而自己却不能，柳枝渺然不知所踪，是纠结在李商隐心中不可触摸的痛楚。

自古以来，大多是痴情女子薄情郎，李商隐可以把失恋的悲痛埋藏心里，然后再去爱别的女人。而性情刚烈的柳枝不能，她的心中除了李商隐，绝不能再容纳天下任何一个男人。洞房花烛之夜，柳枝誓死为李商隐守身，不愿与夫婿同床共枕。她用剪刀将裙角剪断，以决绝的行为向夫婿表明，她的心灵和身体只能属于李商隐，无人能够取代。身为地方最高行政长官的夫婿大发雷霆之怒，却拿不怕死的柳枝没办法。为了惩戒和报复，有名无实的夫婿当夜就把将柳枝打入冷宫，禁闭在一座偏僻的小别苑里，还勒令柳枝终生不得与任何男性见面。

朝如青丝暮成雪的传说，再次在柳枝的身上得到证实。对情郎的无尽思念，终于在被禁闭的当天夜里，集中爆发：刻骨铭心的思念耗尽了柳枝全部的心力，像梁羽生武侠小说《白发魔女传》中的练霓裳一样，满头青丝一夜变霜雪，红颜未老头先白！此后，柳枝在禁闭生涯中度过无数个思念李商隐的白天黑夜，终于在二十八岁那年冬天，带着李商隐所有的诗集，含恨离开了这个让她抱恨终天的悲情人世。

就这样，李商隐错过了他初恋的姑娘。专家考证，在李商隐的年表中有两次到江浙的经历，而这两次经历意图不明，一直让人迷惑并猜测，是不是与柳枝有关呢？后人考证，柳枝因为执意不从，不肯做小妾，又被辗转卖到湘楚之地的花街柳巷做了妓女。

李商隐曾经数次去江浙寻访，也许是希望找到柳枝替她赎身吧。有情人错肩而过已属无奈，还要眼睁睁地看着心爱的姑娘沦落风尘，是何等痛入骨髓的心碎。

宋华阳：红楼隔雨相望冷，珠箔飘灯独自归

大和七年（833 年），二十二岁的李商隐第一次参考科考，落

第。同年，令狐楚调任河东节度使、北都留守，李商隐跟随至太原。两年后，李商隐再次参加科考，继续落第。这一年，触目惊心“甘露之变”发生，李商隐以诗为笔，严厉抨击宦官和藩镇势力，表现出对国家命运的忧虑。差不多就是在这一个时期内，李商隐在仕进遭挫的情况下，一度在河南济源玉阳山、王屋山一带修习道术，发生了被后人考证出的与女道士宋华阳的情事。在《月夜重寄宋华阳姊妹》、《赠华阳宋真人兼寄清都刘先生》等诗中，李商隐提到了“宋华阳”的名字，于是，宋华阳就被认为是李商隐的恋人。还有一种夸张的说法是：李商隐曾经和宋华阳姐妹二人同时恋爱。苏雪林在《玉溪诗谜》中对于这个故事进行了最大限度的想象发挥。对于李商隐爱情生活的研究，以苏雪林的《李义山恋爱事迹考》（1927）最为著名。此书在1947年曾再版，更名为《玉溪诗谜》。苏雪林的研究，继承了程梦星、冯浩等人的成果，拓宽和丰富了这一领域的内容。例如，通过她的考证，多数人接受了李商隐与女道士的恋爱经历。不过，苏雪林的猜测和推理几乎不加节制，从而勾画出几段离奇的恋情，包括他曾与宫女偷情。

唐朝立国后，为了高贵门第，神化李姓，于是尊崇道家，下诏规定了先道、次儒、后释的次序。虽然说唐朝宗室崇道有高攀门第的动机，但道家提倡的成仙不老和房中术对那些皇帝是有很大吸引力的。上有所好，下必甚焉，在统治者的倡导下，学道成了时髦而又荣耀的事情，很多王孙贵族，甚至美丽的公主都入道观做起了道士。

当时唐王朝一位公主带着一群青春少女也在玉阳山的灵都观修行学道。其中一位姓宋的宫人与李商隐“心有灵犀一点通”，双双坠入了爱河，但他们的这种爱却得不到正统礼教的承认，所以他们只能暗中传书递笺，借诗或音乐来传情达意。后来有了狂热的幽欢，二人经常在观中秘密幽会，李商隐的诗中可以找到明证：

可见二人感情之深切，希望从幽会发展为长相厮守，但又担心天违人愿，所以幽会狂欢之余又隐含着分离的隐痛。后来这位宫人可能随公主回宫了，将来是否会重返灵都观，李商隐不得而知，所以他独自忍受着刻骨铭心的相思之苦——

【当句有对】

李商隐

密迩平阳接上兰，秦楼鸳瓦汉宫盘。
池光不定花光乱，日气初涵露气干。
但觉游蜂饶舞蝶，岂知孤凤忆离鸾。
三星自转三山远，紫府程遥碧落宽。

【春雨】

李商隐

怅卧新春白袷衣，白门寥落意多违。
红楼隔雨相望冷，珠箔飘灯独自归。
远路应悲春晼晚，残宵犹得梦依稀。
玉珰缄札何由达，万里云罗一雁飞。

夜深人静的时候，诗人冒着夜雨，提着孤灯，来到宋氏宫人曾住过的地方凄然隔雨相望，然而那里人去楼空，物是人非，自己心爱的人早已悄然离去。

据南京大学钟来茵教授考证，李商隐二十三岁在河南玉阳山东峰学道，而在西峰的灵都观里，有一个姓宋的宫女，本是随行侍候入宫学道的桂阳公主，后也随公主修起道来。一个在东峰，一个在西峰，宋姑娘美丽聪慧，因着两峰之间的业务往来，两人结识了并很快坠入情网。在这里，极有可能是李商隐主动进攻，宋道士豆蔻年华，像水莲花不胜凉风的娇羞，李商隐才子风调，以诗为箭，三下五除二，宋道士立即中招。

李商隐在玉阳山学道时，必须学习道家经典《道藏》。《道藏》中有不少“秘诀隐文”的表达方式，可能被李商隐用来表达自己不可遏制的情愫，同时又怕别人读懂不利自己，采取欲言又止、制作谜题一样的表达方式。学点秘诀隐文本来无伤大雅，要命的是《道藏》中有很多关于房中术的内容，这对激发李商隐激情无疑是起了药引作用。“那该是一段刻骨铭心的爱情”，李商隐研究专家和洪范老先生这样描述：“你想想，当时李商隐和宋华阳一个东山、一个西山，两个人相会一次要到两山之间一个叫玉溪的山谷，中间要各自走四公里的山路，全不顾狼虫虎豹，如果没有深刻的感情，他们不会这样做！”和先生说是“深刻的感情”，未免有些美化，但在那么寂寞的深山，一位年轻的才子，读着令人心惊肉跳的有关内容，遇见一个如花似玉的女冠，并且与她耳鬓厮磨研究些关于“祷词”如何措辞等问题，那是很容易擦出火花的。道家有道家的戒律，男女之欲在清修境地，是严格禁止的，偷香窃玉到公主身边的人来，也是大不敬的。但是，宋华阳绮年玉貌，顶着道冠，裹着青袍，颇有些“美艳圣女”凛然不可犯的态度，越是不可犯，但内心偏想犯，越是禁果，越是刺激，越是令人颠倒狂想。他们爱的行径在当时来说，是不合法又不合理，只合一个“情”字。所以偷偷摸摸，既有滞雨尤云的战栗欢悦，又有悖理违规的极大恐惧。

最后，他们的事情还是给发现了，一个给遣返回宫，一个给赶出山门。

【重过圣母祠】

白石岩扉碧藓滋，
上清沦谪得归迟。
一春梦雨常飘瓦，
尽日灵风不满旗。
萼绿华来无定所，
杜若香去未移时。
玉郎会此通仙籍，
忆向天阶问紫芝。

这段纯真的热恋一直深藏于心，所以多年后当他重过道观时，往事历历在目，而自己心爱的人仍音信全无，不由增添了新的惆怅和感伤。

时过境迁，必将是几十年之后了，此时的幽会处已布满苔藓，而所爱之人一去不复返，自己故地重游，怎能不生发重重感伤？想象她幽居独处，孤独幽寂，自是怅惘不能不已。后来，李商隐于偶然之中在长安见到了宋华阳及其他姊妹，但仍因身份之故，二人依旧不能欢会，于是李商隐写了首七绝表白其伤痛之情：“偷桃窃药事难兼，十二城中锁彩蟾。应共三英同夜赏，玉楼仍是水精帘。”没想到朝思暮想的恋人一朝出现在眼前时，却仍就如玉宫中的彩蟾，可望而不可即，对于一对真心相恋的恋人而言，其伤痛之深可以想见！

民间传说李商隐在与王七姐结婚前，曾有一小名“荷花”的恋人，两人十分恩爱。在他进京赶考前一月，荷花突然身染重病，李商隐陪伴荷花度过最后的时光。这段悲剧给他造成很大的打击，以后的诗中他常以荷花为题也是对旧情的眷恋。

都说是风流才子，李义山为中国几千年来罕有的才子，却并非风流之人。与他同时代那些大诗人，皆是“风月场中惯做工夫的”，且此等风流辈皆是视女人等同女色，惟流连美色，色衰则爱驰，更遑论痴情痴爱。义山则不然，义山深情纯情不艳情，多情不滥情。

“春蚕到死丝方尽，蜡炬成灰泪始干”，“春心莫共花争发，一寸相思一寸灰”，明知相思无望仍不改情衷，以飞蛾扑火之炽烈奉献全身灰烬于至爱于命运之前，敢不令人泫然涕下，肃然起敬。

丹心啼血，一片痴情决然托出，不正是为“背灯独共余香语，不觉犹歌起夜来”的诗人自身画一“情痴”之像吗？

永忆江湖归白发

开成二年（837 年）经过长期刻苦学习并由于令狐绹的延誉，李商隐得中进士，释褐秘书省校书郎，调补弘农尉。

幼年的环境和所受的教育使李商隐的世界观基本上属于儒家体系，他的人生态度是积极入世、渴望有所作为的。同时，他颇能独立思考，很早便对“学道必求古，为文必有师法”的说教不以为然，甚至萌生出“孔氏于道德仁义外有何物”这样大胆的想法。在诗歌创作上，他起初醉心于李贺奇崛幽峭的风格和南朝轻倩流丽的诗体，曾仿照它们写了许多歌唱爱情的诗篇，如《燕台》、《河阳》、《河内》等。待屡次下第和被人谮毁的遭际向他显示了人生道路的崎岖不平，他的诗便开始表现出愤懑不平之气和对社会的某些批判。大和九年（835 年）的“甘露之变”，使他目睹了朝官大量被杀、宦官擅权的血淋淋的黑暗政局，思想和创作都发生了转变，写下了不少批判黑暗现实的政治诗。这时他写的《有感二首》、《重有感》等诗，批判腐朽政治已相当深刻有力。如表达了自己对时局的看法，愤怒声讨了宦官的罪行，称颂了敢于反对宦官专权的将领，热切盼望铲除宦官、恢复皇帝的权力的《重有感》。又如效法杜甫《北征》的长篇政治诗《行次西郊作一百韵》。

原来，在宦官专政期间，宪宗、敬宗皇帝都被宦官谋害，唐文宗于大和九年策动平宦，但没有成功，参与策划平宦的李训、郑注等官员全被宦官势力杀害，数千朝臣也遭牵累，或贬或杀，唐文宗皇帝由此也沦为傀儡，形同囚徒，这些宦竖除杀戮朝官，还纵容禁军掳掠屠杀百姓，造成长安一带伏尸百万，流血千门，这就是晚唐历史上的“甘露之变”。“甘露之变”又把唐王朝卷入了更深重的危机中。中枢的乱象直接影响到地方局势的动荡，藩镇割据势力尾大不掉，回纥、吐蕃和南诏等边地政权，更趁着唐室空虚，一再侵扰。政局紊乱，外患频仍，整个大唐王朝衰败之象非常明显。这场甘露之变，让生性敏感的李商隐发出了“苍黄五色棒，掩遏一阳生”的悲音。他隐约看到唐帝国这棵渐朽的大树表面还繁叶翠碧，根系却在这场雷袭之变中埋下致命硬伤，唐王朝复兴的生机如冬至初生的阳气，是那样的微弱。

这就是李商隐所生活的晚唐时代。一个动荡不安的时代，一个风雨如晦的时代，一个江河日下的时代。即便是在这样的情况下，李商隐还是没有灰心，有所期待。李商隐少年时就有政治抱负，写了大量的政治诗和借古喻今的咏史诗，他期待着凭着才华有所作为，“永忆江湖归白发，欲回天地入扁舟”，“天意怜幽草，人间重晚晴”，在这狂澜掀天的时代，他犹思力挽，在这风雨如晦的天地，他犹待晚晴。但不管李商隐的理性人格如何地体现期待的一面，但时代的颓象深刻地渗透到了所有子民的骨髓，时代的集体无意识，一定会在个体无意识地显现。“夕阳无限好，只是近黄昏”，“秋阴不散霜飞晚，留得枯荷听雨声”，这是李商隐诗篇中的名句，也许，他并不是有意影射大唐王朝，但确实是当时这个大唐王朝的真实写照，一如谶语。

作为一个关心政治的知识分子，李商隐写了大量政治咏史诗，留存下来的约有一百首。其中《韩碑》、《行次西郊作一百韵》、《随师东》、《有感二首》等，是其中比较重要的作品。李商隐早期的政治诗指陈时局，语气严厉悲愤，又含有自我期许的意味，很能反映他当时的心态。在关于政治和社会内容的诗歌中，借用历史题材反映对当代社会的意见，是李商隐此类诗歌的一个特色。《富平少侯》、《北齐二首》、《茂陵》等，就是其中的代表。

李商隐的政治诗又多半以借古讽今的咏史诗出现。如《咏史》批判了统治者的荒淫、愚昧和无能。《隋宫二首》意在提醒晚唐统治者要接受前车之鉴。

又如《马嵬二首》，对唐玄宗为皇帝而弄得众叛亲离，连自己的宠妃也保不住的可悲结局，进行了辛辣的讽刺和嘲弄。含蓄深沉，意在言外。

《贾生》深寓作者对晚唐统治者佞佛信道以求长生，而不恤国事的讽刺和自身怀才不遇的感慨。

【隋宫】

李商隐

紫泉宫殿锁烟霞，欲取芜城作帝家。
玉玺不缘归日角，锦帆应是到天涯。
於今腐草无萤火，终古垂杨有暮鸦。
地下若逢陈后主，岂宜重问后庭花？

【马嵬】

李商隐

海外徒闻更九州，他生未卜此生休。
空闻虎旅传宵柝，无复鸡人报晓筹。
此日六军同驻马，当时七夕笑牵牛。
如何四纪为天子，不及卢家有莫愁。

宣室求贤访逐臣，贾生才调更无伦。
可怜夜半虚前席，不问苍生问鬼神。

——《贾生》

又如《瑶池》借周穆王讽刺唐代皇帝们求仙，《随师东》借古事影射朝廷东伐李同捷。

李商隐咏史诗的成功之处，在于注意构思的凝练、取材的精当，巧妙地将历史与现实融合在一起，或用假想之辞创作出带有虚构色彩的场景，突破史实局限，更深刻地揭示了讽刺对象的本质；或抓住具有典型意义的细节或微物，深入开掘，使之具有更高的概括性和典型性。与此同时，将自己的感情和议论自然地寓含在鲜明的形象之中，具有浓郁的抒情色彩和深长的情韵，达到寓意的深刻性与形象的鲜明性、情味的隽永和谐统一，增强了咏史诗的艺术表现力。

应举之路：鸾皇期一举　燕雀不相饶

在唐代，缺乏门第背景的知识分子希望在仕途有所发展，主要的入口有两个：科举和幕府。前者被认为是进入官场的资格，是官方对其行政能力的认可；后者是一些有势力的官僚自己培养的政治团队，如果表现出色，李商隐也往往可以通过这些官僚的举荐成为朝廷正式的官员。中晚唐时期，很多官员都既有考取科举的资格，也有作为幕僚的经历。

文宗开成二年（837 年），李商隐考取了进士资格。在此之前，他已经失败过多次。李商隐初次应举的年份难以考证，有人相信甚至在十年之前——即文宗太和二年（828 年）——李商隐就开始了他漫长而艰苦的应举之路。与大多数缺乏权势背景的考生一样，李商隐并不指望一举成功。他流传下来的诗文中没有提及当时的情形，这多少说明他对于初试的失败不是非常在意。然而，随着失败次数的增多，他渐渐开始不满。在《送从翁从东川弘农尚书幕》诗中，他将没有录取他的考官比喻成阻挠他成功的小人："鸾皇期一举，燕雀不相饶。"

应举的失败不会让李商隐反省自己学识不足。早在太和四年，曾经与他一起游学的令狐绹就考中进士。这显然不是因为令狐绹的学识才华比李商隐优秀，而是由于他父亲令狐楚的影响力。权贵们互相提携，大量录取上流社会关系网中的考生，在唐代科举中是很普遍的现象。许多缺乏靠山的考生都会在考试之前就去刻意结交关系，或者想出种种办法引起考官及名流的注意。据李商隐自述，他在这方面是比较低调的（《与陶进士书》），但如果说他不曾对令狐楚寄予希望，可能性也不大。从李商隐在开成元年写给令狐绹的一封信中"尔来足下仕益达，仆固不动"之类的话，可以看出他的情绪已经相当烦躁了。而他于开成二年的中举，也正是令狐父子对当值考官施加影响的结果。

日薄西山　动荡频仍

李商隐所处的时候已是唐朝的末世衰象。

安史之乱是盛唐转向衰弱的分水岭，奸相李林甫为了长久把持朝政，防止文臣由节度使内调任宰相，劝说玄宗多用番将任节度使，因此，安禄山得以一身兼任平卢、范阳、河东三镇节度使，而唐精兵集中在东北和西北，致使安禄山在东北叛乱时西北军队不及救援，渔阳鼙鼓，动地揭天，长鞭指处，挡着辟易。安史乱后，唐朝在重创之中缓过一口气，但社会政治问题纷至沓来，犹如一个人的免疫系统出现一个缺口时，所有的病症就迅速暴露了出来：国库空虚，赋税苛重，藩镇割据，而统治者对这种种的问题却无能为力。

李商隐生活于中晚唐时代，历经宪、穆、敬、文、武、宣六朝。此时唐王朝日薄西山，穆宗以后，皇帝不是短命早夭，就是荒唐无行，政权摇摇欲坠，造成宦官专权的局面，朝廷官员中对宦官不满的大多遭到打击，而依附宦官的又分为两派：以牛僧孺为首的牛党和以李德裕为首的李党，"牛李党争"源于唐宪宗元和三年（808 年）一次科考，应试举子牛僧孺、李宗闵在试卷中严厉批评了当朝宰相李吉甫，李对他们进行了打击，由此与牛僧孺、李宗闵等人结怨，这笔恩怨债后来落到了李吉甫的儿子李德裕身上。牛李两党数十年中互相攻击，互相倾轧，成为晚唐政局动荡的重要根源。两党之间视若仇雠，壁垒分明，官场的沉浮升降，不完全取决于当事人的道德文章和治世才能，而是取决于所依附之党派势力的此消彼长；派系之间钩心斗角，乌烟瘴气，让几任皇帝束手无策，十分头痛。党争折腾了将近四十年，本来折腾且由他折腾，但要命的是这一折腾与李商隐的一生近乎同始终。

这个时代深刻影响了李商隐的人生之路，也深刻影响了他的诗文格调。他一生本来风华锦绣可期，却噩梦般地在一个日薄西山、动荡频仍的时代与牛李党争虬结到一起。当然，并不是所有的陷于党争的人都不如意，很多人一样的飞黄腾达，但何以双方都赏识的高才如李商隐，却落得个这样晦暗的结局？这是时代使然，也是性格使然，更是宿命使然。

牛李党争虬结

唐文宗开成二年（837 年），在令狐楚之子令狐绹的帮助下，李商隐总算中了进士，但中了进士并不意味着立即就有官做。而在这一年（837 年）年末，令狐楚病逝。在参与料理令狐楚的丧事后不久，开成三年，李商隐应泾原节度使王茂元的聘请，去泾州（治今甘肃泾县北）作了王茂元府做掌书记，成为他的幕僚。王茂元是李党的要员，李商隐这个举动，牛党们看在眼里，很不是滋味，要知道，没有令狐一家的知遇之恩，就没有李商隐的当时的功名，你要去佐幕，哪里不可去，偏偏要投到令狐家的对头那儿去呢？牛李两党水火不容，势不两立，他这样做，在牛党眼里，无疑是背叛，牛党人士指责李商隐“背恩”、“无行”，而加以打击诋毁，从而使李商隐背上了沉重的舆论压力。在李党眼里，大家也不待见他，你今日能投李，焉知来日不投张，因此对李商隐侧目而对，都不愿意与李商隐接触。

和令狐楚一样，王茂元对李商隐的才华非常欣赏，经过一段时间的观察，他感觉这小伙并不像大家所说的那样人品有问题，于是不但器重他，而且把同样爱诗的女儿许配给了李商隐。

从李商隐后来的经历中可以看出，这桩婚姻将他拖入了牛李党争的政治旋涡中。

李商隐的尴尬处境在于，王茂元与李德裕交好，被视为“李党”的成员；而令狐楚父子属于“牛党”。因此，他的行为就被很轻易地解读为对刚刚去世的老师和恩主的背叛。李商隐很快就为此付出了代价。

在唐代，取得进士资格一般并不会立即授予官职，还需要再通过由吏部举办的考试。开成三年（838 年）春天，李商隐参加授官考试，结果在复审中被除名。这件事对李商隐最直接的影响是使得他获得朝廷正式官职的时间推迟了一年。不过，他并没有后悔娶了王茂元的女儿王七姐。他们婚后的感情很好，在李商隐的眼中，王七姐是一位秀丽温和体贴的妻子。

“新知遭薄俗，旧好隔良缘，心断新丰酒，销愁斗几千。”李商隐的本意可能原想置身于党争之外，可人在江湖，焉由得你一厢情愿的书生意气。结果两边不讨好，尤其是令狐绹不肯原谅他。结局可想而知。被认为“背恩”的李商隐从此两头不讨好，加以个性孤介，致使一生沉沦下僚。从开成二年踏入仕途，到大中十二年（858 年）去世，义山二十年间辗转于各处幕府。东到徐州，北到泾州（今甘肃泾川北），南到桂林，西到梓州（今四川三台），抛家弃子，漂泊流离，仅四十七岁就病死家乡。

当时，在令狐绹官居高位后，李商隐曾多次尝试补救，写了很多诗给令狐绹，如“嵩云秦树久离居，双鲤迢迢一纸书，休问梁园旧宾客，茂林秋雨病相如”等，希望他顾念旧情，提携自己，但令狐绹始终不肯原谅他。开成四年（839 年），李商隐参加博学宏词科考试，初试被录取，但复审时却被中书省有势力的牛党给压下来了。

得罪上司

本来开成四年（839 年），李商隐再次参加授官考试，顺利通过，得到了秘书省校书郎的职位。这是一个低级的官职，但有一定的发展机会。没过多久，一个月后被调任弘农（今河南灵宝）县尉。虽然县尉与校书郎的品级差不多，但远离权力的中心，显然会使以后发展受到影响。李商隐在弘农任职期间很不顺利。他关心民生疾苦，显示出他的男儿热肠的一面。因为替蒙冤的死囚减刑（“活狱”）而忤触上司陕虢观察使孙简，因此受到孙简的责难。孙简很可能以某种不留情面的态度对待李商隐，使他感到非常屈辱，难以忍受，最终以请长假的方式辞职（《任弘农尉献州刺史乞假归京》）。凑巧的是，在此前后孙简正好被调走，接任的姚合设法缓和了紧张的局面，在他的劝慰下，李商隐勉强留了下来。但他此刻显然已经没有心情继续工作，不久，开成五年（840年），他就再次辞职，并得到了获准。

虚负凌云万丈才　一生襟抱未曾开

这个时候文宗病死，武宗即位后重用李党，王茂元从泾原节度使调到北京做朝官。辞去了弘农县尉，李商隐经过一段时间的调整。于武宗会昌二年(842年)设法又回到秘书省任职为正字官。这一次，他的职位“正字”品阶比之前的“校书郎”还低。即便如此，李商隐毕竟又有了一个新的发展起点。在唐代，大家普遍认为在京城里的任职会比外派的官员有更多的机会升迁，而李商隐所在的秘书省，又比较容易受到高层的关注。对李商隐而言，另一个好消息是，宰相李德裕获得了武宗充分的信任，这位精干的政治家几乎被授予全权处理朝政。李商隐积极支持李德裕的政治主张，他踌躇满志，有理由期待受到重用的机会。

然而，命运似乎与他开了一个大大的玩笑：李商隐重入秘书省不到一年，他的母亲去世。他必须遵循惯例，离职回家守孝三年。这意味着年届而立的李商隐不得不放弃跻身权力阶层的最好机会。这次变故对李商隐政治生涯的打击是致命的。他闲居在家的三年（会昌二年末至会昌四年末），是李德裕执政最辉煌的时期。错过了这个时期，随着不久之后武宗的去世，李德裕政治集团骤然失势，李商隐已经难以找到政治上的知音。会昌三年（843年），李商隐的岳父王茂元在代表政府讨伐刘稹叛乱时病故。王茂元生前没有利用自己的影响力帮助李商隐升迁，但他的去世无疑使李商隐的处境更加困难。

李商隐一直住在洛阳崇让坊已故去的岳父王茂元的宅邸里。他就是因为娶了跟令狐楚是对立一派属于李党的王茂元的女儿，才导致后来掌握朝廷大权的令狐绹牛党一派在仕途上对他赶尽杀绝，几无出路。“虚负凌云万丈才，一生襟抱未曾开。”这是他的好友在他去世后对他一生的评价。

这空荡荡的住宅，让李商隐触景生情，写了很多诗。

诗人失意，而诗却生机勃发。他这段期间写的诗用情凄迷、用词绮迷，世间有那么多情，情难舍情难断，情难表达，而李商隐能把弥漫的情写出弥漫的美，实为难得。

李商隐在这个宅子里写了很多夜诗。也许不眠的夜，总是太长，夜里虽然孤单，却是一个诗人的狂欢。世间此时，无色无味无声无息，而独住西亭的诗人静似皓月，孤单单自拨弄墨色，为夜愈添浓意。

此夜西亭月正圆，疏帘相伴宿风烟。
梧桐莫更翻清露，孤鹤从来不得眠。

——李商隐《西亭》

明月照着半世的往事，涉水而来。李商隐扯一匹红尘万丈做珠帘，流苏浮影里，度一曲飞觞夜夜不疲。

夜总是太冷，所以要泼墨加厚重意，以诗温暖诗人，故在《夜冷》一诗里诗人以哀愁寻得共鸣的热闹。一声愁起，千叶万叶荷叶也滚起露珠来应和。

树绕池宽月影多，村砧坞笛隔风萝。
西亭翠被余香薄，一夜将愁向败荷。

——李商隐《夜冷》

未央的夜，冷清的夜，正是诗人写诗时。

霜天白菊绕阶墀

李商隐在闲居的几年里处理了一些家庭的事务，其中最主要的一项工作，就是将一些亲属的墓葬迁回了故乡的家族墓园。这种维护家族荣誉的努力多少使他获得心理上的满足。从现存的部分诗文中可以看出，李商隐尽量调整自己的心态，淡化对政治生涯的兴趣和期待。他有时从事农耕，声称自己“渴然有农夫望岁之志”，模仿陶渊明的风格写作田园诗歌。不过，纷乱的时局始终吸引着李商隐的注意力。他有非常鲜明的政治倾向，几乎无法隐藏。

有人根据李商隐部分诗作的风格，推想他性格内向（袁行霈主编：《中国文学史》·第四编·第十一章）。这种猜测多少有些武断。如果从李商隐的另外一些活泼幽默的作品来看，可以得出完全相反的结论。现存的资料（主要是他本人的诗歌和文章）表明李商隐的社交范围广泛，他是一个乐于交往而且颇受欢迎的人。

李商隐交往圈里的人物分为四类：

仕途人物：令狐楚、令狐绹、崔戎、王茂元、李执方、卢弘止、郑亚、柳仲郢、李回、杜悰、萧浣、杨虞卿、杨嗣复、周墀、姚合、孙简等人；

酬和诗友：杜牧、温庭筠、白居易等人；

志同道合：刘蕡、永道士、崔珏、李郢等人；

礼节往来：令狐绪、韩瞻以及他在各个阶段的同僚。

五代·孙光宪《北梦琐言》中记载：在令狐楚去世后多年的某个重阳节，李商隐拜访令狐绹，恰好令狐绹不在家。在此之前，李商隐已曾经多次向身居高位的令狐绹陈诉旧情，希望得到提携，都遭到对方的冷遇。感慨之余，就题了一首诗在令狐绹家的厅里：

委婉地讽刺令狐绹忘记旧日的友情。令狐绹回来看到这首诗，既惭愧又惆怅，于是令人将这间厅锁起来，终生不开。后来又有人说，这首诗使令狐绹恼羞成怒，很想铲除题诗的墙壁，但由于这首诗里有出现了他父亲的名字“楚”，按照当时的习俗，他无法毁掉诗作，就只好锁上门不看。也因此更加嫉恨李商隐。

【九日】

李商隐

曾共山翁把酒时，霜天白菊绕阶墀。
十年泉下无消息，九日樽前有所思。
不学汉臣栽苜蓿，空教楚客咏江蓠。
郎君官贵施行马，东阁无因再得窥。

宋代姚宽《西溪丛语》中记载唐末流传的一个故事：一群文人在洞庭湖中泛舟游玩，有人提议以木兰为题作诗。于是众人一边饮酒一边轮流赋诗。这时，突然出现一位贫穷的书生，口占一绝："洞庭波冷晓侵云，日日征帆送远人。几度木兰舟上望，不知元是此花身。"吟罢隐身而去。大家都感到惊奇，后来得知，这人就是李商隐的鬼魂。在另一个版本宋代李颀《古今诗话》中并没有鬼魂出现，是一群诗人在长安聚会时，有人朗诵这首诗，大家才发现原来他就是李商隐。

宋代蔡居厚《蔡宽夫诗话》中说：白居易晚年非常喜爱李商隐的诗，曾经开玩笑地说：希望我死后能够投胎当你的儿子。后来李商隐大儿子出世取名叫白老，这个儿子却十分蠢笨。直到小儿子出世，小儿子倒十分聪慧，大家都笑说如果白居易投胎，小儿子才是。

低谷

会昌五年（845 年）十月，李商隐结束了守孝，重新回到秘书省。但朝局又开始动荡，此时，武宗与宰相李德裕富有效率的合作关系已经到了晚期。次年三月，武宗去世，传言他是由于长期服用道士进献的长生药金丹而中毒身亡。

经过一系列的宫廷斗争，宣宗李忱即位，他反对武宗的大部分政策，尤其厌恶李德裕。因此，几乎整个会昌六年（846 年），都持续新一轮政治清洗，曾经权倾一时的宰相李德裕及其支持者迅速被排挤出权力中心。在宣宗本人的支持下，以白敏中为首的牛党新势力，逐渐占据了政府中的重要位置，满怀指望的李商隐又没了指望。

这一年，李商隐在秘书省任正字。三十五岁的李商隐终于有了儿子（李衮师），他的堂弟李羲叟也在这一年中了进士，这两个好消息大概只能让他兴奋一时。由于支持李德裕的政治纲领以及之前就被令狐绹等人视为背叛，他不大可能分享牛党的胜利。尽管他的职位几乎低得不值得在权力斗争中被排挤，但仍然可以想象他的郁闷心情。因此，当大中元年（847 年）桂管观察使郑亚邀请三十七岁的李商隐，往赴桂林任职时，他几乎没有犹豫。但当他离开长安时，仍然显得无比凄凉和万般无奈。

羁旅漂泊的游幕生涯

从太和三年（829 年）受聘于当时的天平军节度使令狐楚开始，李商隐多次进入地方官员的运作机构中担任幕僚的角色。事实上，他身为幕僚的经历比正式任职于朝廷的时间更长。不过，在宣宗大中元年（847 年）之前，他似乎一直将这样的经历作为过渡。对于在政治上颇有抱负的李商隐来说，这种经验非常重要，既是他历练工作能力的过程，也是积累社会关系的途径。不过，毕竟只是为日后的大展宏图而进行的准备活动。从时间上看，以往每一次的工作经验几乎都在数月之内，变动频繁，而且一旦有了入朝为官的机会，就会立即辞去幕府的工作。而这一次，李商隐作为郑亚的幕僚前往桂林时，他也许还没有意识到自己的仕途已近末路。在之后的十年间，他将在幕府游历中逐渐耗尽所有的政治热情，是的，他从此开始了羁旅漂泊的游幕生涯。

大中元年（847 年）三月，李商隐告别家人，随郑亚出发，经过两个月左右的行程，来到距京城大约五千里地以外的南方。郑亚的这次南迁，是牛党清洗计划的一部分。李商隐愿意主动跟从一位被贬斥的官员，表明他同情李德裕一党。另一方面，也显示对自己的升迁不再抱有信心了。在桂林不到一年，郑亚就再次被贬官为循州刺史，李商隐也随之失去了工作。大中二年秋，他回到京城长安。

据说，他在潦倒之际，写信给故友令狐绹（他已经进入权力的核心）请求帮助，但遭到拒绝，结果只能通过自己考试得到一个盩厔县尉的小职位。具有讽刺意味的是：十年之前，他正好也是一个相当的职位（弘农县尉）。

李商隐担任盩厔尉时间不长，又被调回京城。此时，与大中元年他在秘书省的情形非常相似：低微的官职，渺茫的前途，落寞之余，期盼着出现变化。大中三年九月，李商隐得到武宁军节度使卢弘止的邀请，前往徐州任职。卢弘止是一位有能力的官员，对李商隐也非常欣赏。如果他的仕途顺利，李商隐可能还有最后一次机会。然而不巧的是，李商隐追随卢弘止仅仅一年多后，后者就于大中五年春天病故。这样，李商隐不得不再一次另谋生路。

凄凉景阳夕：谁与寄寒衣

大中五年，李商隐经历的另一次重大打击，是他的妻子王七姐在春夏间病逝。从李商隐的诗文上看，他和王七姐的感情非常好。这位出身于富贵家庭的女性，多年来一直尽心照料家庭，支持丈夫。由于李商隐多年在外游历，夫妻在很长的一段时间里聚少离多。可以想象，李商隐对于妻子是有一份歉疚的心意；而他仕途上的坎坷，无疑增强了这份歉疚的感情。

有人从李商隐《祭小侄女寄寄文》中“况吾别娶已来，胤绪未立”推断王七姐应为李商隐再婚的妻子。如果这种看法成立，李商隐应该还有一位初婚妻子，但关于这方面的信息几乎空白。李商隐与王七姐的感情非常好，虽然“牛党”与“李党”之间的水火不容，注定了这桩婚事的惨淡。我们无从知晓当日他们有过怎样的誓言，令得李商隐愿意背负世人“背恩”的骂名，用一生的沉沦去交换一世的相守。

当年，李商隐最后情定王茂元的女儿王七姐。这段情事给他带来了温馨的归宿感，也带来了政治上的风风雨雨。

唐开成三年春，李商隐参加了博学宏词科考试，却意外地被中书省驳下。之后，李商隐到泾原节度使王茂元府佐幕，受王茂元的赏识，并与王茂元小女儿成婚。由于李商隐在牛李两党都有不好的印象，因此这场婚姻，捧场的人甚少，李商隐与王七姐的婚姻，是双方相恋后的水到渠成，还是王茂元因赏识而许配，不得而知，但成婚后双方感情甚笃，在李商隐的诗中可以反映出来。应该说，李商隐多情心性，在情感之路上一路追寻，一路受伤。王七姐出身官宦门第，家教良好，雅好诗艺，品质不低。与王七姐的婚姻，使他的情感有了着落，因此加倍珍惜，是自然而然的事情，因为李商隐毕竟并不是浮浪子弟。

但世间好物不坚牢，彩云易散琉璃脆易碎，世事无常，对李商隐尤为冷酷，李商隐与妻子的感情生活只维持了十二年。十二年后，王七姐去世，三十七岁的李商隐又回到孑然一身的状态，仕途连番受打击，爱情也是如此受摧折，的确是让人感叹不已。

虽然王茂元家富于权势，但李商隐作为清高的读书人，婚后并没有依赖岳父，而是与王七姐过着清贫的生活。贫贱夫妻百事哀，为着功名与生计，李商隐一次又一次离妻别子，游幕他乡。

大中元年，他随郑亚远赴幕职一年。李商隐对妻子感情深挚，游幕期间，写了很多诗寄给妻子。李商隐的爱情诗是我国古典诗歌中最具特色的。其中一部分表现他与妻子王七姐的伉俪情深，代表作为《夜雨寄北》，此诗通过对巴山夜雨秋景的描写，表现了诗人客居异乡之寂寞和对妻子的深切思念之情。世人说“贫贱夫妻百事哀”，可王氏与李商隐却始终相濡以沫。《夜雨寄北》中充满了温暖平淡的问候，和情真意切的期许：

君问归期未有期，巴山夜雨涨秋池。
何当共剪西窗烛，却话巴山夜雨时。

当时李商隐羁旅西南，归日无期。妻子在期盼他团圆，他也是一样的心情。

这首诗，各本均作《夜雨寄北》，《万首唐人绝句》却作《夜雨寄内》，也就说是寄给“内人”（妻子）的，从内容来看，根本不像寄给朋友，说寄给妻子的倒还合适。

大中三年底，他又赴卢弘止武宁节度使府为判官，待大中五年春夏间罢幕归京，王七姐已然病死，留下一双小儿女凄然相对。

可怜夫妻竟来不及见上一面，便成永隔。而此时他们结婚还不到十二年，李商隐的悼亡追忆之作，如《正月崇让宅》、《悼伤后赴东蜀辟至散关遇雪》，无家而作有家之想，血泪写成，令人不忍卒读。他的悼亡诗虽不如苏轼的悼亡词《江城子》（十年生死两茫茫）为后人所熟知，却有“乱山残雪夜，孤烛异乡人”的凄凉漂泊之感。大雪茫茫，无家寄衣。雪中客孑然一身，思忆已亡人，怎不令人争欷歔。后首一句“归来已不见，锦瑟长于人”，道尽“子期死，伯牙擗琴绝弦”

的落寞。

《房中曲》等悼亡诗篇，情感真挚，语意沉痛："忆得前年春，未语含悲辛，归来已不见，锦瑟长于人"。这其中，最著名的是在他离家赴蜀地宦游途中所作《悼伤后赴东蜀辟至散关遇雪》：

剑外从军远，无家与寄衣。
散关三尺雪，回梦旧鸳机。
——李商隐《悼伤后赴东蜀辟至散关遇雪》

妻子已经不在，谁还与我寄寒衣呢？

密锁重关掩绿苔　廊深阁迥此徘徊

妻子去世六年后，背负了太多人生的悲凄往事的李商隐再次来到洛阳的崇让宅。

这座荒凉的王家旧宅，有他念念不忘的妻子。身为丈夫的李商隐无限追悔，他一次又一次地向亡妻诉说衷情：

曾与妻子共同生活的住宅里，重门深锁，楼阁深迥，青苔满地，无语徘徊。夜幕降临，风起月晕，露寒花闭，不堪愁对，蝙拂帘旌，鼠翻窗网，夜来凄然无眠。就着昏黄的灯光下意识地寻找，恍惚间感觉妻子余温犹在，似真如幻，唯有一腔伤怀，萦绕心头，久久不散。

由宋华阳、柳枝到王氏，当然历史的风烟可能淹没了更多的其他对象，李商隐的情感之路，是如此地凄清、怅惘、悲凉。王七姐死后，李商隐在梓州幕府时，府主怜他鳏居清苦，要把乐伎张懿仙赐给他。当时李商隐正值中年，丧妻逾岁，续弦亦在情理之中，但李商隐因思念亡妻而婉谢，终生独居，妻亡后尚能如此钟情自守，妻在时又焉能轻佻放浪？由此可见李商隐不是轻薄之徒。他并不滥情，只是多情、深情而已。过往的情事，过往的恋人，他总是心心念念，伤怀不已。正是因为这种品质，他才会对妻子至爱甚笃，才会拒绝续弦，孤独至死。直道相思了无益，未妨惆怅是清狂，他太执着，太深情，佛家的"我执"、

【房中曲】

李商隐

蔷薇泣幽素，翠带花钱小。
娇郎痴若云，抱日西帘晓。
枕是龙宫石，割得秋波色。
玉簟失柔肤，但见蒙罗碧。
忆得前年春，未语含悲辛。
归来已不见，锦瑟长于人。
今日涧底松，明日山头檗。
愁到天地翻，相看不相识。

【正月崇让宅】

李商隐

密锁重关掩绿苔，
廊深阁迥此徘徊。
先知风起月含晕，
尚自露寒花未开。
蝙拂帘旌终展转，
鼠翻窗网小惊猜。
背灯独共余香语，
不觉犹歌起夜来。

“情执”他都具备，明知无益，明知无望，明知深情不寿，却总要追怀，如吸鸩毒。正因为他爱过就不能忘掉，所以他有太多的痛苦和烦恼。

李商隐推开一扇扇尘封已久的门，随着吱嘎的声响，打开的是绿苔侵阶蔓路、曲折往回的幽暗深廊。这荒宅花月如有魂魄，在废墟上浮荡着一层幽冥凄艳之精气，似乎，一转身就能见到女鬼前来。一只蝙蝠拂帘进来，一只小鼠翻窗逃去，让李商隐惊猜是否将有魂魄归来。等了半天，依然只有冷寂寂的风声拂过。想起两人背灯私语时，李商隐不禁悲从中来，起而夜歌。

李商隐一生的政治悲剧从他遇见他的妻子开始，但他却从不后悔与她携手的这短短时光。经历着剧烈政治内耗的大唐，一个个文人志士都在失去着他们独立的地位。当他们失去这种独立性的时候，那深入骨髓的凋零寂寞，让整个晚唐亦黯然消沉，如南海睡莲，夜则花低入水。而李商隐不能幸免于此，他只不过是爱上了一个女子，便被放逐荒野。有人说他负了义，但他却是承了情。一个情感锐利的诗人在这种党争中势必情义难两全，他想独善其身而不能，他想只看一个人自身的好而无论其属哪一派亦不能，他只能在两党相争的刀锋上行走，且行且悲恸。

锦瑟华年成追忆

李商隐的《锦瑟》，被认为是中国古代诗歌中最难理解的作品。它是李商隐的代表作，是经典中的经典。这首七律，凝缩着诗人匆匆一生里跌宕起伏的命运，失落流离的际遇，讳莫如深的情感，酸楚伤痛的爱恋……这一切，就如同他名字中的那个“隐”字一样，朦朦胧胧，依稀仿佛，感觉得到，却捉摸不住，可以意会，不可言传。这种基调让李义山的诗形成了一种悲哀伤感、典丽精工、迷惘虚幻、抽象朦胧、禅悟自适的诗风。这在《锦瑟》中表现得尤为突出，辞藻华丽，情意缠绵，景象迷离，含义深邈，但诗的中心思想究竟是什么，一直存在争论。于是它便成为中国诗歌史上的“斯芬克思之谜”，或者说是文学的“哥德巴赫猜想”。这首诗具有超越诠释学的穿透与征服力量，既朦胧晦

【锦瑟】

李商隐

锦瑟无端五十弦，一弦一柱思华年。
庄生晓梦迷蝴蝶，望帝春心托杜鹃。
沧海月明珠有泪，蓝田日暖玉生烟。
此情可待成追忆，只是当时已惘然。

涩光怪陆离又家喻户晓，引无数人欣赏至极。《锦瑟》既有猜想价值，又有猜想余地，还能使猜解者错以为不难找到解谜门径。然而，深入研究下去，接踵而至的就是无尽的迷惑和茫然。自宋元以降，揣测纷纷，莫衷一是，因此它又是解释分歧最大的诗。

那写意中的静美琴音，在我的回忆中永远乐韵袅袅。回肠荡气的无标题音乐，就是你啊，锦瑟！在华年已逝的叹息中，我在问：你因何五十弦呢？没有理由，不需解释，更无从说起。我弹拨五十弦却说不清楚那人生的无常，瑟的锦缎美花纹，不就是那花样年华？瑟的悲凉凄声调，不就是这痛苦一生？

锦瑟啊，怎会这样巧，数来正好五十弦，恰似生命中青春岁月那样短暂？那音韵不同的丝弦，那间隔有致的音柱，一弦一柱弹拨出的悠悠乐律，怎么能不让我想起生命的每一阶段？一音一节都明朗清丽、幽婉哀怆，怎么能不唤起我逝水流年的追忆？

孤寂落寞的日子里，我凝望面前的瑟，你还是那样典雅华美。只是时光如流，不知不觉中韶华远逝，轻拨慢捻，说不尽无边心事。一弦一柱声声催，同思同念同奏心曲。一琴瑟，一你我，物我神通融会，聆锦瑟之繁弦，思华年之往事；音繁绪乱，惆怅难言。往事万千，九曲惋叹，叹那远走的年华盛景。只有我知道，你的多弦正是那曾经的灿烂岁月。可是这花样年华是如此的短暂，所以每一弦都在痛惜，逝去的青春和曾经的相爱。

一曲繁弦惊醒了我的梦，佳人锦瑟哪里寻？我再不能成寐，是的，亲爱的，你已离去，只留给我孤夜漫漫。那清早开始的晓梦，短暂如电光石火，知否晓梦正是我快乐无忧的儿时。悠悠半个世纪，谁能物我两忘。对着人生如梦，到底是庄周梦为蝴蝶？还是蝴蝶梦为庄周？一切迷茫皆是人为，感慨万端上升为反思的探索和深层的质疑。

在意气风发的华年之后，我仍在思念你，你也仍在思念着我。那就把啼血的疼与痛托给杜鹃吧！晨雾袅娜，若隐若现，彩蝶停留在含苞待放的花枝上惬意小憩，生活是这样的诗情画意逍遥自在。可是，庄子，这是你吗？你的人生终极追求呢？鲲鹏展翅九万里！

不！那不是你，也不是我，我不能沉浸在这样的晨梦里。听，杜宇声声！那正是望帝那颗为民之春心化为了杜鹃。当春风和畅，万物待生，杜鹃哪怕声声啼血，也要不停地叮咛百姓不误播种时节。是的，哪怕只能如望帝那样死后化为杜鹃，我也要经国济世流惠百姓与未来。

二十五弦弹夜月，不胜清怨却飞来。月夜鼓瑟，感伤尤深。沧海明月之夜境尤其高旷皓净，那凄寒孤寂当又加十分，难言的怅惘里苦闷与爱赏兼有。沧海月明在碧波万顷之上，皎洁中更突显珠光的泪涟涟。传说南海有鲛人，其泪能出珠。珠即是泪，泪即是珠。在柔美月光和宁静海面的背景里，是谁盈着泪水出现？瑟清越的曲音，渐渐画出茫茫沧海。上有一轮满月，独有明珠一颗被遗忘，凄清而寂寥中黯然垂泪。珠化为泪，是否在泣遗珠之憾？满腹经纶、才华灼照却遭遗弃，谁说英雄不流泪，只是未到伤心时！

只有蓝田日暖时，美玉才会升腾袅袅的烟霞。盼望着、期望着、渴望着，那旭日东升照亮人生之路，使旧有的闲恨怅惘催化出勃勃生机，让春光永驻激励搏击奋进！珠有泪是静如水之阴柔美，玉生烟是动若火之阳刚美，这双重之美啊摄魂夺魄。

此情可待成追忆，顾叹着实苍凉感伤，复情韵深长，亲爱的，现在的我，想你，念你，怜你，惜你，每每悔不当初，当初为何没有好好把你珍惜再珍惜。人生为何总是要开这样的残酷玩笑，我们面对最最值得珍惜的，往往当年不更事的我却漫不经心。等到觉悟时，却早已错过。再不可追寻，空叹息已惘然。

锦瑟数弦，都在思华年。追忆更追悔。然而，空抱锦瑟空怨华年。无尽的辛酸致使心力交瘁，谁人到此能不惘然若失？

生命中所有美好的都是那样短暂？我们又为什么总是在当时不懂得去珍惜？而当我们惊觉时又为什么注定是彻底的失去？一切的后悔注定是徒然又为什么我们还要无比的哀伤？假如生命中你没有珍惜那个最应珍惜的人，又假如这个人竟飘然离你远走，远至那不可知的彼岸，那么在岁月长河中，那音容笑貌为什么从来不会随时间推移而褪色？那么是否只有在这样的时候你才懂得了这爱早已成为生命中不能分割的一部分？宁静朗月和满天繁星营造了一个清辉下最美、最温柔的夜，两个身处异地的孤独哀伤的诗魂，却在完全相同的情绪之树干上绽花飘香，华丽、深沉、缥缈、神秘、迷醉、向往……

一首锦瑟人难解，前尘往事纷纷说，华景旋消惆怅在，人生到头只赢得一个凄凉世界。思（“思华年”）、忆（“成追忆”）、迷（“迷蝴蝶”）、惘（“已惘然”）。莫言万事转头空，未转头时已皆梦。

锦瑟啊，你为什么偏要去要思华年？在事过境迁之后，这样的一番回首前尘。义山啊，你为什么偏要去作赋吟诗？博有文采而不同凡俗，志存高远却又不合时宜。人生识字糊涂始，一饮琼浆百感生。人读书识字，才百感交侵，迷惘历乱，对人生才有了更深刻的体验更深刻的疑问。

在这些光明如镜的时间陷阱中，生活着许多理想的梦游者。不管外面的喧嚣，不论历史的演进，在这里有的是永恒，地老天荒的长存和瞬间的一次心跳，没有任何的不同。

当我们满怀无限的热情和渴望，一层一层地剥去生命的华丽外装后，我们看到的是仅仅是一片空虚的光芒。在这种光芒的照射下，生命有一种受伤的心悸和紧张，但随即就是一阵彻底的放松，那积攒了一生的泪，无所顾忌地尽情奔流而来。

是的，莫衷一是，也许永远不能定格的无常啊，你是传说中一种勾魂摄魄的精灵，黑色的无常是大地之上众生的无奈，白色的无常是灵魂世界里探索的迷惑，人生无奈，感受无常。

深谙无常的诗心清楚地知道，锦瑟华年终将离去，代之的是凄迷欲断的蝶梦，椎心泣血的鹃啼，寂寥映月的珠泪，随风而逝的玉烟……果然，人生无常，逝者如川上说。刹那间理想破灭，刹那间追求落空，刹那间欢爱如烟，刹那间青丝成雪。

如玉的岁月、如珠的年华，在值得珍惜之时却等闲而过，幡然醒悟之时已风光不再。月夜里，沧海之珠用冰凉的泪映照世事变迁。日光照耀下，蓝田美玉化作幻灭的蒸腾云烟。漫漫岁月壮丽多姿，可是觉后之悟看到的又是虚无缥缈。就是在当时已是令人不胜惘然，又何况如今独自抚思，更不堪回首的是那一层层人生境界：物我两忘梦幻与反思的境界，奋进搏击追求与幻灭的境界，缠绵离合情天恨海的境界，物是人非惆怅寂凉的境界。如泣如诉映射出人生价值的悲剧式拷问，不仅是在拷问苍天、大海，不仅是在拷问日月和珠玉，也是在拷问命运，拷问古往今来的所有人。

《锦瑟》一诗，每一个字都很简单，每一个词亦都意不深，但它们这样组合在一起后，就如水中之音，镜中之花，令人知其意，而不敢指其事以实之。而整首诗如星辰为文章于天，如桃花行文采于地，风行水上，涣为文章，当其风止，与水相忘。一首《锦瑟》恍若是李商隐跌宕的命运，失意的际遇，绮丽的爱情，梦幻的追忆……人间一只只狐狸来到李商隐的《锦瑟》之前乱拨琴弦，将不可言之言变成可言之言，将一首深邃的抒情诗变成一首首评论家自释而出的立意明确的悼亡诗、咏物诗、感遇诗、怀人诗、叙事诗……宋、元、明、清，揣度了一千多年，也被诘难、质疑、否定、推翻了一千多年。

李商隐的诗歌风格和唐朝其他诗人有显著的不同。中唐以后，诗歌开始大量集中于情爱、绮艳的题材，追求细美幽约，重主观、重心灵世界的表现。也就是说，大伙开始喜欢写抒情诗了。李商隐就是写抒情诗的高手，非常善于表达细微的情感。晚唐社会的衰亡破败、童年的困顿、仕途的失意、亲人的生离死别、爱情的不堪、身体的羸弱形成了义山庞大复杂的情感世界。所以他诗里情感的表达是多层次的，常常是一重情思里又套着另一重情思。看义山的抒情诗，你明明感觉联想到什么，可这种意象稍纵即逝，难以捕捉，如镜花水月，文字的联想魅力被发挥到极致，令人回味无穷。其中最有代表性的当属《锦瑟》。诗里用了四个典故：庄生梦蝶、杜鹃啼血、沧海珠泪、良玉生烟。四个神话故事和一架五十弦的锦瑟之间，无论是情感上还是逻辑上都没有联系，出现了五个情感的喻体，可本体却没有出现。我们只感觉到错综纠结于其间的各种情思。欲语还休，一唱数叹。沉吟时，万念俱出而又万念俱灭，唯留下那不可言说的幻美真实存在。短短五十六字，就把要说的、没说的，都说尽了。

拨动心弦，一弦一柱，细数自己的锦瑟华年——那时他是个青葱少年，那时他是个有志青年，“将军樽旁，一人衣白。十年忽然，蜩宣甲化。”蹀躞花骢骄不胜，十七岁的他以未登第的白衣身份入令狐楚将军幕府，在令狐楚有如养父一般的教导下，十年一恍，他像蝉蜕旧壳一般新生了！那是他人生中最美的时光。他爱过，若碧霞仙城的仙女般的女道士让他尝过了爱而不得的“春心莫共花争发，一寸相思一寸灰”的滋味；他暗恋过，在细细的雨中站在一个女子的红楼下，久久地望着，却不能送一对耳环给她，“红楼隔雨相望冷，珠箔飘灯独自归”；也曾经被一个听到他的诗的女子暗恋过，却因他进京赶考，而错过了她的约会。也曾在及第之时，这人生最大的盛景之前，抱有一颗平常心品尝自己人生第一次最大的成功：“玉管葭灰细细吹，流莺上下燕参差。日西千绕池边树，忆把枯条撼雪时。”古人烧苇膜成灰，置于律管中，放密室内，以占气候。某一节候到，某律管中葭灰即飞出，示该节候已到。

然后，他爱上了令狐家政敌的女儿，并与之结了婚。此时最关爱他的令狐楚已经去世，令狐楚的儿子令狐绹上位。执意没有选择跟令狐绹同一政治立场的李商隐被指斥为忘恩负义，从此他的人生他的仕途“虚负凌云万丈才，一生襟抱未曾开”。为了养活家人，他只能从某个欣赏他的官员那里谋得一个小小的职位，然后羁泊欲穷年：他去过桂林，在那里体会“天意怜幽草，人间重晚晴”；来到巴山，听过“巴山夜雨涨秋池”；又到扬州，突然倦了这种羁泊，“相逢一笑怜疏放，他日扁舟有故人”。在他四处漂泊的时候，妻子已经去世，他甚至来不及见上最后一面……

站在一方蓝田之上，李商隐回望自己的一生，才发现已是沧海桑田一场。曾以为自己是庄生梦中的蝴蝶，在繁花似锦的梦程里飞奔。而如今梦已醒来，自己不过是一直在做梦的庄生，梦醒了，人也倦了，倦在这名利场里走奔。曾经的梦蝶早蹉跎成断翼残骸，而自己的爱情离了又聚，聚了又散。

此刻在太阳升起之时，所有的杜鹃萎身谢礼，化成声声的杜宇，唤着李商隐不如归去，不如归去，正如简媜所说：“你的殿堂已是前尘，你的爱情已成往事。就把一款款的道理还给线装的书架，把一滴滴的泣血留给春泥，把一身姿态托给验尸的风雨，夜半湖心，秋虫唧唧……当太阳再升起，所有的杜宇声声唤你，所有的人间恩爱，你已双手归还而去。”

在人生无数次暗夜里，李商隐都有此归心，只是“此情可待成追忆，只是当时已惘然”。

有人认为《锦瑟》也是李商隐为纪念亡妻而作，以琴弦断裂比喻妻子去世。后人猜测“锦瑟”是个人名，乃是令狐楚家的一位侍儿，李商隐在令狐家受学期间曾与她恋爱，但最终没有结果。这段情事并无确凿史料证实，加之《锦瑟》一诗辞意缥缈难寻，写得隐晦朦胧，并无实指，所以最终只能是个传说。如果是真的，那又该是怎样一场风花雪月，不应情深，却不由情深，欲说还休，让人感慨万分。

古来才命两相妨

李商隐的妻子去世时，为了照顾一双幼小的儿女，为留在长安任职，李商隐曾不得不去求已经做了宰相的令狐绹。他写了一些夸赞令狐绹文章，希望打动令狐绹。这次令狐绹荐引李商隐做了太学博士。这个职位，品级不算低，却是个冷官。当初韩愈在担此官职时就有过抱怨：“公不见信于人，私不见助于友……冬暖而儿号寒，年丰而妻啼饥。头童齿豁，竟死何裨！”任此职位的李商隐心里也异常辛苦，他说自己“攻文枯若木，处世钝如锤……”这个官衔同画饼一样，让他“悔逐迁莺伴，谁观择虱时”。

令狐绹看似帮助了李商隐以显自己豁达，实则腹黑的他让李商隐陷入更加尴尬的境地。有志于仕的人以经书磨之，无异于吃荤的让他吃素，吃素的让他吃荤。更何况，对于李商隐这样一个早在年轻的时候就宣称“行道不系今古，直挥笔为文，不爱攘取经史，讳忌时世”的人，更是难以忍受这种“主事讲经，申诵古道，教太学生为文章”的日子。

不单如此，李商隐无奈而求令狐绹的那些诗信后来都成了人们讥讽他的理由，《旧唐书》说他“背恩，尤恶其无行”，“俱无持操，恃才诡激，为当途者所薄”。《新唐书》则说李商隐“诡薄无行”。

李商隐穷途时亦学问津，却问错了人，屡屡问向令狐绹。其实，此时他也只有这个错误的人可相问，这是大唐那个时代的悲哀：天下茫茫志士却无路可去。从此本可张狂的他被看成世俗，本可放怀的他被看成舍不下，本是恩义两重的人被看成是势利，本是高洁的人被看成无节操，本是以义孤行的人被看成是墙头草。

文人末路的悲怆，让迫于生计压力向命运低头的李商隐，更显苍凉，他桀骜的一生在此折腰。他不仅为了自己而活，还需为了家人而为五斗米奔波。所以李商隐要为自己发出那一声长叹“古来才命两相妨”。李商隐低头了，但没有低下脊梁。他一直陪着李德裕一党走到万劫不复的境地，而他也跟着万劫不复，这样的坚持与勇气是让人动容的。

远隔天涯共此心

851 年秋，被任命为西川节度使的柳仲郢向李商隐发出了邀请，希望他能随自己去西南边境的四川任职。柳仲郢治梓州，辖区在四川盆地中部。柳仲郢赏李商隐之才，怜其之困，就奏辟李商隐为其幕僚。李商隐接受了参军的职位，他在简单地安排了家里的事情之后，于十一月入川赴职。

李商隐写了两封感谢信给柳仲郢，里面提到柳仲郢“赐钱三十五万以备行李”。这笔钱在唐朝不是一笔小数目，正好可以让李商隐做安家费，将幼小的儿女留在长安托人照顾。所以李商隐说“不执鞭而获富，敢将润屋，且以腾装”。

李商隐先回到京城，他住在晋昌亭，晚上突然被惊禽声惊起。开窗一看，却见一鸟，飞来曲渚，来不知所来，过尽南塘，去不知所去，在天空无痕地飞过。这惊禽勾起李商隐在人世间的一腔惊悸之绪，一时陈情之感、悼亡之痛、远行之恨纷纷袭来：

李商隐写惊禽，先写自己亦是惊禽，而人间无处不惊。马嘶是一惊，塞笛是一惊，猿吟是一惊，村砧又是一惊，惊得他在天下竟无落脚之处。而普天下人亦都共此惊心，天下之不堪被闻者，不独惊禽，天下之不堪闻者，又不独晋昌亭上一鳏夫——晚唐已经无处给人安心。

深秋之时，李商隐出发去往梓州。

【宿晋昌亭闻惊禽】

李商隐

羁绪鳏鳏夜景侵，高窗不掩见惊禽。
飞来曲渚烟方合，过尽南塘树更深。
胡马嘶和榆塞笛，楚猿吟杂橘村砧。
失群挂木知何限，远隔天涯共此心。

【韩冬郎即席为诗相送，一座尽惊。他日余方追吟『连宵侍坐徘徊久』之句，有老成之风，因成二绝寄酬，兼呈畏之员外：】

十岁裁诗走马成，冷灰残烛动离情。
桐花万里丹山路，雏凤清于老凤声。
剑栈风樯各苦辛，别时冰雪到时春。
为凭何逊休联句，瘦尽东阳姓沈人。

好友的儿子韩偓也来送行，写了一首诗相送，其间有句“连宵侍坐徘徊久”，让李商隐惊叹其才而写出了那著名的一句“雏凤清于老凤声”——

在那冷灰残烛的离别筵上，你的儿子韩偓十岁就能在走马之间成文章。不久你将带着他行进在那桐花盛开的万里丹山路上，想他雏凤的鸣声当会比你老凤更清亮。你将在果州上任的路上剑栈风樯地水路兼程，从冰天雪地的冬天出发，第二年明媚春时你将会到达那里。冬郎（韩偓小字冬郎）你无须再凭何逊之才与我联句，我已如沈东阳瘦尽身骨也拟不出如此佳篇。

沈东阳，李商隐自注：“沈东阳约尝谓何逊曰：‘吾每读卿诗，一日三复，终未能到。’余虽无东阳之才，而有东阳之瘦矣。”

而韩偓果然雏凤清于老凤声，成为晚唐小有名气的诗人，其中著名的诗句有：“卷荷忽被微风触，泻下清香露一杯。”

世路干戈

李商隐出发了，开始了他一生当中寄迹幕府最长的一段时光。梓幕生活是李商隐宦游生涯中最平淡稳定的时期，他已经再也无心无力去追求仕途的成功了。五年后，他离开梓州，人生已经所剩无几。

李商隐来到梓州不久，便被柳仲郢派到成都处理事务。李商隐在成都遇见了表兄杜悰，写了一些诗文对这个被人评论为刻薄寡恩、素餐尸位的西川节度使大加褒扬，希望获得他的荐举得到朝职而能回到长安。

走投无路的李商隐又这样求助于一个口碑不好之人。而他因此写的歌功颂德的诗也成为他的污点，人们似乎又从他“恶草虽当路，寒松实挺生”的诗句里看到踩着李党李德裕逢迎牛党杜悰之意，让那清人冯浩大骂：“丑诋名臣，无聊谬算”，“以投赠之故，冀耸尊听，不惜违心而弄舌。”其实大唐有多少诗人不得不违心地逢迎上位者，连风清云淡的李白也不曾例外过。其实历史的真相往往被一层层尘灰所掩盖，李商隐如果没有对李德裕一派坚持的情义，又何来他政治上的惨败?

这个人品颇有争议的杜悰笑纳了李商隐对他的赞美，但是大概鉴于李商隐敏感的身份，也并未对他有任何实际的帮助。李商隐只好离开成都返回梓州。

在践行的宴席上，李商隐写了那首模仿杜甫的《杜工部蜀中离席》，说人间何处不分别，在这世道纷乱干戈未定时即使分别短暂也叫人珍惜。天朝的使臣还羁留雪岭未归，而皇帝的禁军还驻守在松州。众人皆醉我独醒，看江上风云多变幻。值此乱世，唯有成都的美酒堪送老呵，只因卖酒的仍是卓文君——

【杜工部蜀中离席】

李商隐

人生何处不离群，
世路干戈惜暂分。
雪岭未归天外使，
松州犹驻殿前军。
座中醉客延醒客，
江上晴云杂雨云。
美酒成都堪送老，
当垆仍是卓文君。

此时喑哑的晚唐，如乌夜暗啼，空寂冷清，诗人们已经没有了盛唐的激情。是的，没有了李白、张旭那种天马行空式的飞逸飘动，也缺乏杜甫、颜真卿那种忠挚刚健的骨力气势。纵是不乏潇洒风流，却总开始染上了一层薄薄的孤冷、伤感和忧郁。身为中晚唐的代表诗人，李商隐是孤冷、伤感和忧郁的主力者，但他在晦暗的时代背景下所产生的晦暗心理中，仍掩藏不住其蓬勃的抱负满怀的激情。他的诗时而落笔生绮绣，时而操刀振风雷。面对一个时代的突然崛起，李商隐也会豪迈、勇敢起来；而面对一个时代的萧条疮痍，李商隐也会秉承杜甫的沉郁顿挫、深刻悲壮的磅礴气势。比如他的《行次西郊作一百韵》，比如他明确标明学杜甫的《杜工部蜀中离席》，让王安石说："唐人知学老杜而得其藩篱者唯义山一人而已"。

但李杜二人的终极走向却是南辕北辙的。同样以内心迸发郁结很深的沉潜之气仗笔当空千里去，杜甫走向心外，与社会江山、街市自然接壤；而李商隐随着外面的风雨愈大而愈加走向内心，与其间一个浩浩茫茫虚无缥缈的世界接境。所以李商隐是“星沉海底当窗见，雨过河源隔座看”，而杜甫要“窗含西岭千秋雪，门泊东吴万里船”……

木兰花尽失春期

回到梓州，一直公务繁忙中，很长时间都不能去欣赏蜀地的风景。第二年三月，流觞时节又到，李商隐这才得以偷空来到城外，想抢在春天离去之前，抓一缕春风，写一首小诗。他来到了流杯亭。那时的人们每到三月初都会来此水滨集聚宴饮，在水上放置水杯，杯停谁前谁即取饮，以袚除不祥，是为“流觞”。李商隐匆匆来到，赶了个春天的尾巴：

身属中军少得归，木兰花尽失春期。
偷随柳絮到城外，行过水西闻子规。
——李商隐《三月十日流杯亭》

自己军务繁忙，等有空时来看春天，木兰花已经开谢，春天已经过去了。只好追着柳絮来到城外。在西溪岸上听得杜鹃啼，杜鹃只啼“不如归去，不如归去”。人们评说此诗结句妙不说破。

不知不觉，李商隐在巴山已经待了三个年头。又到了春时，这次李商隐赶来个早，赶在成都二月二日踏青节出行。看着春色有情，人更多情，只觉新滩水声不解游人寻春意，只做夜雨打檐声，打得李商隐的心都碎了：

大凡人生境界无常，若心头不乐，好境都成恶境。李商隐冷酷地频频揭开自己的痛处，一而再地提醒自己的磨难，却又要在这些伤口上轻轻地覆上一层温柔的薄纱，上面绣着落花游丝以显岁月静，又绣紫蝶黄蜂显青春深，在这种假象下面的真心实意却是血淋淋地在痛。这就是对自己冷酷对诗温柔的李商隐。

三年了，多病的李商隐的诗情却越来越沉重。清晨初起时，看见浓雾弥漫，自伤前途迷茫，本想日浴咸池人间当是大放光明的清晨，

【二月二日】

李商隐

二月二日江上行，东风日暖闻吹笙。
花须柳眼各无赖，紫蝶黄蜂俱有情。
万里忆归元亮井，三年从事亚夫营。
新滩莫悟游人意，更作风檐夜雨声。

【写意】

李商隐

燕雁迢迢隔上林，高秋望断正长吟。
人间路有潼江险，天外山惟玉垒深。
日向花间留返照，云从城上结层阴。
三年已制思乡泪，更入新年恐不禁。

可是五更之后天气却让人愁肠百结。在此三年，都在迷雾中度过，日头从来不肯来到我的屋梁为我送一线光明。这种让李商隐愁肠百结的迷雾，让李商隐感叹："潼水千波，巴山万嶂，接漏天之雾雨，隔嶓冢之烟霜。皓月圆时，树有何依之鹊；悲风起处，岩无不断之猿……"

三年，三年何人不思乡。所以李商隐作一首《写意》，写思乡之意：

潼江之险，玉垒之深，一堕其间，便成井底。而一年又一年，一月又一月，只今一日又一日，如此返照难留，暮云已结，此地已无法安处。而一日又一日，一月又一月，一年又一年就这般度过，让人如何耐得住那思乡的孤寂呵。

天涯断肠人，千万恨，恨极在天涯。所以李商隐亦如众诗人所喜欢的那般要写《天涯》：

春日在天涯，天涯日又斜。
莺啼如有泪，为湿最高花。

——李商隐《天涯》

伤时之感，迟暮之悲，漂泊之痛，种种纠结，言外只觉有一种深情。所以李商隐定定看着远在天涯的梅花，看成流落异乡不能回长安的自己：

定定住天涯，依依向物华。
寒梅最堪恨，常作去年花。

——李商隐《忆梅》

寒梅尚可作去年花，而人却非去年人，那些逝去的好年华啊，让李商隐身不堪恨，要那啼莺为自己泪洒最高花。

这是一个多么温婉的诗人，在风花雪月的锦缎之上洒自己伤春悲秋之泪，再没有往日的激情，如一条激情奔流的小溪遇山而停成了湖泊，浮荡着落花映照着惊月。

三生同听一楼钟

他在四川的梓州幕府生活的几年，大部分时间都郁郁寡欢。他曾一度对佛教发生了很大的兴趣，与当地的僧人交往，并捐钱刊印佛经，甚至想过出家为僧。

对古代知识分子来说，人生的悲凉，仕途的失望，往往促使他们叩禅问道，以此安慰无助的身心，追问生命的目的和意义。妻子王七姐死后，李商隐万念俱灰，转而向佛学寻求安慰。“三年以来，丧失家道。平居忽忽不乐，始克意事佛。方愿打钟扫地，为清凉山行者”（《樊南乙集序》）。在梓州幕府期间，他于长平山慧义精舍经藏院，拿出自己本已菲薄的俸禄，创石壁五间，金字勒《妙法莲华经》七卷。

在后期特别是王七姐殁后，李商隐所做诗文，往往流露出人生空幻，飘忽无常的感受，有的篇什以禅语如入诗，比如“仰看楼殿撮清汉，坐视世界如恒沙”（《安平公诗》），比如“世界微尘里，吾宁爱与憎”（《北青萝》），比如“若信贝多真实语，三生同听一楼钟”（《题僧壁》）等，可见对佛典有相当的涉猎，对佛理有相当的体悟。但是，他是一个人生未尽意者，一生热望，并不在此道，他的生命天平，始终偏向俗世价值的实现，而不是终极的超越。同是在失意之后向佛，王维是彻底斩断世缘，全身心投入，所以他是积极向佛的，“木末芙蓉花，山中发红萼，涧户寂无人，纷纷开且落”（《辛夷坞》），王维花事问花，菊事问菊，他没有站在事物的外部，而是化成流水、行云、青苔、芙蓉花的本身，物我浑一，物我两忘，有修有证；而李商隐的向佛，是消极的向佛，是文字的调遣，是理路上的征求，是精神的安慰，欲洁何曾洁，云空未必空。但是，李商隐的人生遭际和敏感的心灵，使他客观地在作品中反映出人生无常迅速、世事漂浮如梦、有求皆苦、一切空幻不实的感受，这却暗合了《金刚经》所揭示的：一切有为法，如梦幻泡影，如露亦如电，应作如是观。

暮春时节的某一日，李商隐披着一身风雨轻踏在梓州寺院的地板上，看着那白石莲花灯台上长明的火焰，那前尘往事化作珠玉从身上如落英缤纷滚落。

此刻的他亦想要做这佛前之灯，秉明黑夜：“白石莲花谁所共，六时长捧佛前灯。”

李商隐在饱尝思家之苦、漂泊之辛、不遇之悲的时候，开始把目光投向佛心，希望秉一盏佛前灯，照亮自己的莲花路。

于是当他遇见跟自己擦肩而过留一颔首示以佛意的智玄法师，便追随而去，以弟子之礼侍之。

此时多病的李商隐是那么执着地寄望于佛，曾从这佛经中重得光明，那他亦希望能再次因佛之引导而从暗夜走入光明。

李商隐情痴爱重，执迷不悔。在他的心目中，女性空灵、优雅、美丽、迷人，让他深情向往。“巫峡迢迢旧楚宫，至今云雨暗丹枫。微生尽恋人间乐，只有襄王忆梦中”（《过楚宫》），男女欢情，是人间至乐，李商隐既向往，又深感其虚幻；既感其幻灭，又追求不已。“直道相思了无益，未妨惆怅是清狂”，铭心刻骨，欲罢还休，如同鬼魅般执着。李商隐沉迷在过往的怅惘、现境的无奈以及对未来的期盼当中，用万缕情丝捆缚着自己，用千斛红泪折磨自己，从而作茧自缚，导致痛苦无以解脱。

李商隐执着与人间的美好事物，但他最敏感的，却是一幅幅兰摧桂折、香消玉殒的惨烈图景：“狂飙不惜萝荫薄，清露偏知桂叶浓”（《深宫》），“风波不信菱枝弱，月露谁教桂叶香”（《无题》）；他钟情美丽的女性，但这些美丽的女性却遭受无常的玩弄，“风露凄凄秋景繁，可怜荣落在朝昏”（《槿花》），明艳如花，青春似火，也不过是朝开暮落。“愿得勾芒索青女，不教容易损年华”（《赠勾芒神》），诗人幻想给人间带来生机春神勾芒，能迎娶肃杀的秋神青女，从而使时光之流凝固成永恒。由于对人生幻灭感有着刻骨铭心的体验，诗人对瞬间之美也表现出如火如荼的钟恋。“寻芳不觉醉流霞，倚树沉眠日已斜。客散酒醒夜深后，更持红烛赏残花”（《花下醉》），只有对美的幻灭有切骨入髓感受的人，才会有秉烛赏残花的情怀。

某一日，那个曾与他同去药山访融禅师的崔八，因看早梅而以一诗赠李商隐。李商隐在听法师讲经时，收到这诗，想起他们两人曾一起沿着岩花涧草西林路去学佛法，未见高僧却只见猿。而如今——

是的，在人生暗处，亦要天花作道场。

因一生沉沦失意而来往山水名胜的诗人常建，曾有一诗：

【酬崔八早梅有赠兼示之作】

李商隐

知访寒梅过野塘，久留金勒为回肠。
谢郎衣袖初翻雪，荀令熏炉更换香。
何处拂胸资蝶粉，几时涂额藉蜂黄。
维摩一室虽多病，亦要天花作道场。

【题破山寺后禅院】

常建

清晨入古寺，初日照高林。
竹径通幽处，禅房花木深。
山光悦鸟性，潭影空人心。
万籁此都寂，但余钟磬音。

竹径通幽处，禅房花木深，这时的李商隐如撞进如此山光里的小鸟，不是花迷客自迷，把一身红尘抖落，以一颗空寂之心来听这钟磬的清音。

苦海迷途去未因，东方过此几微尘。
何当百亿莲花上，一一莲花见佛身。
——李商隐《送臻师二首》

李商隐送某法师离去，自己拈莲花归来，归来的时候，他的世界如此空寂，正好供奉他的一朵莲花绽放如他的诗。

他以诗人的直觉处处体悟人生无常。

隋炀帝凿河南游，艳称当时，唯余水调悲吟；唐明皇宠爱玉环，风流一世，仅剩淋铃哀曲；能征惯战的关羽、张飞，仍不免被人诛杀；帝王将相，盖世英雄，终难逃无常铁腕。信誓旦旦的爱情，开天辟地的伟业，如空花，如露，如电。李商隐在《井泥》一诗中，感叹井中之泥，幽沉井底，然而，淘井的时候，它却能从井底升腾而出，承雨露滋润，赏云霞绚烂。俯观万象，又何止井泥如此？佛家讲人生八苦，生苦，老苦，病苦，死苦，求不得苦，爱别离苦，怨憎会苦，五蕴聚苦，娑婆世界，有情皆孽，有求皆苦。李商隐悲剧性的人生体验，对“求不得苦”感受尤深。求脱离痛苦而不得，求长享欢悦而不得，求实现理想而不得，“如何雪月交光夜，更在瑶台十二层？”（《无题》），徒有一腔的追求向往，却又因无常而难以实现；爱别离苦，也是李商隐的深切感受。“浮世本来多聚散，红蕖何事亦离披？”（《七月二十九日崇让宅燕作》）、“人世死前唯有别，春风争拟惜长条。”（《离亭赋得折杨柳》）。

想李商隐年轻时入山学道，那时道家乃是入仙地，在唐朝也是入仕途，李商隐学道自然有着入世心，而如今李商隐把眼光放到佛之上，他已有下马别红尘之心。

面对着这个让自己跌宕一生，除了一蓑风雨再无他获的入世的江湖，李商隐开始像那洗钵老僧临岸久，竟有些“悔与沧浪有旧期”的意味。

春去荣华尽，年来岁月芜，龙门跃意尽，沧海有枯鳞。李商隐想要在此江湖裂帆截棹，另觅一独钓寒江雪的江湖，所以李商隐在人生的末年要在蓝田日暖上望沧海月明，在当时惘然追忆此间痴情。

如果说“蓬山此去无多路，青鸟殷勤为探看”，还在绝望中透出一线希望的话，那么“刘郎已恨蓬山远，更隔蓬山一万重”则是“上穷碧落下黄泉，两处茫茫皆不见”。

真令人不爱此世

大中九年（855 年），李商隐在梓州第五个年头时，柳仲郢因有佳绩，被调回京城任为吏部侍郎。征于是李商隐五年梓幕生涯也就结束了。

结束之时，李商隐回忆了这五年的生活：

> 不拣花朝与雪朝，五年从事霍嫖姚。
> 君缘接座交珠履，我为分行近翠翘。
> 楚雨含情皆有托，漳滨卧病竟无憀。
> 长吟远下燕台去，惟有衣香染未销。
>
> ——李商隐《梓州罢吟寄同舍》

李商隐在此度过五度冬春，经常与同事一起参加筵席，看艺伎之舞。同事们皆有所托付，而李商隐抱病之身已再无风流心。长歌离开此地去，回首往事如云烟散尽，但留衣上香未销。李商隐挥一挥衣袖，不带走一缕往事的云烟，却带得一身余香归去。

856 年暮春，李商隐回到了长安，此时他的生命历程只剩下最后的三年时光。

就在这时，朝廷任命柳仲郢为兵部侍郎，充诸道盐铁转运使。此后，柳仲郢又奏任李商隐为盐铁推官。虽然品阶低，待遇却比较丰厚。

李商隐在 857 年年初来到了扬州，做他人生最后一个小官——盐铁推官。

858 年，李商隐离开扬州，他已在那个职位上工作了两三年，罢一日下马到，此时芳草萋。
四面多好树，旦暮云霞姿。
晚落花满地，幽鸟鸣何枝。
萝幄既已荐，山樽亦可开。
待得孤月上，如与佳人来。
……

职后回到故乡闲居。

他大概已经隐隐知道自己大限将至，他要在自己活着的时候，送自己魂归故里郑州。李商隐将要再回到江南，而后沿着少年时从江南送父亲魂魄归兮的那条路，将自己送回到郑州。

他先回了长安，从长安经洛阳再归郑州。经过洛阳的时候，写了一首长长的《井泥四十韵》：

李商隐就要回到他的仙乡，在仙乡，他将再遇那些离他而去的佳人。

李商隐回到郑州之后，唐宣宗大中末年，即在858年，李商隐在郑州病故。卒于此地的李商隐使得他的归乡成为真正的魂归。

这次归乡是李商隐用行为写成的一生最美的诗篇，他的一生也因这首诗而在最高潮、最烟花灿烂处结尾。

他对这世间留下最决绝的话是：“真令人不爱此世，而欲往走远飏耳！”那个巴山夜雨里写诗的诗人，终于随着朦胧的雨色融化到山河浮影里。君问归期未有期，永远不会有归期了，如烟花般绽出一朵，是李商隐以他敏锐的情怀，孜孜不倦，挥墨如彩，练为晚唐渲染绮丽的色彩，为仓皇末代送上一出出沉郁悲壮的千古绝唱。

大谬大误：诡薄无行

长安居，大不易。十年应试，十年求仕，李商隐付出整整二十年的心力，却始终不能登堂入室，实现光宗耀祖和济世拯民的理想，宣宗执政后更是彻底粉碎了他的梦。为了生计，宣宗大中年间，他先后追随外放的李党郑亚、卢弘政、柳仲郢等，在桂州、徐州、梓州等地任幕职，离妻别子，碌碌风尘，漂泊羁旅。“此生真远客，几别即衰翁”，“路绕函谷东复东，身骑征马逐征蓬”，“欲问孤鸿向何处，不知身世自悠悠”，“薄宦梗犹泛，故园芜已平”，李商隐的人生，如鸿雁迷途，如孤舟飘摇，无限落寞，终古凄凉。更糟糕的是，大中五年（851 年），器重他的卢弘正逝世，接踵而来是妻子王氏病故，连番打击，使李商隐几乎陷入绝望之境。“永巷长年怨绮罗，离情终日思风波。湘江竹上痕无限，岘首碑前洒几多。人去紫台秋入塞，兵残楚帐夜闻歌。朝来灞水桥边问，未抵青袍送玉珂。”这首“泪”，写尽人生苦痛，该是李商隐感伤身世的血泪结晶。同年七月，李商隐远赴东川任幕职。妻子殇逝，子女寄居京师，自己又要天涯孤旅，佛家讲人生诸苦如求不得苦，爱别离苦，怨憎会苦，纷纷集聚到李商隐身心，令他抑郁万端，为消解苦痛甚至叩禅问佛。大中九年（855 年）冬，李商隐回长安任盐铁推官，但不知为何三年后又被罢职。大中十二年底，四十七岁的李商隐病逝，结束了晦涩失意、忧谗畏讥、风刀霜剑、飘萍泛梗的无常人生，据说死的时候，他神态平和，不胜向往之意，是厌恶这个娑婆世界的剧苦流离，向往极乐世界的永恒的喜乐安宁？也许。

“芳心向春尽，所得是沾衣”（《落花》）。在这个末世之中，李商隐“芳心”有情，希望用一生精力令寒冬回暖，却只落得零落飘荡，沾人衣裳的命运。读完才子的落寞的一生，不由得让人欷歔不已。除了文学外，他这一生是失败的一生，与他的才华和抱负不堪匹配的一生，就连修在正史的评价，也是那样难看难听，《旧唐书》说他“恃才诡激，俱无持操”，《新唐书》说他“诡薄无行”，总之没有好话。真实的李商隐，是这样的一个人吗？他究竟是一个怎样的人？

奉儒家为正统的古代知识分子，读书的目的是什么？百分之百只有一个答案，那就是用世，学成文武艺，货与帝王家。当然，这个用世，一是要赢得衣食禄米，二是要光宗耀祖，三是要实现人生抱负。西方人本主义心理学家马斯洛指出人有的五重需要：一是生理上的需要，二是安全上的需要，三是情感和归宿的需要，四是尊重的需要，五是自我价值实现的需要。世事有变迁，人性无古今。我想作为李商隐，作为一个落魄家庭过早担当家庭责任的长子，他比任何人都更期待取得富贵，改变一家人衣食难以为继的穷困现状；作为一个数代小官微命、门庭日渐衰落的家族事业的承继者，他比任何人都更期待着出人头地，光宗耀祖；作为一个自小便展露才华、赢得赏识的才子，他又比别人多了一份师心自用、济世拯民的用世情怀。所以，李商隐对仕途的苦苦追求，不完全是对荣华富贵热望，就像他在《安定城楼》中所抒发的那样："永忆江湖归白发，欲回天地入扁舟，不知腐鼠成滋味，猜意鹓雏竟未休"。永忆江湖，即怀淡泊名利之心，欲回天地，即抱建功立业之志，二者看似矛盾，其实相成，如果没有淡泊的志趣，岂不是要成为争名逐利的禄蠹巧宦？这首诗体现了李商隐并不低下甚至有些高度的志趣胸怀。

从学养上来看，李商隐绝对是一等一的才华，李商隐熟谙历史，对历史治乱颇为留意，一生写下了大量的感怀咏史诗歌，指陈得失，以古喻今，见地非凡。一些句子至今为人津津乐道，为人耳熟能详，如：

北湖南埭水漫漫，一片降旗百尺竿，
三百年间同晓梦，钟山何处有龙盘？

——李商隐《咏史》

但从李商隐的一生行迹和遭遇来看，他的才华更体现在诗文上面，他的见地也只是体现在书本中历史上，在现实的政治生活中，他表现得那么幼稚、单纯、急迫、不通人情、不明世故。牛李党争，双方把个人恩怨渗入政治生活，这令人不耻，令狐绹等辈，有着个人胸怀方面的问题，但这是外部环境，是李商隐改变不了的，如何在这样的环境下取得主动，除了依附，还要看智慧圆融的眼光和手段。从李商隐的一生行迹以及所存诗文来考察，李商隐的性格和他欲说还休、吞吞吐吐的无题诗不一样，他个性耿直，不善转圜，目光甚至有些短视，对李商隐来说，他不成功的人生，犯了几个错误：

一是过于天真。他可能是正人君子，他可能讨厌党争，他可能想超脱党争，他可能比较天真地以为，只要我心底坦荡，做好自己，一心为公，就能得到现实的认可。确实，他的人品并像史书上说的那么差，令狐父子对李商隐有恩，终商隐之世，对令狐楚始终充满着感激之情，绝无半字微辞。两党剧斗，他总是同情弱者，牛党中的萧浣、杨嗣复被贬时，他前往贬所探望，令狐绹贬官时，李商隐与他的交往反而密切；李德裕失势，李商隐毫无顾忌地为其文集作序，为一个倒霉的宰相唱赞歌，从这里可看出李商隐守正不阿，同情弱者的品格，但如要在政治上有作为，这样做是幼稚的。他致命的单纯，可能还在于无视盘根错节的政治网络，不愿意投身到党派的阵营当中，不愿意去琢磨各种人际关系，想不偏不倚，就事论事，期待着凭着才华入世，有所作为，却偏偏事与愿违，两边不靠，两边受夹板气，导致一事无成人渐老。但话又说过来，正是由于没有是非标准的党争，由于必然性偶然的朝居动荡，埋葬了李商隐的雄心壮志，阻断了李商隐的仕途前程，其实，李商隐是无辜的，要仔细分析起来，他真是没有做错什么，他是牺牲品，他是悲剧性人物，令人叹惋。

二是自我控制能力较差。首先体现在过于急迫。他少时孤贫，被寄予了太多的改变现状的期待。作为新科进士，作为一个被各方视为有才华的人，前途应该是不可限量。因此他太急于步入仕进之途，他在令狐楚死后不久，即投向对方阵营中的王茂元，应该说，从人情伦理行来说，是没有去充分体察令狐一家所在阵营的感受的，人的一生，可能错过一次，就要错过一生。但是急迫的他，没有静下心来充分考察当前的政治生态，或者说，他根本就缺乏政治洞察力，就这样一头栽入险恶的江湖，从此就在这个旋涡中，备受煎熬；其次在男女情事上面，陷入较深，疏于检点，可能会导致社会上的一些看法，或者说，让想抹黑他的势力有着力的攻击点和口实。但考察历史，从来多才的大多多情，像李商隐这样的才子，在唐代那样奔放的时代，有几段男女情事，那是再也正常不过的，如果没有，那到反而不正常。但问题是，据后人考证，他的情事涉及女道士，甚至宫嫔等，那就有些犯规了，也许，越是禁忌的事，对人的吸引力越强？从李商隐深情绵邈的诗歌来看，他对感情是投入的，是绵长的，是深挚的，是有赤子之心，如人品有缺，是写不出那么至情至性的作品。他与王七姐结婚后，与对妻子的感情深笃，有诗《夜雨寄北》为证："君问归期未有期，巴山夜雨涨秋池，何当共剪西窗烛，却话巴山夜雨时。"可说是在情感上体贴入微。大致来说，李商隐算是个好男人，只是有些时候自控较差而已。

总的来说，李商隐虽是一个不成功的男人，但他的人品没问题，才华没问题，有正义感，有抱负感，有同情心，绝不是忘恩负义之辈，绝不是无行之徒，这一点来研究者基本有定论。他的问题根源，在于那个时代，在于他的身世，在于他的性格，在于他的宿命。"匝路亭亭艳，非时裛裛香"。他，是薄命才子，生不逢世。

独树一帜

李商隐的诗歌能在晚唐独树一帜，在于他心灵善感，一往情深，用很多作来表现晚唐士人伤感哀苦的情绪，以及他对爱情的执着，开创了诗歌的新风格、新境界。

李商隐诗歌成就最高的是近体诗，尤其是七言律绝。他是继杜甫之后，唐代七律发展史上的第二座里程碑。李商隐的《锦瑟》意象图继承了杜甫七律锤炼谨严、沉郁顿挫的特色，又融合了齐梁诗的浓艳色彩、李贺诗的幻想象征手法，形成了深情绵邈、绮丽精工的独特风格。如《重过圣女祠》借爱情遇合，于写景中融合比兴象征，寄寓困顿失意的身世之感；《春雨》将李贺古体诗的奇艳移入律诗，语言绮丽而对仗工整，音律圆美婉转，意象极美。但他的诗中因爱用僻典，诗的整体意旨往往隐晦。其次，李商隐将人生慨叹的抒写向更深细隐晦方面发展，善于用艳丽精工的艺术形式表达惆怅落寞的情绪，诗中充满了迷茫与悲凉的体验，作品深婉精丽、韵味深厚，"近而不浮，远而不尽"，富有象征暗示色彩，有一种朦胧美。如《锦瑟》，关于其诗意，历来众说纷纭：有悼亡说、寄托说、恋情说、听瑟曲说、编集自序说、自伤身世说等多种解释，表达幽微深远，具有朦胧美。再次，他的诗歌从某种意义上说是其心灵的象征，是一种纯属主观的生命体验的表现。李商隐的七绝如《宿骆氏亭寄怀崔雍崔衮》、《夜雨寄北》、《夕阳楼》等，较多抒写身世之感，感情细腻，意境婉约，诗中贯穿着身世和时世的悲感，具有沉痛凄切的抑郁情调和忧伤美，在艺术上更是细美忧约、沉博绝丽，在精工富丽的辞藻中，朦胧含蓄地表达自己的情思，成为伤感唯美文学的典型。

李商隐的诗歌有着广泛的师承。他悲怆哀怨的情思和香草美人的寄托手法源于屈原，他诗歌意旨的遥深、归趣难求的风格与阮籍有相通之处。杜甫诗歌忧国忧民的精神、沉郁顿挫的风格，齐梁诗歌的精工艳丽以及李贺诗歌的幽约绮丽的象征手法和风格都影响了李商隐。李商隐的一些长篇古体，雄放奇崛又近于韩愈；他还有少数诗歌清新流丽、纯用白描，脱胎于六朝民歌。李商隐善熔百家于一炉，故能自成一家。李商隐的诗歌，尤其是他的爱情诗对后世产生了很大的影响——从晚唐的韩偓等人，宋初的西昆诗人，直到清代的黄景仁、龚自珍，在诗风上均受其影响。此外，唐宋的婉约派词人，明清的许多爱情剧作家，也都不断地向他学习。尤其值得注意的是，李商隐那些表现伤感情调的诗歌，于凄艳哀婉之中融人身世时世之感，追求一种细美幽约的美，诗而词化的特征比较显著，如题材的细小化，情思的深微化，意境的婉丽纤柔等。这在诗与词之间搭起了一座过渡性的桥梁。

晚唐诗歌在前辈的光芒照耀下有着大不如前的趋势，而李商隐却又将唐诗推向了又一个高峰，是晚唐著名的诗人，杜牧与他齐名，两人并称“小李杜”。李商隐又与李贺、李白合称“三李”。与温庭筠合称为“温李”，因诗文与同时期的段成式、温庭筠风格相近，且三人都在家族里排行第十六，故并称为“三十六体”。其诗构思新奇，风格秾丽，尤其是一些爱情诗与无题诗写得缠绵悱恻，为人传诵。历史给了他各种评价，《旧唐书·卷一百九十下·列传第一百四十》说：“商隐能为古文，不喜偶对。从事令狐楚幕。楚能章奏，遂以其道授商隐，自是始为今体章奏。博学强识，下笔不能自休，尤善为诔奠之辞。与太原温庭筠、南郡段成式齐名，时号‘三十六’。文思清丽，庭筠过之。而俱无持操，恃才诡激，为当涂者所薄。名宦不进，坎壈终身。”后几句着实让人心寒，但清朝初年吴乔则说：“于李、杜后，能别开生路，自成一家者，唯李义山一人。”

清朝纪晓岚《四库总目提要》说：“《无题》之中，有确有寄托者，‘近知名阿侯’之类是也。有实属狎邪者，‘昨夜星辰昨夜风’之类是也。有失去本题者，‘万里风波一叶舟’之类是也。有与《无题》相连，误合为一者，‘幽人不倦赏’之类是也。其摘首二字为题，如《碧城》、《锦瑟》诸篇，亦同此例。一概以美人香草解之，殊乖本旨。”

清朝贺裳《载酒园诗话》言：“魏晋以降，多工赋体，义山犹存比兴。”当代古典诗词作家苏缨、毛晓雯著有《多情却被无情恼：李商隐诗传》。“多情却被无情恼”，苏东坡这一句词若孤立来看，正可用作李商隐一生的总括。多情者本已易于自伤，况欲于无情的世界里寻觅情的归所，而终于无处堪用其情，便只觉得世界辜负了自己。这话对李商隐而言，没有半分矫情，毕竟他所有的委屈都是应该的，因为这世界当真辜负了他。

施蛰存认为，李商隐的诗的社会意义虽然不及李白、杜甫、白居易，但是李商隐是对后世最有影响力的诗人，因为爱好李商隐诗的人比爱好李、杜、白诗的人更多。在清代孙洙编选的《唐诗三百首》中，收入李商隐的诗作 32 首，数量仅次于杜甫（38 首），居第二位，而王维入选 29 首、李白入选 27 首。这个唐诗选本在中国家喻户晓，由此也可以看出李商隐在普通民众中的巨大影响。

晚唐时期，韩偓、吴融和唐彦谦已经开始自觉学习李商隐的诗歌风格。到了宋代，学习李商隐的诗人就更多了。据叶燮说：“宋人七绝，大概学杜甫者什六七，学李商隐者什三四。”（《原诗》）北宋初期的杨亿、刘筠、钱惟演等人宗法李商隐，经常互相唱和，追求辞藻华美、对仗工整，并刊行了一部《西昆酬唱集》，被称为西昆体。在当时颇有影响，但是未学到李商隐诗歌精髓，成就非常有限，影响力也随着欧阳修等人走上文坛而消失。此外，王安石对李商隐的评价也很高，认为他的一些诗作“虽老杜无以过也”（《蔡宽夫诗话》）。王安石本人的诗歌风格也明显受到李商隐的影响。

【无题·昨夜星辰昨夜风】

兰泊宁

碧海青天吟红烛，相思万缕。
道不尽、巴山夜雨。
心有灵犀双飞翼，明珠有泪悲难诉。
几缱绻，几参悟。人生向背知何处？
陷纷争，一腔憎恶。
夹缝栖身终不傍，平步难登仕路。
竟不得、光宗耀祖。
题壁樽前怜楚客，惹鸡肠嫉怨成羞怒。
哀叹处，恨相负。

明朝的诗人从前、后七子到陈子龙、钱谦益、吴伟业，都受到李商隐的影响。明清二朝喜欢写艳情诗的人、书画家王靖先生更是专学李商隐的无题诗，例如明末诗人王彦泓的《疑云集》和《疑雨集》》（注：《疑云集》是否为王彦泓作品集，学术界存在较大争议）。民国时期鸳鸯蝴蝶派小说中的香艳诗也是受到李商隐的影响。

在漫天风雨的黄叶之下，冷雨敲窗，金烬销暗，秋尽天寒，抱影无眠时，柔软的心里那些不足与外人道的心事郁结的多了，终有一日酝酿出瑰丽的想象，在海水明月和翡翠芙蓉间，云蒸霞蔚成工巧凝练的诗文。很多人说李义山的爱情诗绮丽华美，甚则言其“绝艳”，但细看字里行间，写满的不是香艳软媚，而是字字惆怅，从首联黯然销魂到尾联。

从春寒着雨、珠箔漂灯的昏黄傍晚，到蜡照翡翠、麝熏芙蓉的幽暗深夜，主人公无论男女，都是茕茕孑立的一个人。窗前灯下，或怅惘，或追思，或寤寐思服，辗转而不得入梦。凤尾香罗、白色夹衣还是往日熟悉的温暖气息，却也不由得觉得冷。这是爱情的绝唱，也是人生的咏叹！面对人生这部宏阔的协奏曲，爱情其实也只能算是一段和音吧！

无处话凄凉

有声当彻天，有泪当彻泉

生死相隔十年伤

每逢暮雨倍思卿

谁见幽人独来往

寂寞沙洲冷

第二章

苏轼：有声当彻天，有泪当彻泉

掬一池碧泉，亭台楼阁里有你娇美的红妆，一首诗，一阙词，一曲雅韵，造就了一场悱恻心脾的千年盛恋，留下的凄美有目共睹。倘若有所谓的下世轮回，那会是怎样的场面？庭院深深，倚栏而立，拨开内心深处的裂痕，凹凸不平，千疮百孔，因为恋，才有所谓的痴情绝恋；因为爱，才有所谓的爱恨怨仇；因为伤，才有所谓的痛彻心扉……

花零落，点缀了秋日的幽静凄婉，让人暗生忧怅黯淡之感；或许一年四季的演变正是一个人一生的轨迹，从春暖花开到海天云蒸，再从层林尽染又到寒风侵肌。

静守一方夜色阑珊，纤尘不染的思境晶莹剔透，“你若安好便是晴天”、“相见不如怀念”，也许这就是一种凄美的境界吧。三段情，一生殇，夙愿未了清泪垂，凝眸吟弦断。

苏轼，（1037—1101）著名文学家。字子瞻，又字和仲，号东坡居士，故又名苏东坡。眉州眉山（今四川眉山）人。公元1057年（宋仁宗嘉祐二年）与弟苏辙同登进士，授福昌县主簿、大理评事、签书凤翔府节度判官，召直史馆。公元1079年（神宗元丰二年）知湖州时，以讪谤系御史台狱，次年贬黄州团练使，筑室于东坡，自号东坡居士。公元1086年（哲宗元祐元年）还朝，为中书舍人，翰林学士，知制诰。公元1094年（绍圣元年），又被劾奏讥斥先朝，远贬惠州、儋州。公元1100年（元符三年），始被召北归，次年卒于常州。

无处话凄凉

【江城子】

苏轼

江城子乙卯正月二十日夜记梦

十年生死两茫茫。不思量，自难忘。
千里孤坟，无处话凄凉。
纵使相逢应不识，尘满面，鬓如霜。
夜来幽梦忽还乡。小轩窗，正梳妆。
相顾无言，惟有泪千行。
料得年年肠断处，明月夜，短松冈。

苏轼的词一向以豪情万丈而著称，而此词缠绵悱恻。但我最为难忘的倒并非那“大江东去”的豪迈和“千里共婵娟”的旷远，恰恰是这首每读泪必盈眶的《江城子》。

人们或许对于“十年生死两茫茫。”这一句更为熟悉；但在我眼中“夜来幽梦忽还乡。小轩窗，正梳妆。相顾无言，惟有泪千行。”白日苦苦思念不得，梦里际会，却看到夫人临窗装扮，如同十年前一样；旧时的温馨重又回来，十年的思念一时间齐上心头，欣喜与悲伤，不知哪一个会多一点？

这是苏轼为悼念原配妻子王弗而写的一首悼亡词，表现了绵绵不尽的哀伤和思念。全词情意缠绵，字字血泪。上阕写词人对亡妻的深沉思念，是写实。下阕记述梦境，抒写了诗人对亡妻执着不舍的深情。上阕记实，下阕写梦，衬托出对亡妻的思念，加深本词的悲伤基调。既写了王弗，又写了词人自己。词中采用白描手法，出语如话家常，却字字从肺腑镂出，自然而又深刻，平淡中寄寓着真淳。这首词思致委婉，境界层出，情调凄凉哀婉，为脍炙人口的名作。

有声当彻天　有泪当彻泉

苏东坡十九岁时，与年方十六的王弗结婚。王弗年轻美貌，且侍亲甚孝，二人恩爱情深。可惜天命无常，王弗二十七岁就去世了。这对东坡是绝大的打击，其心中的沉痛，精神上的痛苦，是不言而喻的。苏轼在《亡妻王氏墓志铭》里说：“治平二年（1065 年）五月丁亥，赵郡苏轼之妻王氏（名弗），卒于京师。六月甲午，殡于京城之西。其明年六月壬午，葬于眉之东北彭山县安镇乡可龙里先君、先夫人墓之西北八步。”于平静语气下，寓绝大沉痛。公元 1075 年（熙宁八年），东坡来到密州，这一年正月二十日，他梦见爱妻王氏，便写下了这首“有声当彻天，有泪当彻泉”（陈师道语）且传诵千古的悼亡词。

中国文学史上，从《诗经》开始，就已经出现“悼亡诗”。从悼亡诗出现一直到北宋的苏轼这期间，悼亡诗写得最有名的有西晋的潘岳和中唐的元稹。晚唐的李商隐亦曾有悼亡之作。他们的作品悲切感人。或写爱侣去后，处孤室而凄怆，睹遗物而伤神；或写作者既富且贵，追忆往昔，慨叹世事乖舛、天命无常；或将自己深沉博大的思念和追忆之情，用恍惚迷离的文字和色彩抒发出来，读之令人心痛。而用词写悼亡，是苏轼的首创。苏轼的这首悼亡之作与前人相比，它的表现艺术却另具特色。这首词是“记梦”，而且明确写了做梦的日子。但虽说是“记梦”，其实只有下片五句是记梦境，其他都是抒胸臆，诉悲怀的，写得真挚朴素，沉痛感人。

题记中“乙卯”年指的是公元 1075 年（宋神宗熙宁八年），其时苏东坡任密州（今山东诸城）知州，年已四十。这首“记梦”词，实际上除了下片五句记叙梦境，其他都是抒情文字。开头三句，排空而下，真情直语，感人至深。“十年生死两茫茫”，生死相隔，死者对人世是茫然无知了，而活着的人对逝者呢，不也同样吗？恩爱夫妻，撒手永诀，时间倏忽，转瞬十年。“不思量，自难忘”，人虽云亡，而过去美好的情景“自难忘”啊！王弗逝世转瞬十年了，想当初年方十六的王弗嫁给了十九岁的苏东坡，少年夫妻情深意重自不必说，更难得她蕙质兰心，明事理。这十年间，苏东坡因反对王安石的新法，颇受压制，心境悲愤；到密州后，又逢凶年，忙于处理政务，生活困苦到食杞菊以维持的地步，而且继室王润之（或许正是出于对爱妻王弗的深切思念，苏东坡续娶了王弗的堂妹王润之，据说此女颇有其堂姐风韵）及儿子均在身旁，哪能年年月月，朝朝暮暮都把逝世的妻子挂在心间呢？不是经常想念，但绝不是已经忘却。这种深深地埋在心底的感情，是难以消除的。因为作者时至中年，那种共担忧患的夫妻感情，久而弥笃，是一时一刻都不能消除的。作者将“不思量”与“自难忘”并举，利用这两组看似矛盾的心态之间的张力，真实而深刻地揭示了自己内心的情感。十年忌辰，触动人心的日子里，他又怎能“不思量”那聪慧明理的贤内助呢。往事蓦然来到心间，久蓄的情感潜流，忽如闸门大开，奔腾澎湃难以遏制。于是乎有梦，是真实而又自然的。“千里孤坟，无处话凄凉”。想到爱妻华年早逝，感慨万千，远隔千里，无处可以话凄凉，话说得极为沉痛。其实即便坟墓近在身边，隔着生死，就能话凄凉了吗？这是抹杀了生死界线的痴语、情语，极大程度上表达了作者孤独寂寞、凄凉无助而又急于向人诉说的情感，格外感人。接着，“纵使相逢应不识，尘满面，鬓如霜”。这三个长短句，又把现实与梦幻混同了起来，把死别后的个人种种忧愤，包括在容颜的苍老，形体的衰败之中，这时他才四十岁，已经“鬓如霜”了。明明她辞别人世已经十年，却要“纵使相逢”，这是一种绝望的、不可能的假设，感情是深沉、悲痛，而又无奈的，表现了作者对爱侣的深切怀念，也把个人的变化作了形象的描绘，使这首词的意义更加深了一层。

生死相隔十年伤

苏轼在外有文友相陪，回家有红颜知己为妻，想当年的生活自是“羽扇纶巾”！可正如“月有阴晴圆缺”，王弗却未能与之白头偕老。绝唱也就只能存于记忆之中。人生最凄凉处莫过于无人对白。王弗于那千里孤坟之中又何尝不是“不思量，自难忘”，纵有千般柔情更与谁说。十年的岁月，苏轼跌落尘埃，自认为早已面目全非。爱妻定然还如十年前一般秀于外慧于中，而自己却于世间跌跌撞撞，伤痕累累，浊气浑然，那双鬓也留下了如雪的相思。

苏东坡曾在《亡妻王氏墓士铭》记述了“妇从汝于艰难，不可忘也”的父训。而此词写得如梦如幻，似真非真，其间真情恐怕不是仅仅依从父命，感于身世吧。作者索于心，托于梦的确实是一份“不思量，自难忘”的患难深情。

下片的头五句开始记梦，“夜来幽梦忽还乡”是记叙，写自己在梦中忽然回到了时在念中的故乡，在那个两人曾共度甜蜜岁月的地方相聚、重逢。“小轩窗，正梳妆。”那小室，亲切而又熟悉，她情态容貌，依稀当年，正在梳妆打扮。这犹如结婚未久的少妇，形象很美，带出苏轼当年的闺房之乐。作者以这样一个常见而难忘的场景表达了爱侣在自己心目中永恒的印象。夫妻相见，没有出现久别重逢、卿卿我我的亲昵，而是“相顾无言，唯有泪千行”！这正是东坡笔力奇崛之处，妙绝千古。正唯“无言”，方显沉痛；正为“无言”，才胜过了万语千言；正唯无言，才使这个梦境令人感到无限凄凉。“此时无声胜有声”，无声之胜，全在于此。别后种种从何说起？只有任凭泪水倾盈。一个梦，把过去拉了回来，但当年的美好情景，并不存在。这是把现实的感受融入了梦中，使这个梦也令人感到无限凄凉。结尾三句，又从梦境落回到现实上来。“料得年年肠断处；明月夜，短松冈。”料想长眠地下的爱侣，在年年伤逝的这个日子，为了眷恋人世、难舍亲人，该是柔肠寸断了吧？推己至人，作者设想此时亡妻一个人在凄冷幽独的“明月”之夜的心境，可谓用心良苦。在这里作者设想死者的痛苦，以寓自己的悼念之情。这种表现手法，有点像杜甫的名作《月夜》，不说自己如何，反说对方如何，使得诗词意味，更加蕴蓄。东坡此词最后这三句，意深，情痛，余音袅袅，让人回味无穷。特别是“明月夜，短松冈”二句，凄凉清幽独，黯然魂销。正所谓“天长地久有时尽，此恨绵绵无绝期”（白居易语）。这番痴情苦心实可感天动地。

这首词运用分合顿挫，虚实结合以及叙述白描等多种艺术的表现方法，来表达作者怀念亡妻的思想感情，在对亡妻的哀思中又糅进自己的身世感慨，因而将夫妻之间的情感表达得深婉而挚着，使人读后无不为之动情而感叹哀惋。

宋神宗驾崩后，宋哲宗继位，任用司马光为宰相，苏东坡又被召回京城升任龙图阁学士，兼任小皇帝的侍读。这时的苏东坡，十分受宣仁皇太后和年仅十二岁的小皇帝的赏识，政治上春风得意。应该说，苏东坡再次得宠多少有些幸运的成分。这么个大词人，大文学家，被政治牵绊得头晕目眩，苏子的一生常常让人有点啼笑皆非的意思，所以我们有理由相信，在这一段相对安稳适意的生活中，苏东坡的精神状态是轻松和愉悦的，但苏东坡也断断不能忘记王弗曾经陪伴着自己度过的那些艰难的时光。王弗在苏东坡的一生中作扮演的角色绝非一个主妇那么简单，在林语堂的《苏东坡传》中也曾有过这样的落笔：……苏东坡……由气质和自然的爱好所促使，要变成一个隐士。社会，文化，学问，读历史的教训，外在的本分责任，只能隐藏人的本来面目。若把一个人由时间和传统所赋予他的那些虚饰剥除净尽，此人的本相便呈现于你之前了。……他偶尔喝醉，甚至常常喝醉而月夜登城徘徊。这时他成了自然中伟大的顽童——也许造物主根本就希望人是这副面貌吧。

“顽童”，这里林语堂先生固然是用一种嘉许的语气在点评苏东坡的自由性灵，然而苏东坡实际上又何尝不是一个顽皮的孩子呢？不谙世事，兴致所至，聪明有余而内敛不足。

苏夫人聪明解事，办事圆通。她是进士的女儿，能读能写，但是并非一个“士”。做妻子的也知道要管家事，要抚养孩子，要过日子。正因为如此，苏东坡的生活中是不能没有一个这样的女人把握船舵的。只有在妻子无微不至的照顾下，苏东坡才有更多的闲情逸致去“沐于沂，浴乎舞雩”。也正因为如此苏夫人也成为苏东坡最为信任依赖的人，很多事情埋藏在苏东坡的心灵深处，别人大多不知道，苏东坡的妻子一定知道。同过患难，共过生死，日日的关心和爱护，充满信任的等待和抚慰。王弗给与苏东坡的是所谓“相濡以沫”的质朴而深厚的情感。

在这首小词中，读不到一句令人感觉“矫情”之语，词语的运用简练凝重。每一个音节的连接都有冷涩凝绝之感，犹如声声咽泣，压抑沉重的气氛就在这“幽咽泉流”中弥散开来，让人艰与呼吸，又难以逃避。

苏东坡用了十年都舍弃不下的，是那种相濡以沫的亲情。他受不了的不是没有轰轰烈烈的爱情，而是失去了伴侣后孤单相吊的寂寞。“纵使相逢应不识，尘满面，鬓如霜”在梦里能够看见的，也全是逝去亲人往日生活里的琐碎片段。因为在那些琐碎里，凝结着化不去的亲情。在红尘中爱的最高境界是什么？执子之手是一种境界，相濡以沫是一种境界，生死相许也是一种境界。在这世上有一种最为凝重、最为浑厚的爱叫相依为命。那是天长日久的渗透，是一种融入彼此生命中的温暖。

面对这样的深情，任何解读都似乎是一种伤害，那是需要在生命里反复吟唱，静夜中不断怀思的乐音。无数的人毫不吝惜地把“绝唱”这个词赠予了这首词，在这样一个滥情的年代，我们庆幸还有《江城子》这样的情感值得我们永远的祭奠。

“问世间情为何物，只教人生死相许”，挚爱是可以超越时空的，苏轼永远是苏轼，他永远有苏轼式的豪情与浪漫。十年何妨，生死相隔又何妨？我自可幽梦相逢，倾诉衷肠。只是相逢无解心中愁千苦，平添更多伤。场景无变，温情依旧，却全无卿卿我我如燕的呢哝，生离的颠沛，死别的凄楚，何语能明，何言能载？肠断处自有断肠人在，有爱如斯，令人荡气回肠，“唯有泪千行”！

每逢暮雨倍思卿

王朝云，字子霞，钱塘人，因家境清寒，自幼沦落在歌舞班中，却独具一种清新洁雅的气质。宋神宗熙宁四年，苏东坡被贬为杭州通判，一日，宴饮时看到了轻盈曼舞的王朝云，备极宠爱，娶她为妾，此时的苏东坡已经四十岁了。

苏东坡是一位性情豪放的人，在诗词中畅论自己的政见，得罪了当朝权贵，几度遭贬。在苏东坡的妻妾中，王朝云最善解苏东坡心意。一次，苏东坡退朝回家，指着自己的腹部问侍妾：“你们有谁知道我这里面有些什么？”一答：“文章”。一说：“见识。”苏东坡摇摇头，王朝云笑道：“您肚子里都是不合时宜。”苏东坡闻言赞道：“知我者，唯有朝云也。”

苏东坡在杭州四年，之后又官迁密州、徐州、湖州，因“乌台诗案”被贬为黄州副使，这期间，王朝云始终紧紧相随。在黄州时，他们的生活十分清贫。元丰六年，王朝云为苏东坡生下了一子，取名遂礼。

宋神宗驾崩后，宋哲宗继位，任用司马光为宰相，全部废除了王安石的新法；苏东坡又被召回京城升任龙图阁学士，兼任小皇帝的侍读。两年之后，苏东坡再度被贬任杭州知府。杭州百姓非常爱戴他。此后苏东坡又先后出任颖州和扬州知府。宋哲宗用章敦为宰相，政见不同的苏东坡被贬往南蛮之地的惠州（今广东省惠阳县），这时他已经年近花甲了。

朝云随苏轼到惠州时，才三十岁出头，而当时苏东坡已年近花甲。眼看主人再无东山再起的希望，苏轼身边的侍儿姬妾都陆续离去，只有朝云始终如一，追随着苏东坡长途跋涉，翻山越岭到了惠州。苏轼十分感动，刚到惠州不久，就为朝云赋诗一首：

【朝云诗】

苏轼

不似杨枝别乐天，
恰如通德伴伶元；
阿奴络秀不同老，
无女维摩总解禅。
经卷药炉新活计，
舞衫歌板旧姻缘；
丹成逐我三山去，
不作巫山云雨仙。

这首诗还有这样一个序言：“予家有数妾，四五年间相继辞去，独朝云随予南迁，因读乐天诗，戏作此赠之。”

当初白居易年老体衰时，深受其宠的美妾樊素便溜走了，白居易因而有诗“春随樊子一时归”。朝云与樊素同为舞妓出身，然而性情迥异。朝云的坚贞相随让老年苏轼倍觉安慰。

没有想到的是，造化弄人。这样一位善解人意的囡囝并没有陪伴老迈的苏轼走完他的人生之路，反而先于苏轼离开尘世的喧嚣。绍圣二年七月五日，朝云突然得了一种瘟疫，不治身亡。朝云是虔诚的佛教徒，她在咽气之前握着苏东坡的手，念着《金刚经》上的谒语：“一切有为法，如梦、幻、泡、影，如露，亦如电，应做如是观。”意思是：“世上一切都为命定，人生就像梦、幻、泡、影，又像露水，像闪电，转眼之间就永远消逝了，因此没必要过于在意。”这番话不只是朝云对禅道的彻悟，其中也隐含着她临终时对东坡的无尽牵挂。

八月三日，按照朝云的心愿，苏东坡把她安葬惠州西湖孤山南麓栖禅寺大圣塔下的松林之中。朝云安息之所是一个僻静的地方，黄昏时分可以听到阵阵松涛和禅寺的钟声。附近寺院的僧人筹款在墓上修了一座亭子，就是“六如亭”，用以纪念朝云。亭柱上镌有苏东坡亲自撰写的一副楹联：

不合时宜，惟有朝云能识我；
独弹古调，每逢暮雨倍思卿。

这副亭联不仅透射出苏东坡对一生坎坷际遇的感叹，更饱含着他对一位红颜知己的无限深情。这副联已经损毁在漫长的岁月里。现存的朝云墓和六如亭是清朝伊秉绶任惠州知府时重修的，亭柱的石刻楹联是陈维所书："从南海来时，经卷药炉，百尺江楼飞柳絮；自东坡去后，夜灯仙塔，一亭湖月冷梅花。"楹联形象、真切地概括了东坡与朝云当年贬谪生活的点点滴滴，也反映出千百年来朝云墓带给后人的阴冷、凄清的感觉。

谁见幽人独来往

北宋哲宗绍圣年间，在广南东路的惠州（今惠州市）白鹤峰的几间草屋内住着一位两鬓飞霜的老人和他的家属。白天，他在草屋旁开荒种田；晚上，在油灯下读书或吟诗作词。这位老人便是当朝名臣苏轼。他的大半生都处于新党与旧党斗争的夹缝之中，由于他为人刚正不阿，直言敢谏，所以一再遭贬。哲宗元佑八年（1093 年），所谓的新党上台，他们把苏轼当作旧党来迫害，一贬再贬，最后贬为建昌军司马惠州安置。苏轼感到北归无望，便在白鹤峰买地数亩，盖了几间草屋，暂时安顿下来。

说来也怪，每当夜幕降临之时，便有一位妙龄女子暗暗来到苏轼窗前，偷听他吟诗作赋，常常站到更深夜静。露水打湿了她的鞋袜，而她却浑然不觉，还在全神贯注地听着，听到会心处她会情不自禁地跟着小声吟读，那摇头晃脑的样子，俨然一位老学究。这位夜半的不速之客很快就被主人发现。一天晚上，当这位少女偷偷掩至之时，苏轼轻轻推开窗户，想和她谈谈，问个究竟。谁知，窗子一开，那位少女像一只受惊的小鸟，撒腿便跑，她灵活地跳过矮矮的院墙，便消失在夜幕之中。

白鹤峰一带人烟稀少，没有几户人家，没有多久苏轼便查清了事情的原委。原来，在离苏轼家不远地方，住着一位温都监。他有一个女儿，名叫超超，年方二八，生得清雅俊秀，知书达礼，尤其喜爱阅读东坡学士的诗歌词赋，常常手不释卷地读着，苏公的作品她都背得很熟，达到了入迷的程度。她打定主意，非苏学士这样的才子不嫁。因此，虽然过了及笄（十五岁）之年，却尚未嫁人。自从苏轼被贬到惠州之后，她一直想寻找机会与苏学士见面，怎奈自己与苏公从未谋面。苏轼虽然遭贬，毕竟还是朝廷大臣，而自己是一个小小都监的女儿，怎能随便与人家见面呢？况且男女有别。因此只好借着夜幕的掩护，不顾风冷霜欺，站在泥地上听苏学士吟诗，在她，真是一种莫大的享受。

苏轼了解真情之后十分感动，他暗想，我苏轼何德何能，让才女青睐以至如此。他打定主意，要成全这位才貌双全的都监之女。苏轼认识一位姓王的读书人，生得风流倜傥，饱读诗书，抱负不凡。苏轼便找机会对温都监说："我想在王郎与令女之间牵根红线，让令爱早遂心愿。"温都监父女都非常高兴。从此，温超超便闭门读书，或者做做女红针黹，静候佳音。

谁知，祸从天降。当权者对苏轼的迫害并没有终止。正当苏轼一家人在惠州初步安顿下来之时，绍圣四年（1097 年）四月，哲宗又下圣旨，再贬苏轼为琼州别驾昌化军安置。琼州远在海南，"冬无炭，夏无泉"，是一块荒僻的不毛之地。衙役们不容苏轼做什么准备，紧急地催他上路，苏轼只得把家属留在惠州，只身带着幼子苏过动身赴琼州。全家人送到江边，洒泪诀别。苏轼想到自己这一去生还的机会极小，也不禁悲从中来。他走得如此急促，他的心情又是如此的恶劣，哪里还顾得上王郎与温超超的婚事呢？

苏轼突然被贬海南，对温超超无疑也是晴天霹雳。她觉得自己不仅错失一门好姻缘，还永远失去了与她崇敬的苏学士往来的机会。从此她变得痴痴呆呆，郁郁寡欢。常常一人跑到苏学士在白鹤峰的旧屋前一站就是半天。渐渐她连寝食都废了，终于一病不起。临终，她还让家人去白鹤峰看看苏学士回来没有。她带着满腔的痴情，带着满腹的才学和无限的遗憾离开了这个世界。家人遵照她的遗嘱，把她安葬在白鹤峰前一个沙丘旁，坟头向着海南，她希望即使自己死了，魂灵也能看到苏学士从海南归来。

元符三年（1100 年），徽宗继位，大赦天下，苏轼才得以回到内地。苏轼再回惠州时，温超超的坟上已是野草披离了。站在超超墓前，苏轼百感交集，不禁清泪潸然而下，却但无法安慰这个苦难的灵魂，他满怀愧疚，吟出了这首词。

【卜算子】

苏轼

缺月挂疏桐，漏断人初静。
谁见幽人独往来？
缥缈孤鸿影。
惊起却回头，有恨无人省。
拣尽寒枝不肯栖，
寂寞沙洲冷。

寂寞沙洲冷

这首词是元丰五年（1082 年）十二月苏轼初贬黄州寓居定慧院时所作。词中借月夜孤鸿这一形象托物寓怀，表达了词人孤高自许、蔑视流俗的心境。

上阕前两句营造了一个夜深人静、月挂疏桐的孤寂氛围，为幽人、孤鸿的出场做铺垫。“漏”指古人计时用的漏壶；“漏断”即指深夜。这两句出笔不凡，渲染出一种孤高出生的境界。接下来的两句，先是点出一位独来独往、心事浩茫的“幽人”形象，随即轻灵飞动地由“幽人”而孤鸿，使这两个意象产生对应和契合，让人联想到：“幽人”那孤高的心境，不正像缥缈若仙的孤鸿之影吗？这两句，既是实写，又通过人、鸟形象的对应、嫁接，极富象征意味和诗意之美地强化了“幽人”的超凡脱俗。

下阕专写孤鸿遭遇不幸，心怀幽恨，惊恐不已，拣尽寒枝不肯栖息，只好落宿于寂寞荒冷的沙洲。这里，词人以象征手法，匠心独运地通过鸿的孤独缥缈，惊起回头、怀抱幽恨和选求宿处，表达了作者贬谪黄州时期的孤寂处境和高洁自许、不愿随波逐流的心境。作者与孤鸿惺惺相惜，以拟人化的手法表现孤鸿的心理活动，把自己的主观感情加以对象化，显示了高超的艺术技巧。

这首词的境界，确如黄庭坚所说：“语意高妙，似非吃烟火食人语，非胸中有万卷书，笔下无一点尘俗气，孰能至此！”这种高旷洒脱、绝去尘俗的境界，得益于高妙的艺术技巧。作者“以性灵咏物语”，取神题外，意中设境，托物寓人；在对孤鸿和月夜环境背景的描写中，选景叙事均简约凝练，空灵飞动，含蓄蕴藉，生动传神，具有高度的典型性。

赏析编辑这是苏轼的一首名词《卜算子》。现在通行的各个版本的词选中都有一个小序：“黄州定惠院寓居作。”据史料记载，此词为神宗元丰六年（1083 年）作于黄州，定惠院在今天的湖北黄岗县东南，苏轼另有《游定惠院记》一文。由上可知此词为苏轼被贬黄州时所作。

此词很受后人推崇，如《山谷题跋》有云：“语意高妙，似非食人间烟火语”，而“非胸中有数万卷书，笔下无一点俗气”则不能到。

但是，正因为此词的仙骨气质，历来争议很大。

据《宋六十名家词·东坡词》载，此词还有一序，讲的是一个美丽而凄凉的故事。如下：

> 惠州有温都监女，颇有色。年十六，不肯嫁人。闻坡至，甚喜。每夜闻坡讽咏，则徘徊窗下，坡觉而推窗，则其女逾墙而去。坡从而物色之曰：吾当呼王郎与之子为姻。未几，而坡过海，女遂卒，葬于沙滩侧。坡回惠，为赋此词。

这段小序和苏轼的词一样写的仙气缥缈。

前半段写的虚幻迷离，要不是前面有段引言："惠州有温都监女，颇有色。年十六，不肯嫁人。"颇有点遇仙的感觉。

苏轼寓居定惠院，每到他深夜吟诗时，总有一位美女在窗外徘徊。当推窗寻找时，她却已经翻墙而去。此情此景岂非正是苏轼词上阕所写："缺月挂疏桐，漏断人初静。谁见幽人独往来？缥缈孤鸿影。"由此说来，句中的幽人该是指那位神秘美丽的女子，上阕则是记录此事了。

当时苏轼六十几岁，张先七十还纳妾，六十岁也不算什么的。我很愤慨他为什么不纳那个女子为妾，却物色王郎之子与她为姻，最终使她郁郁而亡。

这个女子好像是为苏轼而存在，在苏轼离开惠州后，女子就死去了，遗体埋葬在沙洲之畔。当苏轼回到惠州，只见黄土一堆，个中幽愤之情可想而知。于是，就赋了这篇著名的《卜算子》。由此可见，此首词的下阕是为了纪念那女子而写："惊起却回头，有恨无人省。拣尽寒枝不肯栖，寂寞沙洲冷。"

这篇序言，短短的数十个字，就婉娩道出了一个感人肺腑，催人泪下的爱情故事，真是精彩绝伦，令人拍案叫绝。

吴曾《能改斋漫录》云："其属意盖为王氏女子也，读者不能解。张右史文潜继贬黄州，访潘邠老，闻得其祥，题诗以志之云：空江月明鱼龙眠，月中孤鸿影翩翩。有人清吟立江边，葛巾藜杖眼窥天。夜冷月堕幽虫泣，鸿影翘沙衣露湿。仙人采诗作步虚，玉皇饮之碧琳腴。"

这个记载好像是为了证明那个序言的真实性而作，甚至还有诗为证。且不论其可信度到底有多高，这个故事在当时深入人心是肯定了的。

现今一般以唐圭璋先生的注释为准，他认为此词上片写鸿见人，下片写人见鸿。

此词借物比兴。人似飞鸿，飞鸿似人，非鸿非人，亦鸿亦人，人不掩鸿，鸿不掩人，人与鸿凝为一体，托鸿以见人。

东坡又有诗云："人似秋鸿来有信，事如春梦了无痕。"《正月二十二日与潘郭二生出郊游寻春忽记去年是日同至女王城作诗乃和并韵》。比喻人生来去如鸿雁，代代往复，生生不已。但一个人的经历又像春梦一样，去而无踪，难以追怀。可以作为对照。

山抹微云，万菊堆金，暮秋的浓韵在一汪清溪之上游弋。秋水悠悠，苏子青衣素衫，立一叶兰舟，顺流轻渡两岸霜叶红于二月花的秋色。前惊白鹤斜入云，后引鸥鹭水上翩。弃舟上端岸，循着思念氤氲的那条幽径，深入姹紫嫣红的秋岚水云间。在梦与现实间，与所爱的人穿越时空神会。

锦瑟华年，岁月明媚，斜阳流金，暖风扬絮。滚滚红尘万千潮，嚣攘明灭皆过眼。流年时光如梭，沧海桑田间，多少锦年往事又化云烟。身在凡尘，心中唯念着她的好，唯愿日夜缱绻，双宿双飞，足以慰平生。

弹指数华年，华年梦似烟。沐阳披风，行走在秋岭云头。苏子一柄檀扇睥睨扫，腹隐良谋，胸藏枢机，却不逐名利锦华，偏是潇洒任性于诗雨剑花，豪情婉绪于秦风晋月，推崇小儿女的深情，祈今生永守一份浪漫古典。

愁牵心上虑 和泪写回书
奇耻大辱：靖康之变
替罪羊：那些宋宫女人
萧条孤馆一灯微
羞见旧时月
故土只迎得一魂归
踏花归来马蹄香
独步天下：瘦金体书法
诗书画印四结合：秋劲拒霜盛，峨冠锦羽鸡
文人画：池塘秋晚图
茶事演进

第三章

赵佶：玉京曾忆昔繁华，春梦绕胡沙

才子皇帝：做个词人真绝代，可怜薄命做君王

归家恐被翁姑责，窃取金杯作照凭

纵佳丽如云难收心

风情万种的李师师

金勒马嘶芳草地，玉楼人醉杏花天

早朝归去晚回銮，留下鲛绡当宿钱

误传：挖地道密会师师

妄耗百出　不可胜数

浮夸虚报　粉饰太平

隔着古旧的时光，品读你。水鸟蹲在岸边，等一簇芬芳，你欲言又止，把吟唱了一夜的哀伤，婉约成词，曲折中隐匿着你的幽怨。结冰为庐，你在苦寒之地，想念着故国，偶尔有一只蜻蜓、三两梧桐。入梦来，幽涧长冷，浮世苍茫。

泛黄的线装书里，有你的一生，你在优雅唯美的词里，苦渡着无数个日夜。五国城里没有桃花，你在春天的时候，甚至思念那个叫做桃花的植物。你的皇宫里更多的精美繁华，却不能再想，那是不堪回首的。

五国城里的三月，残月静冷，无处话离殇。星光斜照，泪水映黄昏，你黯然立于花落日落的残月下，徘徊成孤独的风景，静静地忍受着塞外暮春时节的飞雪，无奈于万般凄冷。

宋徽宗赵佶（公元1082年5月5日—1135年6月5日），出生地：汴京皇宫。宋神宗第十一子、宋哲宗之弟，宋朝第八位皇帝。别名宋徽宗、道君皇帝、昏德公。先后被封为遂宁王、端王。哲宗于公元1100年正月病逝时无子，向皇后于同月立他为帝。第二年改年号为“建中靖国”。在位26年（1100年2月23日—1126年1月18日），国亡被俘，受尽屈辱与折磨而死，终年五十四岁，谥号圣文仁德显孝皇帝，葬于都城绍兴永佑陵（今浙江省绍兴市柯桥区东南35里处）。他在位期间，重用蔡京、高俅、王黼、童贯、梁师成、汪伯彦、朱勔、李邦彦等奸臣，大肆搜刮民财，穷奢极欲，荒淫无度，建立专供皇室享用的物品造作局，又四处搜刮奇花异石，用船运至开封，称为“花石纲”，以营造延福宫和艮岳。导致社会矛盾进一步激化，爆发了方腊、宋江等农民起义。他自创一种书法字体被后人称之为“瘦金体”，传世画作有《芙蓉锦鸡》、《池塘晚秋》等，且长于诗词，是少有的艺术天才与全才。被后世评为“宋徽宗诸事皆能，独不能为君耳！”这是元代脱脱在撰写《宋史》的《徽宗纪》时，不由自主地掷笔而叹的一句名言。编写《宋史》的史官，也感慨地说如果当初章惇的意见被采纳，北宋也许是另一种结局，并且还说如果“宋不立徽宗，金虽强，何衅以伐宋哉”。

【眼儿媚】

赵佶

玉京曾忆昔繁华，万里帝王家。
琼林玉殿，朝喧弦管，暮列笙琶。
花城人去今萧索，春梦绕胡沙。
家山何处，忍听羌笛，吹彻梅花。

才子皇帝：做个词人真绝代，可怜薄命做君王

这是北宋第八任皇帝宋徽宗赵佶被金人跨国抓捕带到金国境内之后所写。

回想起旧日汴京城的繁华，那个时候大宋的万里河山都是我们赵家的。那里有皇家园林琼林，也有用玉石精心镶嵌的金銮殿。每天早晨都有专人奏起悠扬动听的弦管，晚上有专人吹笙弹琵琶。

如今多么凄凉，那如花的城市开封，已经离开我了，想念故土的那种情结如春梦一般缠绕着这遥远的胡人的沙漠。家在哪里呢？我只能忍着悲哀含泪听着这凄凉的羌笛声，一遍遍地吹着《落梅花》的哀曲。

"生于深宫之中，长于妇人之手"的皇帝词人，除了后主李煜便是这宋徽宗了。历史在此处惊人地相似，同是风流帝王，又同为亡国之君；两个人都是才子皇帝，喜欢诗词书画，痴迷艺术但不擅长治国安邦；国家都亡在了自己的手上；最终都成了寄人篱下的亡国奴，都惨死在异国他乡，诚如明人《良斋杂说》这样说："李后主亡国，最为可怜，宋徽宗其后身也。"

后主李煜是后代推崇的才子，却也是亡国受俘之君，这样一个残酷现实，又如谶言应验一般，到底又发生在了宋徽宗赵佶的身上，他不但诗词书画造诣极高，经历也和后主李煜惊人的相似。

"做个词人真绝代，可怜薄命做君王"。据史料记载，在宋徽宗赵佶降生之前，其父宋神宗曾到秘书省观看收藏的南唐后主李煜的画像，"见其人物俨雅，再三叹讶"，随后就生下了宋徽宗赵佶，"生时梦李主来谒，所以文采风流，过李主百倍"。这种后主李煜托生的传说固然不足为信，但在宋徽宗赵佶身上，的确有后主李煜的影子。宋徽宗赵佶自幼爱好笔墨、丹青、骑马、射箭、蹴鞠，对奇花异石、飞禽走兽有着浓厚的兴趣，尤其在书法绘画方面，更是表现出非凡的天赋。可以说，宋徽宗赵佶的文采风流，与后主李煜相比有过之而无不及。若论作词，后主李煜胜宋徽宗赵佶；若论书画，宋徽宗赵佶又强过后主李煜。更为不同的是，后主李煜信佛教，而宋徽宗赵佶信奉道教。哲宗皇帝无子，皇嗣未立。曾密遣黄门中人往泰州天庆观询问一道人徐神翁关于子嗣之事。徐只书"吉人"两字。哲宗将此事问于

朝廷，左右都不知两字所指。宋徽宗赵佶是吉人自有天相，后哲宗薨，向太后立徽宗为帝。当初“吉人”两字刚好射中宋徽宗赵佶的名“佶”字。在后来当政的时间中，宋徽宗赵佶对道教情有独钟，自称“教主道君皇帝”，大建宫观，并设道官二十六阶，发给道士俸禄。宋徽宗赵佶经常请道士看相算命，他的生日是5月5日，道士认为不吉利，他就改成10月10日；宋徽宗赵佶的生肖为狗，就下令禁止汴京城内屠狗。

宋徽宗赵佶多次下诏搜访道书，设立经局，整理校勘道籍，政和年间编成的《政和万寿道藏》是我国第一部全部刊行的《道藏》。他下令编写的《道史》和《仙史》，也是我国历史上规模最大的道教史和道教神化人物传记。宋徽宗还亲自作《御注道德经》、《御注冲虚至德真经》和《南华真经逍遥游指归》等书，使我国道籍研究有了完备的资料。宋徽宗赵佶把道教放在其他宗教之上，仅皇家出钱养活的职业道士就有两万多人，这些人很体面地出入宫廷，名头显赫，叫“金门羽客”。

俗语“十道九医”。道教在相当长的时间内，扮演了地方医疗机构的角色。宋徽宗在地方上大建宫观，他的一个想法就是把当时先进的医疗送到基层——是他作为道君皇帝的惠政之一。

宋徽宗赵佶信道而不信佛，诚如蔡京劝他，通过纵欲的采阴补阳，在享尽人间乐事的同时，还可以成仙。宋徽宗赵佶便派人从全国各地精心选择了一万多名天真美丽的少女，作为他采阴补阳的“补品”，蔡京说这些“补品”可以帮他求得长生。宋徽宗赵佶用来藏这些娇娇女的金屋就在从后宫到万岁山的特殊别苑里面。

文人皇帝赵佶，一边欣赏着从全国各地搜罗来的著名碑帖字画，一边品评着从全国各地搜集到的奇花异石、珍禽怪兽，一边享用着从各地挑选来的采阴补阳“补品”。他有六十五个孩子，其中儿子三十一个，女儿三十四个，便是他长期采阴补阳的成果。《靖康稗史笺证》卷5《呻吟语》记：“二王令成棣译询宫中事：道宗五七日必御一处女，得御一次即畀位号，续幸一次进一阶。退位后，出宫女六千人，宜其亡国。”

本该“授命于天”、“代天牧民”的宋徽宗赵佶就这样，不仅荒唐，而且荒淫。他一生排佛，主张及时行乐。他十分不满“焚臂炼骨，舍身求法”的佛家教义，由衷地替被迷惑于此道的黎民百姓感到悲哀。曾有一狂狷之士咒骂天子破坏佛教，宋徽宗赵佶怒从心起，大笔一挥，便诛其九族。

宋徽宗赵佶本来无机会继承大统，宋哲宗二十三岁英年早逝，无子，故宋朝皇室由他的弟弟寻找继承人。本来哲宗的弟弟中，以大宁郡王赵佖最长，可惜他患有眼疾不能继位，所以就以当时封为端王的赵佶继承大统。宰相章惇当时反对赵佶继位，反而建议立哲宗同母弟弟蔡王赵似，但向太后支持赵佶继位，故赵佶顺利地成为大宋皇帝。

当赵佶渐渐长成儒雅翩翩的风度美男子时，又是皇子，才名远播，天下闻名。加上赵佶诗书浸染，性格温和文雅，整天琴棋书画陶冶性情，深得宋神宗喜爱，跟其他皇子比起来，有卓尔不群的气质。北宋那些贵族纨绔子弟、平庸皇子，在光环笼罩下的赵佶对比下，黯然失色，使得宋神宗满心欢喜这个儿子。

当时的皇家贵戚子弟大多喜欢追逐声色犬马，唯独赵佶每日沉浸在笔研、丹青、图史、射御之中，这显然是一些相当正派健康的嗜好，因此，到十六七岁时，他已经“盛名圣誉布于人间”。

年少的赵佶与其他的皇子最大不同就是，他不是沉湎于声色犬马之中，他喜欢一个人静静地沉醉于诗画歌画、赏玩于古器书石之中，做一个纯粹的文人，并感受着其中的快乐。

未即位时的赵佶极为开明。在潘邸时，杨震给事左右。曾一次有双鹤降落在庭院中，众幕僚都上前向赵佶贺喜，唯独杨震急忙逐去飞鹤，并说是鹳不是鹤。又一日有人发现灵芝草生于寝阁，左右之人再三称庆，杨震急忙将灵芝草割去，说是菌非芝。赵佶并没有因为杨震的行为而大动肝火，他深知宫廷之间的明争暗斗极其凶险，如果让其他的皇子得知此事，他的处境说不定变得异常危险。赵佶认为杨震行事周慎，所以对其信任也是日益加深。

赵佶的生母姓陈，因为是庶出，他原本是没有资格继位的。可是，赵佶特别孝顺嫡母向太后，每天都去请安，对自己的生母反而冷淡了。嫡母向太后果然对他印象不错，后来帮他当上了皇帝。

其实，赵佶实在不是个当皇帝的料。至少在性格上太轻佻，喜欢异想天开，胡作非为。他派人到各处大办花石纲，老百姓生活受到极大的影响，也激起方腊等人的起义。他任用高俅等人，不干正事，为非作歹，就知道哄主子开心，结果把众多善良的百姓逼上梁山。在外交上，他耍小聪明，竟然出卖朋友，不讲信用，联金伐辽，招来金人南下，血洗东京。

宋徽宗赵佶虽然作为皇帝腐败无能，但他其实是一个最优秀的艺术家。艺术家偏偏当了皇帝，于是他把治国当成画画或者写词，由着性子来，高兴就随便破坏规矩，经常干出一些荒唐无比的事情。

归家恐被翁姑责，窃取金杯作照凭

虽然宋徽宗赵佶对诗书的兴趣要远远大于权力，虽然他不适合当皇帝，但他并不是个恶棍。

某一日，宋徽宗赵佶造访夫人阁，边听曲边饮酒，酒意微酣之时诗意大发，洒翰墨于小白团扇上，书七言十四字“选饭朝来不喜餐，御厨空费八珍盘”，未及写完，顿觉倦怠渴睡，于是便对身旁侍女说：“汝有能吟之客，可令续之。”恰好，有个太学生——就是国立大学的学生，看到这两句没有写完的诗，便挥笔续上两句：

人间有味都尝遍，只许江梅一点酸。

宋徽宗赵佶看了之后，龙颜大悦，便赐这位还在上学的太学生进士及第。

另一则故事发生在元宵节，一个喜庆的日子。

那时的开封非常繁华，游人如潮灯如海，车如流水马如龙，各种各样的花灯上写满了谜语，游人随便猜，猜中了就有奖。宋徽宗赵佶为了赏灯而搭建了一座彩楼。外面的人声鼎沸，宋徽宗赵佶在阁楼里与妃子朝臣饮酒为欢，看见外头热闹的一片太平之象，心里极为舒畅。一臣子见皇上如此开心，便上奏说：“陛下何不赐酒给观灯百姓？”宋徽宗赵佶听了此言觉得妙极，遂赐酒。楼下的老百姓听说皇帝要赐酒，纷纷挤到彩楼前，接酒而饮，并大呼皇上万岁。只有一个名叫若兰的女子，喝完酒，并没有把御杯放回远处，而是悄悄地藏了起来，这说轻了是小偷，说重了则是欺君之罪。后被巡逻卫士发觉，便将她押到宋徽宗赵佶面前，由皇上处置。宋徽宗赵佶没有料到会发生这样大煞风景的事情，心里暗生几分怒火。但一看到这若兰果然像兰花般美丽，不免生出怜香惜玉之情，就问她为什么少盗窃御杯。若兰张口吟出了一首名叫《鹧鸪天》的词：

【鹧鸪天】

若兰

月满蓬壶灿烂灯，
与郎携手至端门。
贪看鹤阵笙歌举，
不觉鸳鸯失却群。
天渐晓，感皇恩。
传宣赐酒饮杯巡。
归家恐被翁姑责，
窃取金杯作照凭。

宋徽宗毕竟是文人，叹道好一句“归家恐被翁姑责，窃取金杯作照凭”，再看眼前的女子不仅漂亮，还是才女；龙颜转而大悦，遂将金杯赐给了若兰。

纵佳丽如云难收心

宋徽宗赵佶自幼养尊处优，逐渐养成了轻佻浪荡的性格。随着年龄的增长，赵佶迷恋声色犬马，游戏踢球更是他的拿手好戏。赵佶身边有一名叫春兰的侍女，花容月貌，又精通文墨，是向太后特意送给他的，后来逐渐变成了他的玩物。但赵佶并不满足，他以亲王之尊，经常微服游幸青楼歌馆，寻花问柳，凡是京城中有名的妓女，几乎都与他有染，有时他还将喜欢的青楼女子乔装打扮带入王府中，长期据为己有。

与此同时，赵佶结交了一批与他臭味相投的朋友。他的挚友王诜，娶英宗之女魏国大长公主，封为驸马都尉。但王诜为人放荡，行为极不检点。虽然公主温柔贤淑，尽心侍奉公婆，而王诜却偏偏宠爱小妾，她们竟然多次顶撞公主。神宗为此曾两次将王诜贬官，但他却不思悔改，甚至在公主生病时，当着公主的面与小妾寻欢作乐。品行如此恶劣之人，却是赵佶的座上宾。他们经常一起光顾京城内有名的妓馆——撷芳楼。王诜藏有名画《蜀葵图》，但只有其中半幅，他时常在赵佶面前提及此事，遗憾之情，溢于言表。赵佶便记于心，派人四处寻访，终于找到另外半幅画，就把王诜手中的那半幅也要了过去。王诜以为酷爱书画的赵佶要收藏这幅画，哪知赵佶却将两半幅画裱成一幅完整的画送给了他，于此可知二人之间的关系之深。

赵佶对王诜如此大方，王诜自然投桃报李。有一次，赵佶在皇宫遇到王诜，恰巧因为忘带篦子，便向王诜借篦子梳头。王诜把篦子递给他。赵佶见王诜的篦子做得极为精美，爱不释手，直夸篦子新奇可爱。王诜不失时机地说："近日我做了两副篦子，有一副尚未用过，过会儿我派人给您送过去。"当晚，王诜便差府中小吏高俅去给赵佶送篦子。高俅到赵佶府中时，正逢赵佶在蹴鞠，就在旁边观看等候。赵佶善踢蹴鞠，而高俅早年便是街头踢蹴鞠的行家，精于此技。见到赵佶踢得好时，高俅大声喝彩。赵佶便招呼高俅对踢。高俅使出浑身解数，陪赵佶踢球。赵佶玩得非常尽兴，便吩咐仆人向王诜传话，说要将篦子和送篦子的小吏一同留下。高俅日益受到赵佶的宠幸。后来，有些仆人跟赵佶讨赏，他居然说："你们有他那样的脚吗？"赵佶之放浪形骸可见一斑。

当上皇帝以后，宋徽宗赵佶禀性难移，无心于政务，继续过着糜烂生活。宋徽宗赵佶十七岁成婚，娶德州刺史王藻之女，即位后，册王氏为皇后。相貌平平的王皇后，生性俭约，不会取悦宋徽宗赵佶，虽为正宫，但并不得宠。她于元丰七年（1084 年）出生在东京汴梁，父为德州刺史王藻。她在元符二年（1099 年）嫁给端王赵佶，封顺国夫人；元符三年（1100 年）立为皇后。同年四月十三日（公历 5 月 23 日）生皇长子太子赵桓，就是日后的宋钦宗（1100—1156）——北宋末代皇帝；崇宁二年（1103 年），生皇二女荣德帝姬赵金奴（即崇国公主、永庆公主、荣福公主）。大观二年（1108 年）十月，王皇后病死，年仅二十五岁。初谥"靖和"。政和元年（1111 年）十二月庚戌日，改谥"惠恭"，又称"显恭"，葬于裕陵西侧。

当时，宋徽宗赵佶宠幸的是郑、王两贵妃，两人本是向太后宫中的押班（内侍官名），生得眉清目秀，又善言辞。赵佶为藩王时，每到慈德宫请安，向太后总是命郑、王两人陪侍。两人小心谨慎，又善于奉承，颇得他的好感，时间一长，向太后有所觉察，到了宋徽宗赵佶即位，便把两人赐给他。宋徽宗赵佶如愿以偿，甚为欢喜。

据记载，郑氏“自入宫，好观书，章奏能自制，帝爱其才”。显而易见，郑氏不仅姿色出众，而且还能帮助徽宗处理奏章。因此，徽宗更偏爱郑氏。徽宗多次赐给郑氏情词艳曲，后来传出宫禁，广为流传。王皇后去世，徽宗于政和元年（1111 年）册封郑氏为皇后。

王氏则受封为贵妃，她起初与显肃皇后郑氏同为钦圣献肃皇后向氏的侍女，徽宗即位后，册封王氏为平昌郡君，后升为贵妃。建中靖国元年（1101 年），生皇三子郓王赵楷，其间生惠淑帝姬、康淑帝姬，皆于政和三年（1113 年）前早殇；大观二年（1108 年），王贵妃生皇十二子莘王赵植；政和元年（1111 年）正月，生顺德帝姬赵缨络；政和元年（1111 年）十二月，生下日后大有故事的皇二十女柔福帝姬赵多富（即赵嬛嬛）；政和三年（1113 年），生皇二十二子陈国公赵机。政和七年（1117 年），王贵妃薨逝，谥号懿肃。

除了郑、王两女子之外，受到宋徽宗赵佶宠爱的还有二刘贵妃、乔贵妃、韦贵妃等人。

刘贵妃在宋哲宗元祐三年即 1088 年生，出身寒微，父亲是酒保刘宗保，后加节度使。刘贵妃原为宋哲宗昭怀皇后刘清菁的使女，政和三年即 1113 年冬入宫。花容月貌的她，入宫即得到宋徽宗赵佶的宠幸，由才人连升七级而至贵妃。政和四年即 1114 年封明节和文贵妃，政和五年即 1115 年，生皇二十五子建安郡王赵模；政和六年即 1116 年，生和福帝姬赵金珠；政和八年即 1118 年，生皇二十六子嘉国公赵椅；宣和二年即 1120 年，生皇二十八子英国公赵榛。然而，好景不长，升贵妃后不久，宣和三年即 1121 年，她就薨逝了，享年三十四岁。后追封为明节皇后。

刘贵妃曾亲手在庭院中种植了几株芭蕉，当时她说：“等这些芭蕉长大，恐怕我也看不着了。”在旁的侍从闻听此言，慌忙上奏宋徽宗赵佶，宋徽宗赵佶起初很不在意。谁知过了两天，刘贵妃病重，等宋徽宗赵佶前去探视时，刘贵妃已撒手而去。宋徽宗赵佶悲痛不已，特加四字谥号“明达懿文”，将其生平事迹编成诗文，令乐府谱曲奏唱。

正当宋徽宗赵佶为此伤感时，内侍杨戬在徽宗面前夸耀另一刘氏有倾国倾城之貌，不亚于王昭君，宋徽宗赵佶便将她召入宫中。

刘氏本是酒家之女，出身卑贱，但长得光艳风流。宋徽宗赵佶一见，魂不守舍，瞬间便将丧妃之痛遗忘殆尽。宋徽宗赵佶对刘氏大加宠爱，与她形影不离，若离了她，竟是食不知味，夜不能寐。刘氏天资颖悟，善于逢迎徽宗，还极善涂饰。每制一衣，款式新颖，装扮起来胜似天仙。不但宋徽宗赵佶喜欢，就连京城内外也竞相仿效。

在宋徽宗赵佶看来，刘氏回眸一笑，六宫粉黛尽无颜色。道士林灵素见刘氏如此得宠，便曲意奉承，称刘氏为“九华玉真安妃”，绘制了她的像，供奉于神霄帝君之左。然而，随着时间的流逝，刘氏渐渐风韵不再，生性轻佻浮浪的徽宗欲再觅新欢。

风情万种的李师师

尽管后宫粉黛三千，佳丽如云，但宋徽宗赵佶对她们刻意造作之态感到索然无味。

丰姿艳容、体柔神媚的李师师是北宋末年色艺双绝的名伎，其事迹多见于野史、笔记小说。李师师早年艳满京城，在仕子官宦人物中颇有声名，她与宋徽宗的故事也一时传为佳话，而宋徽宗被掳，北宋亡后李师师的下落也成为了千古之谜。

李师师原本是汴京城内经营染房李寅的女儿，三岁时父亲把她寄名佛寺，老僧为她摩顶，她突然大哭。老僧人认为她很像佛门弟子，因为大家管佛门弟子叫“师”，所以她就被称为李师师。过了一年，父亲因罪死在狱中，她因此流露街头。以经营妓院为业的李媪见她是个美人坯子，于是将她收养，教她琴棋书画、歌舞侍人。一时间李师师成为汴京名伎，是文人雅士、公子王孙竞相争夺的对象。

讲求奢华、追慕风雅而又极尽声色犬马之乐的徽宗赵佶，终日在深宫后苑中寻欢作乐。但天长日久，充满好奇和幻想的才子皇帝宋徽宗赵佶，便厌倦了这种例行公事式的宫中享乐，于是，宋徽宗赵佶便考虑微服出宫，看看外面的世界，去寻找新的刺激。

宋徽宗赵佶宠信的宦官叫做张迪，赵佶微服出宫都是由他一手操办的。张迪没有入宫之前，就曾出入青楼妓馆，和汴京青楼妓馆的老鸨很熟，更了解京师的一些名妓，尤其是李姥和李师师。张迪就详细向宋徽宗赵佶述说，称赞李师师如何美艳无双，如何温柔秀丽，如何才艺盖世。宋徽宗赵佶酷爱艺术而追慕美人，听了这番话，他没法不动心。

第二天，宋徽宗赵佶便命张迪携带宫中珍宝，他自称是大商人赵乙，前去拜访李师师。宋徽宗赵佶是天黑时出门的，夹杂在四十名宦官中，走出东华门。他们步行了两里，来到镇安坊。宋徽宗赵佶令众臣官散去，只留下张迪随行。主仆二人步入坊门，走进李媪的青楼。

皇帝与青楼女子的往来，在中国历史上并不稀罕。自秦汉至清代，几乎代代不绝。一般地说，皇帝喜欢妓女，迷恋名妓，是出于情欲的需要，为的是纵欲和荒淫。但宋徽宗赵佶和名妓李师师的恋情则是一个例外，完全是从内心到内心，出于知己和挚爱。

李媪因为这位大富商送的礼物贵重，便用水果先招待赵乙，陪赵乙说话。冒名赵乙的宋徽宗赵佶是来看美人的，哪有心思吃这等水果？他时不时回顾，只等着仙人一般的李师师。然而，等了很久，李师师却始终不曾出现。

宋徽宗赵佶又和李媪聊了好一会儿，被李媪引入一间装饰典雅的小轩。轩中朴素雅洁，情调别致，窗外还有翠竹点缀。宋徽宗赵佶爽然就座，意兴闲适，心情舒畅地等着美人的到来。

又过了好一会儿，李媪引宋徽宗赵佶进入后堂。堂中山珍海味，摆开一桌宴。李媪、宋徽宗赵佶进餐，虽然李媪殷勤备至，但美人还是迟迟不出现，又不前来陪酒，宋徽宗赵佶越发地好奇和不解。吃过饭后，李媪请宋徽宗赵佶入室沐浴，宋徽宗赵佶辞谢。李媪对宋徽宗赵佶耳语："这孩子天性好干净，不要见怪。"宋徽宗赵佶不得已，只好随李媪到浴室沐浴。

洗过浴后，李媪再请宋徽宗赵佶来到后堂，继续吃酒。时间过得真慢，一个时辰如同一年。等到最后，宋徽宗赵佶好不容易随着李媪的红烛，进入美人的卧房。宋徽宗赵佶有些忐忑，以为美人一定在房中。但他撩帷而入，却只是一灯荧然，一片红帘摇晃，根本没有美人的影子。这又大大出乎宋徽宗赵佶的意料。宋徽宗赵佶耐着性子，却又越发地好奇和着迷。他就那样以天子之尊，倚在几榻间，等着一个青楼女子的降临。

又过了很久，宋徽宗赵佶抬起眼，看见李媪拥着一位美人，姗姗而来。美人一片淡妆，不见任何脂粉，身穿素雅浅淡的衣服，面色盈白中略带红润。显然是新浴刚罢，其娇艳典雅、惹人怜爱，宛如芙蓉出水。这美人就是李师师。

一见到李师师，宋徽宗赵佶就觉得这些年简直是白活了。

李师师轻盈地来到房中，看到自称富商赵乙的宋徽宗赵佶，眼角流露出一丝轻蔑，神色极为倨傲，不微笑，也不施礼。李媪赶忙和颜调解，对宋徽宗赵佶耳语："孩儿有些个性，不要见怪。"宋徽宗赵佶点点头，却根本没有在意。

宋徽宗赵佶将心思凝注，神色飘逸，恢复了一代天子的从容神气。他借着烛光，凝视着美人的容颜，果然幽姿神韵中闪烁惊眸，可谓倾城国色。宋徽宗赵佶心驰神往，和蔼地问她年龄，并走近了过去。李师师连眼睛都不抬一下，根本不予理睬。宋徽宗赵佶走近了些，再问她些别的。她还是没有回答，反而挪动娇姿，移坐到另一个地方。李媪又凑近耳语："孩儿喜好静坐，请莫见怪。"说完后，李媪便出了卧室，掩上房门。

李师师平静地站了起来，取下墙上的琴，在桌旁坐下，旁若无人地弹了一曲《平沙落雁》。她轻拢慢捻，流韵淡然悠远，出神入化，宋徽宗赵佶深受感染。一支曲子以后，又是一支。三支曲子将尽，外面已是鸡鸣破晓。宋徽宗赵佶毫无倦意，显得很高兴，也很兴奋，宋徽宗赵佶好像只是为了看看美人，听听弹曲，此时便心满意足地走出了房间。

李媪备好了早点，宋徽宗赵佶饮过杏酥，从容地离去。随从的内侍们通宵潜候在镇安坊外，这时见宋徽宗赵佶过来，便簇拥着回宫。

宋徽宗赵佶离去以后，李媪极不满意，责备李师师，说："赵乙出手大方，又彬彬有礼，你如何这样的怠慢？！"李师师鄙夷商人，怒冲冲地说："一个商人罢了，我理他干什么！"

第二天，京师满城风雨，盛传皇上驾幸镇安坊，夜访名妓李师师。一时间京师轰动，沸沸扬扬。李媪闻讯之后，大惊失色，心想如此怠慢了皇上，身家性命还不断送？李媪吓得日夜啼哭。李师师知道以后，深为宋徽宗赵佶感动，便从容地对李媪说："不要怕，既然皇上来看我，哪里忍心杀我？而且相会的夜晚，皇上没有威逼，可见很怜爱我，不会怪我的！"李师师觉得皇上圣洁，而自己寄身下贱，她从心里一下子真的爱上了宋徽宗赵佶。

四个月以后，宋徽宗赵佶派张迪带着蛇跗琴，前往镇安坊，赐赏李师师。接着，宋徽宗赵佶又微服私访镇安坊，夜访李师师。

这一次，李师师身着淡雅素服，俯伏在阶前，迎接圣驾。宋徽宗赵佶环顾四壁，发现上次来时的典雅景致全不见了，室内富丽堂皇，珍宝琳琅。宋徽宗赵佶觉得万分惋惜，他喜好的正是清雅的小资情调，自然是一种艺术美，可惜只有才子皇帝才会欣赏。

李媪瑟瑟发抖，见皇上驾到，便躲了起来，宋徽宗赵佶召李媪前来，李媪浑身哆嗦，吓得说不出话来。宋徽宗赵佶喜欢前次频频耳语的李媪，告诉她不要拘束，也不要害怕。李媪恭敬地拜谢，觉得皇上确实不曾怪罪她，也不会要她的命，便放下心来。

李媪引宋徽宗赵佶来到新建的楼前。李师师叩请宋徽宗赵佶，赐赏御匾。时值三月，杏花盛开，宋徽宗赵佶拈笔挥毫，写下了三个大字：醉杏楼。李师师接受了宋徽宗赐给的价值万贯的财物，其中包括国宝"蛇跗琴"。

李媪欢天喜地，摆上丰盛的酒席。宋徽宗赵佶命李师师坐在身边，侍驾饮酒。酒过三巡，宋徽宗赵佶命李师师弹奏蛇跗琴。李师师弹《梅花三弄》，音韵袅袅，不绝如缕。宋徽宗赵佶衔杯谛听，如醉如痴，连称弹得好。

宋徽宗赵佶记起了上一次的素淡饮食，这一次却发现都是些龙凤形的精美食品，其刻镂雕绘，同宫里别无二致。宋徽宗赵佶问李媪原因，李媪如实禀告，原来她怕皇上吃不惯粗淡饮食，便出钱请膳食房的师傅烹制。宋徽宗赵佶知悉后颇为不快，席还未终，便怏怏离去。

宋徽宗赵佶回宫以后，对李师师割舍不下，但朴素雅淡的情致已经消逝，他又不愿再去。他经常遣随侍，给李师师送去礼物。

宋徽宗赵佶爱幸妓女的消息传遍京师，也传到了后宫。后宫正位宫闱的郑皇后得知此讯，便郑重进谏："妓女下贱，不宜于侍奉皇上，而且夜间微行，怕有不测，请皇上自爱。"宋徽宗赵佶点点头，觉得有道理。此后，宋徽宗赵佶连续几年没去看望李师师，但经常派人慰问和赍物赏赐。

金勒马嘶芳草地，玉楼人醉杏花天

十年以后，宋徽宗赵佶再次来到李师师处的醉杏楼。他细细端详自己多年前赐给李师师的画。画题为：金勒马嘶芳草地，玉楼人醉杏花天。

宋徽宗赵佶临观玩良久，回头注视仙子般的李师师，喟然轻叹："画中人呼之竟出吗？"

宋徽宗赵佶临幸过了李师师，恋恋不舍，临走时，还特地留随身携带的龙凤丝帕为定情之物。真是："翠华深夜访娇娆，恰值银河驾鹊桥。离别漫添牛女恨，君恩有约在鲛绡。"（史梦兰《全史宫词》）

自政和以后，宋徽宗赵佶经常乘坐小轿子，带领数名侍从，微服出宫，到李师师家过夜。

为了寻欢作乐，宋徽宗赵佶设立行幸局，专门负责出行事宜。荒唐的是，行幸局的官员还帮助宋徽宗赵佶撒谎，如当日不上朝，就说宋徽宗赵佶有排档（宫中宴饮）；次日未归，就传旨称有疮痍（染病）。天子不惜九五之尊，游幸于青楼妓馆，并非光彩之事，所以宋徽宗赵佶总是小心翼翼，生怕被他人发现；其实多数朝臣对此都心知肚明，但却不敢过问，致使宋徽宗赵佶更加放荡。

秘书省正字曹辅曾经挺身而出，上疏规谏宋徽宗赵佶应爱惜龙体，以免贻笑后人。宋徽宗赵佶听后，勃然大怒，立即命王黼等人处理此事。这些人自然领会宋徽宗赵佶的意思，以曹辅诬蔑天子之罪论处，宋徽宗赵佶当即将曹辅发配郴州。

近侍张迪看出了宋徽宗赵佶对李师师的眷恋，便向徽宗建议：从宫中向东挖二三里的地道，可以直通镇安坊，这样来去方便，也可防微服夜行不测。宋徽宗赵佶点头同意。

因为不惜工本，地道很快便修好了。宋徽宗赵佶此后经常通过地道，临幸醉杏楼，和李师师在一起。而镇安坊到宫城一带，有众多的御林军把守，李师师每天就在这样安逸平静的心境中，怀着对宋徽宗赵佶的知遇和爱恋，在镇安坊醉杏楼，坐等与宋徽宗赵佶的约会。

宋徽宗赵佶在一次和李师师交欢过后，爱意绵绵地拥着她说："要是你不是青楼女子，那该多好啊！朕一定会把你娶进宫去，让你终日陪伴在朕的身旁。"

师师则抱着宋徽宗赵佶，调皮地说："要是您不是皇帝，那该多好啊！那我就可以和您永远在一起了！"

为了表示爱意，宋徽宗赵佶赐李师师珠宝无数、金钱无数。

一日，宋徽宗赵佶召集皇亲夜宴，席间酒到酣处，歌声舞影分外热闹，韦贵妃此时正坐在宋徽宗赵佶旁边，见宋徽宗赵佶兴致正好，便不由得谈起李师师，韦贵妃道："皇上您不辞辛劳，亲往樊楼，想来那李娃定然是貌若天仙，不然怎么会让皇上如此沉迷其中？"

宋徽宗赵佶此时醉眼朦胧，笑道："你尚未见过此人，我且来做个比较。"他环顾整个宴会，见舞池内众多美女翩然起舞，又见在座的嫔妃艳妆正浓，真是宛若置身瑶池，他手指所有人对韦贵妃道："师师的美貌不可言说，像你们在座的这么多人全部把浓妆去掉，穿上普通女子的服饰，再将师师混杂其间，所有人都能一眼认出她的不同来，师师不仅是倾国倾城，更有天生一段气质实在是别人无法模仿和代替的。"

宋徽宗赵佶的这一番话实际上是等于将李师师完全置于众嫔妃之上，可见李师师绝不仅是一个徒具美貌的花瓶，不然宋徽宗赵佶怎么能置粉黛三千于不顾而修暗道临幸。

早朝归去晚回銮，留下鲛绡当宿钱

自从皇上临幸李师师之后，他人再想染指师师似乎也愈加难上加难，即便是皇亲国戚也再难一亲芳泽，李师师昔日门前车水马龙，然而自此以后，她的门前可以说真的是“门前冷落车马稀”。诗人晁冲之早些年年轻的时候曾长居住在汴梁城，每有夜宴，必招李师师前来陪酒，更常与李师师文辞互答，算是旧相识。过了十数年再到京城时，李师师已经是今非昔比了，想想不过匆匆数年竟有天壤之别，不但无法登入樊门，就是想见一面也是难上加难，在这里他用了“门第尤峻”这个词，不是不想，实在也是因为不敢。

但是偏有人甘愿冒着极大的危险跑来与李师师相见，武功员外郎贾奕便是其中之一。要说这贾奕与李师师相见原本无可厚非，他们相识本就在宋徽宗赵佶之前，而且贾奕常去樊楼走动，两人来往倒也是十分密切，可因为宋徽宗赵佶临幸师师的缘故，贾奕再也不便去师师处走动。也是机缘巧合，一日贾奕竟偶遇师师，两人久别不见，自然是要把酒言欢，常诉别情，贾奕大约也是酒后失态，趁着兴起，随手拿起笔墨，作了首小词：

【南乡子】

贾奕

闲步小楼前，
见个佳人貌似仙；
暗想圣情珲似梦，追欢执手，
兰房恣意，一夜说盟言。
满掬沉檀喷瑞烟，
报道早朝归去晚回銮，
留下鲛绡当宿钱。

宋徽宗赵佶与李师师的男女之事本是天下尽人皆知的，两人一个是当今圣上，一个是京城名妓，这样的身份本就十分吸引人眼球，两人的私情更是成为街头巷尾议论的焦点，贾奕的这首词所写的内容正是宋徽宗赵佶与师师两人初次相见的情景。但是在宋代公然用词来讽刺当今圣上，是件需要冒很大政治和人身风险的事，就是这首小词几乎使他丧命。这首词很快就传遍了朝野上下，宋徽宗赵佶自然也看到了这首词，居然这样公开地嘲讽自己，宋徽宗赵佶勃然大怒，随即打算下旨诛杀贾奕，但最终还是被左右拦住了。杀掉贾奕一来师出无名；

二来会引来天下人的非难之声，到时候不但与李师师的丑事会传扬出去，就是各路谏官怕也是上奏不止。最后宋徽宗赵佶思虑再三，还是决定保住贾奕性命，但是这口气实在是难以下咽，因此寻了贾奕个不是，将他一路贬到琼州做了个参军才了事。

李师师自接待了宋徽宗赵佶之后，名声顿扬天下，门第也一下峻严起来了。偶尔见个把名人，客退后，则焚香啜茗，潇然自如，一般的人根本见不到面（《汴都平康记》）。连前面说过的晁冲之，这时来京师，也只能在一旁写诗作文，迫感往事（《墨庄漫录》卷八）。相传，梁山泊聚义的首领宋江，曾来找过李师师，并题下《念奴娇》一词。

宋江希望通过李师师与宋徽宗赵佶的关系，打通门路归顺宋廷。此事是否属实，不得而知。不过，通过与嫖客熟悉的妓女来打通某一关节的事，在宋代倒是屡见不鲜的。

宋徽宗赵佶堕入情网以后，不满足于同李师师偷偷摸摸的关系，同时为了避免嫖客间的纠纷，不久就把李师师接进了宫中。为此，遭到不少人的激烈反对。一日，妃嫔们同宋徽宗赵佶最宠信的道士林灵素串通一气，以有“妖气”为名，装神弄鬼。趁李师师路过便殿之时，林取御炉旁的掏火铁棍追击，说：“这是个无尾狐狸！”欲置李师师于死地，幸而宋徽宗赵佶“笑而不从”（《睽车志》卷一）。后来，干脆封李师师为“瀛国夫人”（又有说封为李明妃，见《宣和遗事》卷下）。宋人朱希真诗：“解唱阳关别调声，前朝惟有李夫人”，即指她（《浩然斋雅谈》卷下）。看来，李师师确实使宋徽宗赵佶发了一阵情狂。建炎年间（1127—1130年），他被金人关在五国城（黑龙江依兰）时，还专门为李师师写了一本小传——《贵耳录》！

当金兵的铁蹄踏破了大宋的歌舞升平的时候，宋徽宗赵佶、钦宗和后宫美人三千，一夜之间由至尊至贵而沦为阶下囚。京师拱手敌国，北宋灭亡。

李师师在国破家亡的灾变中，挺身而出，将宋徽宗赵佶多年赐赏的金钱，全部捐为军饷，希望能挽救危亡。李师师又请张迪代为禀告已经退为太上皇的宋徽宗赵佶，说她自守节操，愿出家为女道士。宋徽宗赵佶同意她的请求，并赐她住城北的慈云观。

【瓮天脞语】

宋江

天南地北，问乾坤、何处可容狂客？

借得山东烟火寨，来买凤城春色，

翠袖围香，鲛绡笼玉，一笑千金值。

神仙体态，薄幸如何销得？

回想芦叶滩头，蓼花汀畔，皎月空凝碧。

六六雁行连八九，只待金鸡消息。

义胆包天，忠肝盖地，四海无人识。

闲愁万种，醉乡一夜头白。

金兵攻破汴京。主帅吩咐搜索京师。但连续几天，都不见李师师的踪影。后来，叛臣张邦昌带着亲信，循迹找到了李师师，准备将李师师献给金帅。

李师师怒斥张邦昌："我不过是一介女妓，承蒙皇上眷念，宁愿以一死报皇上知遇之恩。你等高官厚禄，朝廷有什么对不起你等？非得事事干绝，要斩灭宗社而后快？如今又降虏称臣，摇尾献媚，我怎能作你们谄媚的贡品呢！"

李师师说罢，从容地拔下金簪，刺向自己的咽喉。但刺偏了，李师师再拔出金簪，将其斩断，然后狠命吞下去。

于是，这位被宋徽宗赵佶宠爱并封为才女的宫外美人，就这样悲壮地死去了。身陷北国、心如死灰的宋徽宗赵佶许久以后听到李师师的死讯，知道了她为自己是那样悲壮地死去，不禁涕泪滂沱。

李师师真是一代如风猎猎的侠妓，其不屈和自尊是令人敬仰的。李师师的莺歌燕舞，纤手妙步，一曲新词动帝王，君将远行，美酒共挥，须倾尽多少才子泪，烟消云散，芳迹难寻，韵事自有那后人评。

误传：挖地道密会师师

《李师师外传》载："宣和四年三月，帝始从潜道幸陇西，赐藏阄双陆等具，又赐片玉棋盘碧白二色玉棋子，画院宫房屋九折五花之簟，鳞文葫叶之席，湘竹绮帘五采珊瑚钩。是曰帝与师师双陆不胜，围棋又不胜，赐白金二千两。"

在这个记载里面，我们可以看出来，宋徽宗赵佶穷奢极侈、荒淫失政，为了与名妓李师师约会方便，竟然在宫中挖地道，直通宫外，无非是为了掩人耳目。并赏赐大量金银珠宝，还有理由玩双陆输、下棋输，格外赐白金二千两，实在是荒唐之极！但是我要突出的是这句，"帝始从潜道幸陇西"，是作者夸张之笔，宋徽宗通过机关暗道约会李师师，是没有史料可以证实的。以至于后来众多戏说古代帝王的影视剧中，很多都出现这样的镜头，皇帝通过秘密地道出宫微服私访，而野史上更有皇帝钻出地道寻花问柳的记载，这都和这部《李师师外传》的影响，有很大关系。

北宋时，汴京大内宫殿是在唐汴州衙城基础上改建成的，在大内正门宣德门内中轴线上建大朝大庆殿，其后为紫宸殿。又参考晚唐洛阳宫在中轴线西另辟一南北轴线，前建文德殿，后建垂拱殿。紫宸、文德二殿都曾朔望视朝，都具日朝的性质，垂拱殿则是日常视事的常朝。这样，在汴京大内又恢复了中轴线上前后两组宫殿相重的布局。其中宫寝殿在中轴线的西侧，垂拱殿之后。紫宸殿位置在这些殿的中央的，是皇帝早朝和接待外国使者的地方。从这里面可以看出来，宋徽宗赵佶在正殿和后宫所活动的大体位置，与这句“帝始从潜道幸陇西”，实在是大相径庭，南辕北辙。

还可以证明的是，考古学家对汉代皇宫地道的解密，研究员曾画出了一张草图，这些地下通道多发现于后宫，有的还设有门房，以控制进出人员，这些地道是将两间屋通过通道连接起来，而且仅限于各自的宫殿，并没有和别的宫殿或外界连通。数条地下通道将未央宫内的各个屋宇连接了起来，使得未央宫的地下形成了一个互通的蛛网。并不是嫔妃们偷情所用，和当时的政治形式、宫廷斗争有关。并介绍说，没有发现其他朝代的宫殿有这样的情况。

那么到底北宋的宫殿是否有地道呢？可惜古都汴京早已埋在黄河水之下了。就连《李师师外传》的作者是谁，都无从考证了，鲁迅把它列入宋人作品，辑录在《唐宋传奇集》中。作者所描绘的李师师，四岁父母双亡，由娼家李媪养大，色艺双全，宋徽宗慕名假称是大商人赵乙，前后并赏赐很多珠宝。令我们惊奇的是故事的结尾——宋徽宗赵佶退位后，李师师将其所赐金银献给官府作为抗击金人的军饷，并贿请张迪转求宋徽宗赵佶准许她出家当道士。不久金人攻陷汴京，大汉奸张邦昌为讨好主子，把她献到金主帅闼嬾之前。李师师在痛斥张邦昌之后吞金而死。这篇传奇小说的离奇之处就在这儿，不写历史故事，却以活生生的形象，塑造了一个被视为下贱、却为抗击外侵慷慨解囊的妓女形象，在敌人面前又表现得大义凛然、宁死不屈的巾帼红颜豪情！这对当时那些卖国求荣的投降派来说，无疑有深刻的讽刺、批判意义。或许正是这种文字的魅力，才使这部小说流传下来。但是我们不要忘了这只是一部传奇小说，如果当做历史来读，并以此写人物传记或者影视剧本等，岂不误导后代?

周邦彦填的一首词:“并刀如水，吴盐胜雪，纤指破新橙。锦帏初温，兽香不断，相对坐调筝。低声问：向谁行宿？城上已三更，马滑霜浓，不如休去，直是少人行。”这首词也将宋徽宗赵佶与李师师之间的交流细节，传神地表现出来，但是宋徽宗通过地道与李师师约会，却是作者的夸张之笔。综合以上分析，不存在这个可能，还有北宋汴京大内宫殿设有地道，历代史料文献并没有记载。

妄耗百出　不可胜数

宋徽宗赵佶继位的时候，遭到朝中大臣的反对，认为其轻佻不可以治国，请看章惇如是说：“端王轻佻，不可君天下。”但向太后力荐，并以宋神宗语驳斥反对派：“先帝尝言：端王有福寿，且仁孝，当立。”（《续资治通鉴·宋纪八十六》）宋徽宗赵佶即位的第二年，向太后去世，改年号为“建中靖国”。这是宋徽宗赵佶统治政权的开始，在位共二十六年。

宋徽宗赵佶是历史上有名的亡国之君。他即位之后，调和了一阵新旧两党的矛盾，不见成功。次年，倾向旧党的向太后一死，他便立即打起了“惟新是图”，“以绍复为志”（《宋大诏令集》卷二、卷六四）的旗帜，改元崇宁，将反对他的人统统列入“奸党”，加以诛贬。他先后任用蔡京、王黼、童贯、梁师成、朱面力、李彦等人，借神宗新法之名残酷地剥削人民，被时人痛恨地称为“六贼”。六贼将搜刮来的财物集于京师，让宋徽宗赵佶观视，说：“天下太平，百业兴旺”。特别是宰相蔡京父子，成天进言，这个说：“陛下当享天下之奉”。那个讲：“人主当以四海为家，太平为娱。岁月能几何?岂可徒自劳苦？”（《续宋编年通鉴》卷十六）宋徽宗赵佶本是一个“轻佻不可以君天下”（《宋史·徽宗纪》）的人，此说正合他的心意。于是便委政于蔡京一伙，理直气壮地过起了“丰享豫大”的骄奢淫逸生活。

徽宗赵佶生性儒雅，但即位后却穷奢极欲，横征暴敛，大兴土木，先后修建了华阳宫、延福宫、“艮岳”等巨型宫殿，“妄耗百出，不可胜数”，过分追求奢侈生活，让百姓们叫苦不堪。

宋徽宗赵佶曾派朱勔等人在江南设立苏杭应奉局，专门搜罗江南民间的奇花异木，被称为“花石纲”。这类东西仅艮岳内就数以万计（《东都事略·华阳宫附》）。

由此太湖诸石、两浙花竹、江南诸果、四川奇花等奇花异草、珍禽怪石，越海渡江向汴京开封府源源不断地运去。用十只船为一纲，连续不断地运往朝廷，修建园林宫殿。这比当年唐明皇为取得爱妃欢心新开驿道专门运送岭南荔枝豪奢百倍，对运送荔枝之事，杜牧有诗云：“一骑红尘妃子笑，无人知是荔枝来。”宋徽宗赵佶花石纲之举，正是所谓楚王好剑客，路人多疮疤，让人望史而叹。

据《尺封小牍》记载说：

> 宣和五年，朱勔取太湖石，高数万丈。载以大舟，挽以千夫，数月乃至。会初得燕山之地，赐号“敷庆神运石”。石傍植两桧，一夭矫者名朝日升龙之桧，一偃蹇者名卧云伏龙之桧，皆金牌金字书之。

朱勔在花石纲事件中中饱私囊，大发不义之财，换得整个东南为之疲疲敝，天下为之骚然，真像后人评李鸿章的一联“宰相合肥天下瘦”。宋徽宗赵佶如此奢靡无度，岂有国家不亡之理?

宋徽宗赵佶任用贪官宦官横征暴敛，激起各地民变。其中以新党蔡京任丞相与宦官童贯为将军所引致的问题最严重。

宋徽宗赵佶突破后宫一百二十妾的周制，不仅有三夫人，九嫔，二十七世妇，八十一御妻（《宋会要辑稿》后妃四之一至二），“更有三千粉黛，八百烟娇”（《宣和遗事》卷上）。

君王如此，“六贼”更甚。其中，继蔡京之后的宰相王黼，卧室中金玉为屏，翠绮为帐，他睡觉的大床周围以小床数十环绕，上躺大群娇妻美妾供其淫乐。

如此昏君佞臣，又怎能治国安民呢？因而，在宋徽宗赵佶统治时期，灾害频繁，赋税苛重，人民终岁勤劳“求一日饱食不得”（《青溪寇轨》附《容斋逸史》)，方腊、宋江等农民起义接连不断，北宋王朝进入危亡时期。

浮夸虚报　粉饰太平

更让人感到可悲的是国家处于风雨飘摇的危难关头却还要大行歌舞升平之事，群臣的歌功颂德让宋徽宗赵佶飘然若仙。很多阿谀奉承小人捏造祥符吉瑞，以佐证圣王出世，天下太平，由是道教中人受宠一时，读读那个时候的史料便会觉得极其可笑。见《铁围山从谈》一段记载：

> 政和初，中国势隆治极之际，地不爱宝，所在奏芝草者动三二万本，蕲、黄间至有论一铺在二十五里，遍野而出。汝、海诸近县，山石皆变玛瑙。动千百块，而致诸辇下。伊阳太和山崩，奏至，上与鲁公皆有惭色。及复上奏，山崩者，出水晶也。以木匣贮进，匣可五十斤，而多至数十百匣来上。又长沙益阳县山溪流出生金，重十余斤。后又出一块，至重四十九斤。他多称是。

宋徽宗赵佶被笙管之音熏昏了头脑，越由浮夸虚报而不明是非起来。

三国时期曹魏李康《运命论》：“夫黄河清而圣人生。”事实是，出现“河清”，显然与什么“圣人出”无关。大概谁也不会认为宋徽宗赵佶是个圣人，但他在位时，竟出现过三次“河清”，皇帝和百官弹冠相庆，用各种形式来歌功颂德。

在黄河中下游，河水也有短时间变清的时候，即史书中作为祥瑞记下的“河清”，并不是五百年乃至一千年才一遇。据地质学史专家李鄂荣先生考证，中国历史上的“河清”，有记载可查的便有43次，首见于汉桓帝延熹八年（165年），如从此时起算，平均不到四十年就有一次（李鄂荣：《黄河下游地上悬河的形成》；《说说黄河的“黄”》）。

根据《宋史》，宋徽宗在位年间的三次“河清”，分别为：第一次，大观元年(1107年),“乾宁军、同州黄河清”。第二次,大观二年(1108年),“同州黄河清”。第三次,大观三年(1109年),“陕州、同州黄河清。”

大观元年(1107年),“乾宁军言黄河清,逾八百里,凡七昼夜,诏以乾宁军为清州”(《续资治通鉴》)。“黄河清”被谱写成新曲流传(蔡绦:《铁围山丛谈》),还在韩城建立记载这些祥瑞的“河渎碑”。此碑至今尚在。

可是立碑后仅15年,到了1127年,这个导致北宋亡国的宋徽宗赵佶,便和他的儿子宋钦宗一起被金兵俘虏,押到了金朝统治下的东北地区。

好皇帝最不可缺少的是手段和魄力,宋徽宗赵佶一样也没有。如果后主李煜真是为自己的人生鸣不平,转世投胎做了宋徽宗赵佶,想扳回一局才子不能做皇帝的预言,那也只能说,这一世,他依然不是个赢家,他真应该投胎去一个书香门第,这样既成全了宋国,也成全了他自己。

愁牵心上虑　和泪写回书

当金兵进逼汴京时,宋徽宗赵佶带着蔡京、童贯等乱臣贼子仓皇逃往安徽亳州之地。途中的秀美景色,触发了宋徽宗赵佶那颗敏感的艺术家之心,遂作词《临江仙》:

【临江仙】

赵佶

过水穿山前去也,
吟诗约句千馀。
淮波寒重雨疏疏。
烟笼滩上鹭,人买就船鱼。
古寺幽房权且住,夜深宿在僧居。
梦魂惊起转嗟吁。
愁牵心上虑,和泪写回书。

宋徽宗赵佶逃命于亳州，心情当是非常沉重，但是见到一路秀美的景色，大不同往日宫苑的华丽，让他仿佛进入了另外一个世界，引得他诗情大发，吟诗赋词不断。寒气凝重，秋雨疏疏，宿在河滩上的鹭鸶鸟被迷蒙的寒气所染，渔帆片片，人们纷纷赴往河岸买那新捕上来肥美的鱼儿。江南佳丽之地，居于深宫之中的宋徽宗赵佶何曾见过，逃亡之旅也让他收获了很多。宋徽宗赵佶素不喜佛家，但是晚上却被迫屈身于古寺幽房，借宿在僧居之处，心里肯定是有一份难堪，不知宋徽宗赵佶听到那绵绵不绝的木鱼之声会不会为自己当年残忍地对待僧人的做法而忏悔。他在魂梦中惊醒，或许是见到了汴京被破，披衣起身长叹，想到自己流落至此的愁苦，不禁泪落沾襟。他在屋内徘徊着，听着山中夜虫的寒鸣，想起昔日繁华的帝都。于是宋徽宗赵佶展开信笺，在油灯下缓缓地写着回书。

公元 1125 年 10 月，金军大举南侵，金军统帅宗望统领的东路军在北宋叛将郭药师引导下，直取汴京。宋徽宗赵佶接报，连忙下令取消花石纲，下《罪己诏》，承认了自己的一些过错，想以此挽回民心。金兵长驱直入，逼近汴京。

宋徽宗赵佶又怕又急，拉着一个大臣的手说：“没想到金国人这样对待我。”话没说完，一口气塞住了喉咙，昏倒在床前。

宋徽宗赵佶被救醒后，他伸手要纸和笔，写了“传位于皇太子”几个字。并于 12 月宣布退位，自称“太上皇”，让位于子赵桓（钦宗）。

宋徽宗赵佶带着蔡京、童贯等贼臣，借口烧香仓皇逃往安徽亳州蒙城（今安徽省蒙城）。第二年 4 月，围攻汴京的金兵被李纲击退北返，宋徽宗才回到汴京。

奇耻大辱：靖康之变

靖康元年（1126 年）八月，金太宗再次命东、西两路军大举南下，宋兵部尚书孙傅把希望放在士兵郭京身上，郭京谎称身怀佛道二教之法术，妄以道门“六甲法”以及佛教“毗沙门天王法”破敌。但神兵大败，金兵分四路趁机攻入城内，金军攻占了汴京。宋钦宗遣使臣何

【满江红】

岳飞

怒发冲冠，凭阑处、潇潇雨歇。
抬望眼、仰天长啸，壮怀激烈。
三十功名尘与土，八千里路云和月。
莫等闲、白了少年头，空悲切。
靖康耻，犹未雪。臣子恨，何时灭？
驾长车踏破、贺兰山缺。
壮志饥餐胡虏肉，笑谈渴饮匈奴血。
待从头、收拾旧山河，朝天阙。

到金营请和，宗翰、宗望二帅不允。

公元 1126 年闰 11 月底，金兵再次南下。12 月 15 日攻破汴京，金帝废宋徽宗赵佶与其子赵桓为庶人。

公元 1127 年 3 月底，金帝将徽、钦二帝，连同后妃、宗室，百官数千人，以及教坊乐工、技艺工匠、法驾、仪仗、冠服、礼器、天文仪器、珍宝玩物、皇家藏书、天下州府地图等押送北方，汴京中公私积蓄被掳掠一空，北宋灭亡。因此事发生在靖康年间，史称“靖康之变”。

所谓“靖康耻”，是指靖康二年（1127 年）蒙受的奇耻大辱。繁华的汴京被北方的金兵攻陷，宋钦宗亲自到金兵大营投降。金兵虽然没杀他们，但是当场宣布废宋徽宗赵佶和宋钦宗父子为庶人，就是平民百姓了。另外找来一个傀儡，就是奸臣张邦昌，让他来当皇帝。金兵把值钱的东西全抢空，什么金银、文物等，洗劫一空。然后把宋徽宗、宋钦宗，还有他们的后妃、儿子、女儿、宫女共一万四千多人，全部押送到金国当俘虏。一路上妇女受尽了蹂躏，不少人悲愤自杀以求解脱。

宋徽宗赵佶在金兵营中给过去的两个大臣的信中写道，（国家）“山河，都是为大臣所误。今日使我父子离散至此，追念痛心，悔恨何及。”他把责任都推到了大臣身上。其实，这次金兵南下，就是宋徽宗赵佶自己出主意勾引他们来的。《宋史》中说，如果不是宋徽宗赵佶主动搞小阴谋诡计勾引金人，“金虽强，何衅以伐宋哉？”

宋徽宗赵佶为什么要这么做呢？

为了自保，为了自己的利益。

我们知道，宋国和辽国在宋朝第三代皇帝宋真宗时就签订了“澶渊之盟”，这是一个长期友好的和平条约，两国不再打仗，而是互称兄弟。宋答应每年给辽银十万两，绢二十万匹。两国的皇帝以兄弟相称，互相庆吊，文书来往互称南北朝，宋称南朝，辽称北朝。虽然对宋不太公平，甚至于屈辱，但是，公元 1004 年签订的这个澶渊之盟，维持了大宋的百年和平，总比年年打仗强。

宋朝到了宋徽宗时代，国力日渐衰弱，宋徽宗赵佶诗、词、书、画都不错，可当皇帝不行，不干正经事。比宋徽宗赵佶大三十五岁的蔡京，知道年轻的皇帝还不到二十岁，心性还未定，就根据《易经》

提出的“丰、亨、豫、大”的说法，诱惑皇上尽情享受“天下之丰”，说什么人生几何，何必太辛苦，不如对酒当歌、尽情享乐。于是鼓动皇帝大兴土木，在京城修建万岁山，造一座皇家园林，派人到南方搜集奇花异石，大批运输花石的船和车，被称为“花石纲”。仅因为文人皇帝喜欢欣赏奇石、花草，就命令官员把全国的奇石和花草统统搬到自家的花园里，想一个人看尽，不给他人欣赏。宋徽宗赵佶的所谓爱好，成了“楚王好剑客，路人多伤疤”。那些为宋徽宗赵佶搜罗到奇草、怪石的人，都得到了重用；那些把差使办砸了的，都被施以严厉的惩罚。蔡京等人还专门在苏州成立一个机构，叫“应奉局”，这个局的职责是专门为皇上搜集怪石或者花木。负责搜罗的官员，基本都是流氓，看到谁家有精致的家具或者怪石，就带人去收。不付任何成本，就是拿封条一贴，就得进贡给皇家，稍有不从，就是“大不敬”。再不从，就拆房子抓人。派去的官员趁机捞钱，大显威风，为了一块石头逼死人的事情经常发生。直闹得民不聊生，内乱不断。老百姓被逼上梁山。

国库越来越吃紧，祖上留下来的五千万两库银被挥霍一空，官员腐败，宋徽宗赵佶又以变法为幌子，放手敛财供自己享乐，各种社会矛盾激化，宋徽宗赵佶怀着赌徒的心态，利用辽金的矛盾，挑起事端，想趁机占便宜，坐收渔人之利，就和金人签订了海上之盟——双方联合，灭掉辽国，即所谓联金灭辽。这不是背弃祖宗签订的百年友好条约——澶渊之盟吗？没错。如果他能够联辽抗金，那么，北宋就不会亡，他也不必当俘虏了，毕竟，辽和宋有过百年的兄弟合作关系。

《宋史》曾有这样的话：“迹徽宗失国之由，非若晋惠之愚、孙皓之暴，亦非有曹、马之篡夺，特恃其私智小慧，用心一偏，疏斥正士，狎近奸谀。于是蔡京以獧薄巧佞之资，济其骄奢淫佚之志。溺信虚无，崇饰游观，困竭民力。君臣逸豫，相为诞谩，怠弃国政，日行无稽。及童贯用事，又佳兵勤远，稔祸速乱。他日国破身辱，遂与石晋重贵同科，岂得诿诸数哉？昔西周新造之邦，召公犹告武王以不作无益害有益，不贵异物贱用物，况宣、政之为宋，承熙、丰、绍圣椓丧之馀，而徽宗又躬蹈二事之弊乎？自古人君玩物而丧志，纵欲而败度，鲜不亡者，徽宗甚焉，故特著以为戒。”

追究“靖康耻”发生的原因，当然是宋朝的腐败太泛滥，但皇帝的荒唐和昏庸也是重要原因；至少在外交方面，宋徽宗赵佶实在是干了一件搬起石头砸自己脚的大蠢事。

据说，宋徽宗赵佶听到财宝等被掳掠毫不在乎，等听到皇家藏书也被抢去，才仰天长叹几声。

替罪羊：那些宋宫女人

宋徽宗赵佶在被押送的途中，受尽了凌辱。先是爱妃、婉容、公主等被金将强行索去。接着，到金国都城后，宋徽宗赵佶被命令与赵桓一起穿着丧服，去谒见金太祖完颜阿骨打的庙宇，意为金帝向其太祖献俘。尔后，宋徽宗赵佶被金帝辱封为昏德公，关押于韩州（今辽宁省昌图县），后又被迁到五国城（今黑龙江省依兰县）囚禁。

随同宋徽宗一起被幽禁的还有他的后妃及众多子女宫人，显肃郑皇后就是其中的一个。她于元丰三年（1080年）生于开封，父亲郑绅受封太师、乐平郡王，开始她与懿肃王贵妃同为钦圣献肃皇后向氏的侍女，徽宗即位后封贤妃，后晋贵妃，大观四年（1110年）十月，封为皇后。宋钦宗靖康元年尊为太上道君皇后，居宁德宫，称宁德太后。宋高宗绍兴元年（1131年）薨于五国城，享年五十二岁。还有一位追封的显仁皇后韦氏，她于元丰三年即1080年出生，开始与乔贵妃同为郑皇后侍女，崇宁年间，乔氏封贵妃，韦氏遂于崇宁末年封为平昌郡君；大观元年五月二十一日（1107年6月13日）生下皇九子康王赵构（1107年6月13日—1187年11月9日），这位皇九子就是后来的宋高宗，南宋创建者。她因生此子有功，遂进为婕妤，后又升为婉容；宋钦宗靖康元年即1126年封龙德宫贤妃，靖康二年五月一日（1127年），皇九子康王赵构于宋南京（今河南商丘）即皇帝位，史称南宋高宗，韦贤妃被遥尊为“宣和皇后”，她于绍兴二十九年（1159年）薨逝，享年八十岁，谥号“显仁”。她如果不是被放回南宋皇宫，是肯定活不到这个年纪的。

据《开封府状》统计，靖康之难时，徽宗有封号的妃嫔及女官共

143 人，无封号的宫女多达 504 人，这些人基本是死于非命。这样的时候，徽宗的心不能不痛，他的心应当在滴血了。

在这些被俘的女人中，最为可怜的是当属那些公主了，政和三年，公主改称为帝姬。宋徽宗有三十四个女儿，关于她们的记载见于《宋史》和《靖康稗史笺证》中《开封府状》《宋俘记》《呻吟语》《青宫译语》等。请看公主们的凄惨状况：

嘉德帝姬赵玉盘（1100—1140）：母亲显肃皇后郑氏，建中靖国元年六月，封德庆公主。改封嘉福，寻改号帝姬，再封嘉德。靖康之变时，她二十八岁，初嫁左卫将军曾夤；靖康之变后，她被迫成为了金宋王完颜宗磐的小妾。完颜宗磐被金熙宗诛杀后，嘉德帝姬没入宫中侍金熙宗，死于天眷三年十二月，后追封夫人。

荣德帝姬赵金奴（1103—？）：母亲显恭王皇后。初封永庆公主，改封荣福。随着改号帝姬，再封荣德。靖康之变时，她二十五岁，初嫁左卫将军曹晟。靖康之变后，她被迫成为金完颜昌之妾，完颜昌为金熙宗诛杀后，尊敬的大宋公主荣德帝姬入宫中服侍金熙宗。

安德帝姬赵金罗（1106—1127）：母亲显肃郑皇后，初封淑庆公主，改封安福。随着改号帝姬，再封安德。靖康之变时，她二十二岁，初嫁宋左卫将军邦光；1127 年靖康之变后，为金之都统完颜阇母所强占，于同年十月二十六日即被折磨死于完颜阇母寨。

茂德帝姬赵福金（1106—1128）：初封延庆公主，改封康福。随着改号帝姬，再封茂德。靖康之变时，她也是二十二岁，初嫁宣和殿待制蔡鞗。茂德帝姬容貌最美，因而为金人指名索要，为第一批送入金营者。茂德帝姬先为金二皇子完颜宗望所强占。后来完颜宗望死了，她又为完颜希尹所强占。可怜的她在第二年，即天会六年八月，就被折磨死于完颜希尹寨。

成德帝姬赵瑚儿（1110—？）：母亲显肃郑皇后，靖康之变时，她刚刚十八岁，初嫁向子房；入金后，逼入洗衣院。此后没有见到她出洗衣院之记载，应当是在此处凄惨死去。

洵德帝姬赵富金（1110—？）：靖康之变时，她也是十八岁，初嫁田丕；靖康之变后，被迫成为金珍珠大王完颜设也马之妾，设也马即国相完颜宗翰之子。

显德帝姬赵巧云（1111—？）：靖康之变时，年仅十七岁，初嫁刘文彦；入金后入洗衣院。此后没有见到她出洗衣院之记载，应当也是在此处凄惨死去。

顺德帝姬赵缨络（1111—？）：母亲懿肃王贵妃。靖康之变时，也是年仅十七岁，初嫁向子扆；靖康之变后，为完颜宗翰所强占，后又被迫离开完颜宗翰寨，去了五国城，为金东路都统习古国王按打曷所拘押，很快就惨死于按打曷寨中。《宋史》说她改嫁习古国王，但这一说法不确定，因为经金人之野蛮行为，习古王强占了顺德帝姬是在所难免的事，但应该只是强行霸占，而非正式婚娶。

仪福帝姬赵圆珠（1111—？）：靖康之变时，也是年仅十七岁，她当时还未出嫁，靖康之变后，为四皇子完颜宗弼所强占。

柔福帝姬赵多富（1111—1142）：又名嬛嬛，母亲懿肃王贵妃。靖康之变时，她也是年仅十七岁，未出嫁；靖康之变后，先是为完颜宗望所强占，北上时，又为盖天大王完颜宗贤所霸占，这期间还被千户国禄强奸。入金以后，为金太宗吴乞买所蹂躏。十天后，被抛弃赶入洗衣院。此后，她又为完颜宗贤带归糟蹋。最后，完颜宗贤将她嫁于徐还。1130 年，这位可怜的公主终于逃回自己的家乡，也就是南宋都城。却不料，她的苦难并没有结束。1142 年，被宋高宗赵构生母韦太后指为假冒，被赵构诛杀。但《随园随笔》和《窃愤续录》认为韦太后在金国也归属盖天大王完颜宗贤，被迫为这个金人生了两个孩子，恰好是和柔福帝姬共事一夫，因此，回宋后，为名声计，她才计杀柔福帝姬，目的正是为了灭口。

保福帝姬赵仙郎（1112—1127）：靖康之变时，年仅十六岁，也是未出嫁；靖康之变后，同年三月七日，被折磨死于刘家寺。

仁福帝姬赵香云（1112—1127）：靖康之变时，也是十六岁，也未出嫁；靖康之变后，同年二月二十五日被折磨死于刘家寺。

惠福帝姬赵珠珠（1112—？）：靖康之变时，也是十六岁，也未出嫁；靖康之变后，为宝山大王完颜斜保强行霸占作了小妾。斜保为完颜宗翰之子，完颜设也马之弟。

永福帝姬赵佛保（1112—？）：靖康之变时也是十六岁，也未出嫁，入金后，逼其入洗衣院。此后没有见到她出洗衣院之记载，应当是同样在此处凄惨死去。

贤福帝姬赵金儿（1112—1127）：靖康之变时，也是十六岁，也未出嫁；靖康之变后，同年二月二十八日被折磨死于刘家寺。

宁福帝姬赵串珠(1114—？)：靖康之变时，年仅十四岁，也未出嫁；靖康之变后，被迫成为兖王完颜宗隽之妾。完颜宗隽被金熙宗诛杀后，宁福帝姬入宫中侍金熙宗。

和福帝姬赵金珠（1116—？）：母亲刘贵妃。靖康之变时，年仅十二岁，入金时候尚幼，入金后，入洗衣院居住，此后没有见到她出洗衣院之记载，应当是在此处凄惨死去。

面对着爱妃、婉容、众公主被金将强行索去，受尽凌辱，没有保护好她们的宋徽宗做何感想？曾经说好了地老天荒、不离不弃，转瞬间，彼此都下落不明，谁也不再是谁生死的牵挂。而宋徽宗自己呢，他仅有的一点尊严，被一路践踏，累累伤痕，连痛的地方都找不到。他唯一能做的，就只有怀想，他始终放不下那些繁华的过往。“天遥地远，万水千山，知他故宫何处。”他那富丽堂皇的宫殿，到如今，只能在梦里时而相见。他只想捧着这个梦，支撑他过完以后那漫长的岁月。尽管，宋徽宗赵佶无力去抓住那些消逝的时光。“这双燕，何曾会人言语。”他怪燕子不解人语，不能托它捎去重重叠叠的离愁别恨。可到最后，居然是连梦也不做了。那般流淌的思绪，已在绝望中渐渐干涸。此时的他，人生就是一盏摇曳的油灯，在强劲狂风中，转瞬油尽灯灭，他连一丝光芒也不再有了，一点希望也不存在了。

而宋徽宗赵佶的公主们仍然在继续着苦难。是的，这绝对不是宋徽宗赵佶一个人的苦难。请看那几位可怜的公主们：

令福帝姬赵金印（1118—？）：靖康之变时，年仅十岁，入金时候年纪尚幼，入金后，同样入洗衣院居住，长大后入金宫侍金熙宗。

华福帝姬赵赛月（1119—？）：靖康之变时，年仅九岁，入金时候也是年纪尚幼，入金后入洗衣院居住，长大后入金宫侍金熙宗。

庆福帝姬赵金姑（1121—？）：靖康之变时，年仅七岁，也是因入金时候年纪尚幼，入金后入洗衣院居住，长大后入金宫侍金熙宗。

纯福帝姬赵金铃（1124—？）：靖康之变时，年仅四岁，不必说，入金时候自然年纪太幼，入金后入洗衣院居住，长大后先为完颜设也马之妾，后被遣嫁王成棣（即《青宫译语》之作者）。

萧条孤馆一灯微

公元1127年7月，宋徽宗赵佶派臣子曹勋从金偷偷逃到南宋，行前交给他一件自己穿的背心，背心上写着“你快来援救父母”。

宋徽宗赵佶将这几个字出示给周围的臣子看，群臣都悲泣不已。宋徽宗哭着叮咛曹勋，切记要转告高宗“不要忘了我北行的痛苦”，说着取出白纱手帕拭泪，尔后将手帕也交给曹勋说：“让皇上（高宗）深知我思念故国而哀痛泪下的情景。”所以，岳飞在他的《满江红》中曾写道：“靖康耻，犹未雪；臣子恨，何时灭？”

天会八年（1130年）七月，金国又将二帝迁到五国城（今黑龙江省依兰县城北旧古城）软禁。到达五国城时，随行男女仅一百四十余人。流放期间宋徽宗仍雅好写诗，读唐代李泌传，感触颇深。

囚禁期间，宋徽宗受尽精神折磨，写下了许多悔恨、哀怨、凄凉的诗句，如：

彻夜西风撼破扉，萧条孤馆一灯微。
家山回首三千里，目断山南无雁飞。

【燕山亭·北行见杏花】

赵佶

裁减冰绡，轻叠数重，冷淡胭脂匀注。新样靓妆，艳溢香融，羞杀蕊珠宫女。易得凋零，更多少无情风雨。愁苦。问院落凄凉，几番春暮。

凭寄离恨重重，这双燕，何曾会人言语。天遥地远，万水千山，知他故宫何处。怎不思量，除梦里有时曾去。无据。和梦也新来不做。

杏花悄然而放，她的美简直不可言喻，仿佛是用剪裁好的、冰片般超薄的丝织品制作而成，剪裁好了之后，轻叠数重，如那重重的云鬓，不经意间染上了一层淡淡胭脂的轻红。如此的艳丽连那绝色美女也是自叹不如，真像一个女子时髦的靓妆，她那种美艳都满了，要溢出来了；她的芳香四面飘散，即使像蕊珠宫女那样的美女见了这杏花，也会羞愧难当。风雨无情，花残蕊落，这么美丽的杏花，却那么容易凋零，更何况，还要经历多少风雨的无情摧残，这如何不又生出一番愁苦之情。

见到双飞的燕子，很想委托这双燕子，把我的重重离恨寄给故国，可是，燕子怎么会懂得人语？除非问取黄鹂，百啭无人能解，因风飞过蔷薇。我心中的无奈是怎样的，从开封到这里，天遥地远，万水千山，这双燕子哪里能知道故宫在何处呢？叫我如何不思量？故国三千里，万水千山成阻隔，何年才可以回到故园中。朝朝暮暮，忆的都是昔日之景。在梦里，我才有机会回到我的故国。可是，最近几日，却是梦也回不到家园了，因为我更是连这梦也不做了。

这首《燕山亭·北行见杏花》，是宋徽宗赵佶晚年被俘虏后写的。有人说是在被抓走的路上写的。已经有学者考证出，这是他被抓去当俘虏的几年后写的。也有人说，这是宋徽宗的绝命之作，表达了他的悲愤之情。

只读这一句“和梦也新来不做”，真有种不可言喻的悲伤与绝望，透达而出。那是一个落魄帝王，哀入骨髓的绝望。原以为，远离故国，千里关山，至少还可以在梦里重见。可是近来，连梦也不做了，哪怕是一个易碎的梦，也伸手抓不住它的影子。

宋徽宗在这首词中，表面是咏杏花，其实是在哀叹自己的身世。曾经繁华，已不堪回首，如今成为阶下囚，来到这天遥地远的荒凉之地，“知他故宫何处”，令人欷歔！

有人评论说，“和梦也、新来不做”，比南唐后主李煜的名句“梦中不知身是客，一晌贪欢”写得更悲惨。我们对比一下：

同是亡国之君，同有亡国之痛，南唐后主李煜仿佛出口成章，而宋徽宗赵佶的词则晦涩难懂，太多雕琢修饰了，按照王国维先生的说法，这刻意安排写出来的词，就有了隔膜。因为它不是直感，而是用头脑冥思苦想而来。王国维在《人间词话》中这样评价宋徽宗赵佶：“宋

【破阵子】

李煜

四十年来家国，三千里地山河。
凤阁龙楼连霄汉，玉树琼枝作烟萝。
几曾识干戈。

一旦归为臣虏，沈腰潘鬓销磨。
最是仓皇辞庙日，教坊犹奏别离歌，
垂泪对宫娥。

道君皇帝《燕山亭》词略似之。然道君不过自道身世之戚，后主则俨有释迦、基督，担荷人类罪恶之意，其大小固不同矣。”而对于李后主，王国维则说“尼采谓：‘一切文学，余爱以血书者’，后主之词，真所谓以血书者也。”

没有帝王的霸气和谋略，也没有帝王的胆识和魄力，宋徽宗赵佶只是一个艺术家，会写瘦金体，会画花和鸟，自是才华斐然。就如同南唐后主李煜一样，这样的风流天子，没有铮铮铁骨，只有风花雪月。于是他们的结局注定是山河破碎，沦为阶下囚。

但李后主有赤子之心的天真，这是宋徽宗赵佶所缺乏的。王国维说：“词人者，不失其赤子之心者也。故生于深宫之中，长于妇人之手，是后主为人君所短处，亦即为词人所长处。”“客观之诗人，不可不多阅世。阅世愈深，则材料愈丰富，愈变化，《水浒传》、《红楼梦》之作者是也。主观之诗人不必多阅世。阅世愈浅，则性情愈真，李后主是也。”

宋徽宗赵佶这位史上著名的才子皇帝，是一个让人很难做出评价的皇帝，做皇帝，他无疑是不称职的，他在位时重用蔡京、童贯等人主持国政，他不理政，整天写诗画画，或者干脆偷偷溜出宫门去嫖妓，蔡京等趁机鼓动他大兴土木，修建奢华宫殿，劳民伤财，以致国库空虚就滥增捐税，民不聊生，怨声载道。

宋徽宗赵佶在位的时候，河北、两浙都发生了农民起义，其中规模最大的，要算水泊梁山的一百零八位，后来又有方腊成气候，梁山好汉和方腊几乎同归于尽之后，紧接着遭遇金兵南下，赵佶仓皇中传位于儿子赵桓，即宋钦宗，自称太上皇，妄图逃过丧国之劫，却在靖康二年，和儿子一同被金兵所俘，受尽囚禁屈辱，最后死在了黑龙江。

种下恶因，终食恶果，在位的时候，宋徽宗赵佶不理朝政，重用奸臣，为君不懂治国之道，不以天下苍生为己任，这样的结果，是早晚的事。

宋徽宗赵佶在位二十六年，享受人间荣华富贵，国亡被俘后也受尽了世间折磨，死时五十四岁。这首《燕山亭》就是宋徽宗赵佶被掳往北方五国城的途中写下的，短短几行字，将一个才子帝王悲剧的一生，从开始写到了结局。那时候的他，身为俘虏，心力交瘁，忽见烂漫杏花，开满山头。无限春光，大好河山，对于一个失意的帝王，只能是伤痛的加深，再美的风景，只能让他想到无情的风雨，只需一夜，就可以将这些繁花摧残。春来春去，不过是，多添了一段离合的无奈。就如同宋徽宗赵佶，从盛极的君王，到衰败的俘虏，也不过刹那光景。春尽还会有春回，而他此一去，万里蓬山，寒星冷月，又怎么还会有归期?

叶嘉莹先生说，宋徽宗赵佶的词是比不上李后主的。宋徽宗赵佶的词太矫揉造作，太作态。李后主是从整个的心灵奔泻出来，所以王国维说李后主的词是以血书的。如果情真意切，压都压不下，一喷就出来了，哪还给这么多工夫矫揉造作? 李后主的“林花谢了春红，太匆匆”，多么自然，多么率真，那种感慨和悲伤，多么深切，还有什么“裁翦冰绡，轻叠数重”？还有什么“淡著燕脂匀注”？李后主不说，就只是“林花谢了春红”。李后主写的不是外表，他写的是那一份内心的真挚的感动。南唐词的好处，就在于它特别富于感发的力量。

然而，天遥地远，万水千山，知他故宫何处。宋徽宗赵佶的这些字，读来仍然是血泪如喷，令人悲怆无以言表。

宋徽宗赵佶确实不是一个好皇帝。他即位后，荒淫奢侈，苛捐杂税，搜刮民脂民膏，大兴修建宫殿园林，很快就把国库挥霍一空。他太霸道了，他爱奇花异石，就派人在苏杭一带，不择手段地搜刮民间财物；他太荒唐了，尊信道教，便大建宫观，自称教主道君，请道士看相算命，将自己的生辰也轻易改掉。这样的一个帝王，惹得农民起义、金兵南侵，不是偶然，而是必然。当宋徽宗赵佶下令取消花石纲，下《罪己诏》，承认自己的过错。可是此时想要挽回民心，已是太迟。更何况，宋徽宗赵佶的挽回，只是迫于无奈的权宜之计。

虽然宋徽宗赵佶不是一个好皇帝，却是一位大才子，他在书画、吹弹、声歌、词赋等艺术方面都有惊人的成就，对文学艺术的推动和倡导起到了很大的作用，尤其是他独创的书法“瘦金体”，精妙绝伦，至今没人超越，笔法犀利遒劲，铁画银钩，被后世论者称为出神入化的神品！他的存世画迹《芙蓉锦鸡》、《池塘秋晚》、《四禽》、《雪江归棹》等俱是国宝。

这样的一个人，一个才子皇帝，真让人无法评说。丢失了权杖，摘下了王冠，缴没了玉玺，他不再是帝王。靖康二年，宋徽宗赵佶告别了皇位，打算做个安逸的太上皇，却被南下的金兵所俘，一路押向北国，路上风霜雨雪，乱鸦啼叫。荒寒的不仅是身，还有心。

此刻，宋徽宗赵佶是彻底不再有呼风唤雨的资本，不再有挥霍奢侈的权力。他和他的皇子，被贬为庶人，连同他的臣子和嫔妃，都成了俘虏。汴京皇宫里所有的珍宝、礼器、藏书等被洗劫一空，他的帝王生涯，从这一天，彻底地结束了，一切都破碎了。

宋徽宗赵佶从小生在绮罗丛，红香绿软，一生过的都是极尽奢华的日子，突然之间，被迫离别家园，成了阶下囚，并且是向着那个极其苦寒之地进发，心情多恶劣可想而知，他和昭仪王清惠她们不同，她们被俘受苦，是受害者，不用承受心理上的愧疚，只是单纯愁苦。宋徽宗赵佶是皇帝，亡国之恨，百姓们会把账算到他的头上，所以，他背负的不仅是悲苦、屈辱，还有愧疚，这些，一层层压在心上。并且，连同情他的人都没有。

也许，只有在危难之际，才可以将世情看透。宋徽宗赵佶在悲凉中清醒，那是因为，他的生活已经远离了风月。从此后，命运的枷锁早已将他紧紧束缚，他的人生再也由不得他来做主了。

一路向北，冰雪覆盖，居然见到了杏花，轻盈如蝶的花瓣，在清冷的北国，冰雕玉琢的美，暗香袭来，好像用素绢扎成，花瓣层层叠叠，犹如被胭脂均匀涂过，想来大自然怎么能有着这样巧夺天工的创意呢？但凡美，总会让人生出恍惚，生出感慨，他想起了皇宫中美丽蹁跹的女孩子们，香气飘在空气里，姿容美在时光里，只是，那样的好时光，再也不会回来了。赵佶是个心思细腻的文人，面对杏花娇嫩，遥想不久之后花朵凋谢，院落归于凄清，由此想到自己身为显贵，却被羁押成阶下囚，他的怨恨愁苦，该向谁来凭诉呢！天上双飞的燕子不解语，地上盛开的杏花也不解语，一个人在这天寒地冻的空旷中，仰天长叹，故国现在是什么样的情形呢？万水千山之外，无从得知！

和梦也新来不做。他在阿谀奉承中迷惑沉醉了一生，只有这一刻，最为清醒。作为曾经的一国之主，他没有办法不去想故国，只是奇怪的是，就是这样强烈的思念，故国竟然不曾入梦！梦都梦不见，真令人肝肠寸断，绝望至极。短短几行词句，诉尽衷肠，没有繁复，无需诠释，一切已经了然入心。随着心情一点点悲下来，所有美好的事物都笼罩上愁云，终归化成苍茫一叹：又怎么样呢，再好再纯美的花，一经风雨摧残，都逃不掉凋零的命运。

宋徽宗赵佶不愧是个才子，通过北见杏花的描写，一句句叠加着无奈和惆怅，如泉水幽咽，琴弦凝涩，让人不忍！多少人，看到他的词句，或者会对他此般遭遇，生出感叹。对他以往的过错，有了些许的宽恕。然而，历史是给不了任何人回头的机会的，在不断流逝的时光面前，不会有原谅的理由，也没有重来的机会。

故宫也不再知他在何处了，在遥远的南国，岳飞拼死抗金试图救他回来，却最终遭奸人所害。宋徽宗赵佶的梦想，像杏花一样，凋谢在北国凛冽的风中了。丢失了梦，宋徽宗赵佶只是一具行尸走肉，去了金国都城。在那里，任由敌方摆布、侮辱，经历着流放、迁徙、关押、囚禁等折磨。

在无数个风雨飘摇的夜晚，一盏孤灯延续着宋徽宗赵佶那没有灵魂的生命。“家山回首三千里，目断山南无雁飞。”他人生的风景里，连一只大雁也看不到了。况蕙风评价赵佶：“真字是词骨，若此词及后主之作，皆以真胜者。”但凡填词写诗，离不开杜撰想象，宋徽宗赵佶却是所行所见所感成篇，这一真字，让读者产生了极大的共鸣。

羞见旧时月

此词表述了宋徽宗赵佶对自己曾经荒诞误国的悔恨。

汴京被金兵占领，宋徽宗赵佶等一列宫人被虏北上。至尊的帝王转眼间成为阶下之囚，宋徽宗赵佶的词风发生了很大变化，充斥着哀苦之音。徐轨在《词苑从谈》中说：“徽宗词哀情哽咽，仿佛南唐后主，令人不忍多听。”

如前面那首《眼儿媚》：

此词为宋徽宗赵佶北上而作，如前面所说，王国维曾在《人间词话》中说：“尼采谓：‘余爱以血书者’，后主之词，真所谓以血书者，宋道君皇帝《燕山亭》词亦略似之。”此篇《眼儿媚》虽然略似之，却也是字字见来尽是啼血。不堪回首往事，蒙辱被困，幽恨匆匆。

宋徽宗赵佶在北国风沙之地忆起故国汴京的繁华，金翠耀月，罗绮飘香。天子沉醉在脂罗粉袖之中，缠绵于风花雪月之事。琼林玉殿，

【醉落魄】

赵佶

无言哽噎，看灯记得年时节。
行行指月行行说。
愿月常圆，休要暂时缺。
今年华市灯罗列，好灯争奈人心别。
人前不敢分明说。不忍抬头，羞见旧时月。

【眼儿媚】

赵佶

玉京曾忆昔繁华，万里帝王家。
琼林玉殿，朝喧弦管，暮列笙琶。
花城人去今萧索，春梦绕胡沙。
家山何处，忍听羌笛，吹彻梅花。

弦管笙琶之声朝夕不绝，如同《玉树后庭花》一曲，尽是靡靡之音。宋徽宗赵佶修艮岳，造琼林。据《枫窗小牍》记载："山林岩壑日益高深；亭榭楼观不可胜记；四方花竹奇石咸萃于斯；珍禽异兽无不毕有。"

宋徽宗赵佶被俘后记得的仍是他那些豪奢之物，他不曾想到他的黎民百姓此时在铁蹄的践踏下处于水深火热中，难怪会大失民心。宋徽宗赵佶此时的心情真像后主作《望江南》："还似旧时游上苑，车如流水马如龙，花月正春风。"昔日华丽的宫苑如今定是残败不堪，"雕栏玉砌应犹在，只是朱颜改"。一切都物是人非，剩下的只有自己一颗凋零的心。身困胡地的宋徽宗赵佶，梦里仍是回不到故国，胡地的风不息地吹，吹断了他最后的一丝希望，李后主犹可在魂梦中与昔时的故国温存，而宋徽宗却是两顾茫茫，真是别时容易见时难，流水落花春去也，天上人间。宋徽宗赵佶问取家山何处，无人回答，如同泪眼问花花不语。听着那寒彻骨的羌笛之声，一曲《梅花落》不禁牵动悲思，泪沾白发。

故土只迎得一魂归

宋徽宗赵佶在被囚禁了九年以后，于公元1135年4月甲子日，终因不堪精神折磨而死于五国城，享年五十四岁。他死了，死在五国城，他的魂魄可以自由地回归故国了，故土只是迎得了宋徽宗赵佶的一个魂魄归来。

宋徽宗赵佶死于五国城（今黑龙江依兰）。五国城遗址又称坐井观天遗址。位于依兰县城西北部，占地面积3.8万平方米，是省级文物保护单位。辽代居住在松花江、黑龙江、乌苏里江下游的"生女真人"建立了越里吉、奥里米、剖阿里、盆奴里、越里笃五大部落，史称五国部。这就是历史上著名的五国部。依兰是五国部第一城之越里吉城，为五国部会盟之城，因此称为五国头城。1127年，金灭北宋后，将大宋的徽宗、钦宗二帝押解北归，于1130年7月抵达五国城，并囚禁于城内。

1135年和1155年，二帝相继埋骨于此，便有二帝"坐井观天"的故事流传神州大地。死亡结束了宋徽宗赵佶九年的囚禁生涯，一生荣辱，一世浮沉，成了过眼云烟。宋徽宗赵佶接受了一场不合时宜的托付，那是一个时代一个国家的托付，他承担不起这样的重托，他只是接受了尊荣华贵，却没有接受下万民苍生，因此他最后终成了孤家寡人。徽宗在北国举目苍凉，剪不断的烦愁让他生不如死，昔日的九五之尊而今却成为今人尽辱的虏民。

金熙宗将宋徽宗赵佶葬于河南广宁（今河南洛阳附近）。公元1142年8月乙酉日，宋金根据协议，将宋徽宗赵佶遗骸运回都城绍兴（今浙江省绍兴市），由宋高宗葬之于永佑陵，立庙号为徽宗。

皇统元年（1141年）二月，金熙宗为改善与南宋的关系，将死去的宋徽宗追封为天水郡王，将宋钦宗封为天水郡公。第一是提高了级别，原来封徽宗为二品昏德公，追封为天水郡王，升为一品，原封钦宗为三品重昏侯，现封为天水郡公，升为二品。第二是去掉了原封号中的侮辱含义。第三则是以赵姓天水族望之郡作为封号，以示尊重。

绍兴十二年（1142年）三月，宋金《绍兴和议》彻底完成所有手续，于当年夏四月丁卯（1142年5月1日），宋高宗的生母韦贤妃同徽宗棺椁归宋。

同年八月，十余辆牛车到达两浙，十月，南宋将宋徽宗赵佶暂葬于绍兴府会稽县（今浙江省绍兴市），名曰永固陵（后改名永佑陵）。

踏花归来马蹄香

宋徽宗赵佶酷爱艺术，他在位时将画家的地位提到在中国历史上最高的位置，成立翰林书画院，即当时的宫廷画院。以画作为科举升官的一种考试方法，每年以诗词做题目曾刺激出许多新的创意佳话。如题目为“山中藏古寺”，许多人画深山寺院飞檐，但得第一名的没有画任何房屋，只画了一个和尚在山溪挑水。

宋徽宗赵佶亲自出题，留下了“踏花归来马蹄香”的佳话：一日，赵佶踏春而归，雅兴正浓，便以“踏花归来马蹄香”为题，在御花园举行了一次别开生面的画考。这里“花”、“归来”、“马蹄”都好表现，唯有“香”是无形的东西，用画很难表现。许多画师虽有丹青妙手之誉，却面面相觑，无从下笔。有的画是骑马人踏春归来，手里捏一枝花；有的还在马蹄上面沾着几片花瓣，但都表现不出“香”字来。独有一青年画匠奇思杰构，欣然命笔。画构思很巧妙：几只蝴蝶飞舞在奔走的马蹄周围，这就形象地表现了踏花归来，马蹄还留有浓郁的馨香。宋徽宗俯身细览，抚掌大赞：“妙！妙！妙！”接着评道，“此画之妙，妙在立意妙而意境深。把无形的花‘香’，有形地跃然于纸上，令人感到香气扑鼻！”

众画师一听，莫不惊服，皆自愧不如。

凡此等等。这些都极大地刺激了中国画意境的发展。

宋徽宗赵佶还喜爱在自己喜欢的书画上题诗作跋，后人把这种画叫“御题画”。由于许多画上并没有留下作者的名字，宋徽宗赵佶本人又擅长绘画，所以对鉴别这些画是否是赵佶的作品有不小的难度。有一观点确定他的真迹有《诗帖》、《柳鸭图》、《池塘晚秋图》、《竹禽图》、《四禽图》等，而《芙蓉锦鸡图》、《腊梅山禽图》是御题画。

宋徽宗赵佶在位时广收古物和书画，扩充翰林图画院，并使文臣编辑《宣和书谱》、《宣和画谱》、《宣和博古图》等书，对绘画艺术有很大的推动和倡导作用。

宋徽宗赵佶吹弹、书画、声歌、词赋无不精擅。平生著作极多，都散佚无存。存世画迹有《芙蓉锦鸡》、《池塘秋晚》、《四禽》、《雪江归棹》等图。有词集《宋徽宗词》。

宋徽宗赵佶未做皇帝之前，就喜好书画，与驸马都尉王诜、宗室赵令穰等画家往来。即位以后，在书画方面却取得了很大的成就，并对中国绘画的发展有过重要贡献，其中之一就是对于画院的重视和发展。他于崇宁三年（1104 年）设立了画学，正式纳入科举考试之中，以招揽天下画家。画学分为佛道、人物、山水、鸟兽、花竹、屋木六科，摘古人诗句作为考题。考入后按身份分为“士流”和“杂流”，分别居住在不同的地方，加以培养，并不断进行考核。入画院者，授予画学正、艺学、待诏、祗侯、供奉、画学生等名目。当时，画家的地位显著提高，在服饰和俸禄方面都比其他艺人为高。有如此优厚的待遇，加上作为书画家的徽宗对芙蓉锦鸡图画院创作的指导和关怀，使得这一时期的画院创作最为繁荣。在他的指示下，皇家的收藏也得到了极大的丰富，并且宋徽宗赵佶对自然观察入微，曾写道：“孔雀登高，必先举左腿”等有关绘画的理论文章。广泛搜集历代文物，他将宫内书画收藏组织编纂为《宣和书谱》、《宣和画谱》、《宣和博古录》等著名美术史书籍，成为今天研究古代绘画史的重要资料，对研究美术史有相当大的贡献。

宋徽宗本人的创作面目并不像他要求画院画家的那样工谨细丽，而是偏于粗犷的水墨画。传世作品中，有其签押的作品较多，但所画比较工细的，如《祥龙石图》、《芙蓉锦鸡图》、《听琴图》、《雪江归棹图》（以上均藏于故宫博物院）、《瑞鹤图》（辽宁省博物馆藏）、《翠竹双雀图》（美国大都会博物馆藏）等作品皆被专家认定为是画院中高手代笔之作。只有藏于美国纳尔逊艺术博物馆的《四禽图》卷和上海博物馆藏的《柳鸦图》卷被认定是他的亲笔，两画都是水墨纸本，笔法简朴，不尚铅华，而得自然之趣。台北故宫博物院收藏的《池塘秋晚图》也属此类。

著名的《清明上河图》，也和这位书画皇帝不无干系。张择端完成这幅歌颂太平盛世历史长卷后，首先将它呈献给了宋徽宗赵佶，宋徽宗因此成为此画的第一位收藏者。

作为中国历史上书画大家的宋徽宗赵佶酷爱此画，用他著名的“瘦金体”书法亲笔在图上题写了“清明上河图”五个字，并钤上了双龙小印（今佚）。

宋徽宗赵佶在中国历史上是个有名的昏君。他的品行，正如《水浒传》里所描述的那样：“这浮浪子弟门风帮闲之事，无一般不晓，无一般不会，更无一般不爱；即如琴棋书画，无所不通，踢球打弹，品竹调丝，吹弹歌舞，自不必说”；在治国上，他昏庸腐朽，重用奸邪，实属庸碌之才；在外交上，他软弱无能，屈辱忍让，最后当了俘虏；在生活上，他挥霍无度，穷奢极欲，他笃信神灵，多次向第三十代天师张继光问道，以求长生不老之术，还自号为“教主道君皇帝”。身为国君，还偷鸡摸狗，从皇宫挖了一条地道直通妓院，去私会名妓李师师。宋徽宗还喜欢踢球、爱好古玩玉器等。

但宋徽宗赵佶实在也不完全像《水浒传》里所说的那样一无是处，他是个颇为有名的画家、书法家。在发展美术事业方面，他是有成就和贡献的。他创造的“瘦金书”，颇得书法家重视，用这种字体书写的崇宁大观等钱币是收藏家至爱的珍品。《书史会要》评价说："徽宗行草正书，笔势劲逸，初学薛稷，变其法度，自号瘦金书，意度天成，非可以形迹求也。"他的绘画重视写生，尤善画花鸟画，极强调细节，以精工逼真著称。据说，一次宣和殿前的荔枝结果了，孔雀在树下啄食落下的荔枝。宋徽宗赵佶一看心血来潮，命画师们画一幅荔枝孔雀图给他评赏。他看完画师的作品后不满地说："你们虽画得不错，可惜都画错了，孔雀上土堆，往往是先举左脚，而你们却画成了先抬右脚。"起初画师们不信，反复观察后，果如宋徽宗赵佶所言。

还有一次，宋徽宗赵佶去龙德宫品画，看到一幅月季花连连叫好，众画师莫名其妙，请万岁爷赐教，宋徽宗说，百花之中，唯月季花少人画，其原因是此花每月开一次，一年四季以及清晨黄昏，它的花瓣、花蕊、花叶的形状和颜色都会发生变化，很难掌握得准确，此画上之花是春季正午时分盛开的月季花，画得准确同真花一样。众画师不信，找来画作者一问，画作者道：此画画的正是春季正午盛开之花。可见其观察之真之细。

宋徽宗赵佶还发展了宫廷绘画，广集画家，创造了宣和画院，培养了像王希孟、张择端、李唐等一批杰出的画家。

北宋灭亡后，兴盛一时的徽宗宣和画院随之结束，一些画院画家经过辗转逃亡，逐渐集结于南宋的都城临安，先后被恢复在画院中的职务，成为南宋画院的骨干力量。李唐、刘宗古、杨士贤、李迪、李安忠、苏汉臣、朱锐、李从训等都属于这种情况。

宋高宗虽然在政治上也是苟且偷安，但对于书画之事，仍十分重视，特别是后来他利用绘画为他的政治服务，组织画家进行创作。所以，南宋时绘画活动主要还是以画院为中心。

独步天下：瘦金体书法

宋徽宗赵佶不仅擅长绘画，而且在书法上也有较高的造诣。赵佶《瑞鹤图》书法在学薛曜、褚遂良的基础上，创造出独树一帜的"瘦金体"，瘦挺爽利，侧锋如兰竹，与其所画工笔重彩相映成趣。

瘦金书的意思是美其书为金，取富贵义，也以挺劲自诩。

宋徽宗赵佶传世的书法作品很多，楷、行、草各种书法作品皆流于后世，且笔势挺劲飘逸，富有鲜明个性。其中笔法犀利、铁画银钩、飘逸劲特的《秾芳依翠萼诗帖》为大字楷书，是宋徽宗赵佶瘦金书的杰作。（《池塘秋晚图》卷）但是宋徽宗的书法存在着柔媚轻浮的缺点，这也许是时代和他本人的艺术修养所致。

宋徽宗赵佶独创的瘦金体书法独步天下，直到今天相信也没有人能够超越。这种瘦金体书法，挺拔秀丽、飘逸犀利，即便是完全不懂书法的人，看过后也会感觉极佳。传世不朽的瘦金体书法作品有《瘦金体千字文》、《欲借风霜二诗帖》、《夏日诗帖》、《欧阳询张翰帖跋》等。此后八百多年来，迄今没有人能够达到他的高度，可称为古今第一人。

宋徽宗瘦金体《千字文》是中国书法史上的赫赫名迹，现藏于上海博物馆，纵 30.9 厘米、横 322.1 厘米，朱丝界栏，素笺本，书法落款亦为“崇宁甲申岁宣和殿书赐童贯”，并有大量鉴藏印如“乾隆御览之宝”、“嘉庆御览之宝”、“宣统御览之宝”、“安仪周家珍藏”等。

宋徽宗的签名堪称甚有特点。像一个“天”字，但是这“天”字的第一笔又和下面的有一段距离。其意为“天下一人”宋徽宗赵佶创造的“瘦金书”，颇得书法家重视，用这种字体书写的崇宁大观等钱币是收藏家至爱的珍品。《书史会要》评价说：“徽宗行草正书，笔势劲逸，初学薛稷，变其法度，自号瘦金书，意度天成，非可以形迹求也。”他的绘画重视写生，尤善画花鸟画，极强调细节，以精工逼真著称。

诗书画印四结合：秋劲拒霜盛，峨冠锦羽鸡

宋徽宗赵佶于花鸟画尤为注意。《宣和画谱》记录了他收藏的花鸟画二千七百八十六件，占全部藏品的百分之四十四。可见其偏爱之深。《画继》记载赵佶曾写《筠庄纵鹤图》。

“或戏上林，或饮太液，翔凤跃龙之形，擎露舞风之态，引吭唳天，以极其思，刷羽清泉，以致其洁，并立而不争，独行而不倚，闲暇之格，

清迥之姿，寓于缣素之上，各极其妙。”这种赞誉宋徽宗赵佶花鸟画精致、生动传神的文字记载俯拾皆是。流传至今题为赵佶的大量精美的花鸟画作，则证实了这种记载的真实性。宋徽宗赵佶的花鸟画，以极其严谨的创作态度，既从形象上充分掌握了对象的生长规律，且以特有的笔调活灵活现地传达出对象的精神特质，达到了高度成熟的艺术化境。

中国传统花鸟画向分徐（熙）、黄（筌）两派，两派各有长短。黄派长于用色而短于用笔，徐派长于用笔而短于用色。以技术的标准论，徐不及黄的精工艳丽；凭艺术的标准言，黄不及徐的气韵潇洒。用笔和设色作为中国传统花鸟画技法中两大极为重要的元素，缺一不可。各走极端，易生偏向。北宋前期黄派画风一统画院，经过一百年的辗转模拟而显得毫无生气之时，崔白、易元吉奋起改革复兴徐熙画法，黄派暂居下风，但并未退出花鸟画坛，因而使花鸟画得以蓬勃发展。至北宋晚期，徐、黄两派实际上处于并行发展的势态。凭赵佶深厚的艺术修养，他对徐、黄两派的技法特点的认识是清醒的。因此，赵佶的花鸟画是学习吴元瑜而上继崔白，也就是兼有徐熙一派之长。当然他也并非只学一家，而是“妙体众形，兼备六法”的。如文献记载的那样，时而继承徐熙落墨写生的遗法，时而“专徐熙黄荃父子之美”。显然，就创作技法而言，宋徽宗赵佶既学吴元瑜、崔白，也就是徐熙系统的用笔，又喜黄荃、黄居寀的用色，并力求使两者达到浑化一体的境界。徐熙野逸，黄家富贵。徐、黄两派又代表了两种截然不同的审美趣味。赵佶作为当朝皇帝，又是极力享受荣华富贵、纵情奢侈的人，对于精工富丽的黄派风格，有他根深蒂固的爱好。同时，他又处在文人画蔚然兴起之后，必定受到时代风气的熏染。宋徽宗赵佶的周围又聚集着一群雅好文人生活方式的贵官宗室如王诜、赵令穰等，又与文人画的倡导者之一米芾关系颇为密切。米芾崇尚“平淡天真，不装巧趣”的美学观，赵佶自然深受影响。尤其是他本人全面而又精深的文化艺术修养更使其审美情趣中透射出浓郁的文人气质。因此，赵佶既崇尚黄派的富贵，又喜好徐派的野逸，其审美趣味也糅和了徐、黄两家。

历来关于赵佶的艺术成就，论者都以他的花鸟画为最高。赵佶艺术的独创性和对后代的影响力，也主要体现在他的花鸟画中。这表现在以下三个方面：

第一，物象意念安排的独特性。经营位置为画家的总要，所以画面布置因题材内容繁简不同也有许多不同的方法。其中有一般的方法，这是人人皆能学习而得的；也有特殊的方法，这需要作者别出心裁，巧妙安排。赵佶花鸟画的构图，时有匠心独运之作。如《鸜鹆图》轴，画幅下面靠左以水墨写鸜鹆两只，奋翅相争纠结在一起，一反一正，羽毛狼藉。上面一只处于优势，用利爪抓住对方的胸腹，张嘴怒视；但是下面的一只并不示弱，依然奋勇挣扎，进行反击，回首猛啄它的右足。上面靠左一大片空白，仅飘动着几根羽毛，令人想到这两只酣战的鸜鹆，是从高处一直斗下来，并显得空间的广阔，画面右下斜出一松枝向右上伸展，上栖另一鸜鹆，作噪鸣状，扑翼俯看下面两只正在争斗的同伴，不知是喝彩还是劝架，又似乎想飞下来参加决斗。焦急的情状，描绘得惟妙惟肖，鸜鹆的心理感情，也刻画得细致入微。槎枒的松枝和瘦硬锋锐的松针，与纠结在一团的浓墨的鸜鹆相对比，更增强了画面的动感。虽然画中所撷取的都是自然写实的物象，但由于物象意念安排得巧妙和独特，从而暗示出超出有限时空意象的无限理想化的艺术世界。这是徽宗时期花鸟画的特有风格，并由此开启了南宋刘、李、马、夏在山水画构图方面的改革先声。

第二，写实技法的独特性。有一位研究中国美术史的外国专家曾把赵佶花鸟画的写实技巧称为“魔术般的写实主义”，因为它给人以“魔术般的诱惑力”（劳伦斯·西克曼：《中国的艺术和中国的建筑》）。北宋的绘画理论中以气韵为高的说法已不少见，但在赵佶时代，严格要求形神并举。“有气韵而无形似，则质胜于文；有形似而无气韵，则华而不实”（《益州名画录》）。形似以物趣胜，神似以天趣胜，最理想的境界是由形似达到神似。所谓写生的逼真，不但要有正确的形体，还必须富有活泼的精神。赵佶在创作实践中，一直是力求由形似达到神似的。传说赵佶画翎毛多以生漆点睛，隐然豆许，高出纸素，几欲活动。这正是为了由形似达到神似所作的技术性尝试。如《御鹰图》，论其艺术描绘，双勾谨细，毛羽洒然，形体生动而自然。尤其是鹰眼的神姿，英气勃发，显示着一种威猛之气。而艺术的格调，却是清新文雅，绝去粗犷率野的情味。尽管双勾是历来的表现形式，而这种新颖的画风，是形神兼备的高妙写生，已从朴实真诚之趣，变而为精微灵动，与崔白、吴元瑜等显示了一定的距离了。又如《金英秋禽图》中的一双喜鹊，笔画细致，描绘对象无微不至。以俊放的笔来表达细致的写生，真可谓神妙之至。花的妩媚，叶的飘逸，枝的挺劲，草的绰约，石的玲珑，以及鸟兽的飞鸣跳跃，草虫的飞翔蠕动，无一不赖其魔术般的写实技巧款款传出，而了无遗憾。正如张丑题的《梅花鸜鹆图》诗："梅花鸜鹆宣和笔，十指春风成色丝；五百奇踪悬挂处，暗香疏羽共纷披。"所谓"奇踪"和"色丝"都是形容绝妙之意。这种写生传统是中国画最可宝贵的传统。其实，苏轼论证绘画不在于形似而在于神似的含义，不是不要形似而单讲神似，而是要求在形似的基础上抒写出对象的内在精神。譬如他在《书黄荃画雀》中写道："黄荃画飞雀，颈足皆展。或曰：'飞鸟缩颈则展足，缩足则展颈，无两展者。'验之信然。乃知观物不审者，虽画师且不能，况其大者乎？君子是以务学而好问也。"在这里，苏轼特别强调细致入微地观察生活、研究对象，这与赵佶之钻研"孔雀升高，必举左"，态度上又似乎是相近的。

第三，诗、书、画、印结合的独特性。宋徽宗赵佶的绘画尤其是花鸟画作品上，经常有御制诗题、款识、签押、印章。诗题一般题在属于精工富丽一路的画作上，如《芙蓉锦鸡图》轴，左下角秋菊一丛，稍上斜偃芙蓉一株，花鸟锦鸡依枝，回首仰望右上角翩翩戏飞的双蝶，顺着锦鸡的目光，导向右边空白处的诗题："秋劲拒霜盛，峨冠锦羽鸡；已知全五德，安逸胜凫鹥。"全图开合有序，诗发画未尽之意，画因诗更显圆满。这首诗题，实际上已巧妙地成了画面构图的一部分，从中可以见出赵佶对诗画合一的大胆尝试和显著成就。画上的题字和签名一般都是用他特有的"瘦金体"，秀劲的字体和工丽的画面，相映成趣。尤其是签名，喜作花押，据说是"天下一人"的略笔，也有认为是"天水"之意。盖章多用葫芦形印，或"政和"、"宣和"等小玺。值得一提的是，作者押印于书画的款识上，始于宋代苏轼、米芾、赵佶、赵子团等人。元明以后，诗、书、画、印相结合已成为中国画的传统特征，但在北宋，却还处于草创时期，赵佶是善开风气之先的。

显而易见，宋徽宗赵佶的花鸟画是当得起后人的倍加赞美的，但是，与这些誉美之词相悖的，是对他的花鸟画的怀疑甚至否定。元代汤垕在《画鉴》中说："《宣和睿览集》累至数百及千余册，度其万机之余，安得暇至于此？要是当时画院中人，仿效其作，特题印之耳。”意思是说，因为赵佶花鸟画数量众多，作为皇帝他是没那么多时间作画的，所以作出以上推测。明代董其昌进一步认为“宣和主人写生花鸟时出殿上捉刀，虽着瘦金书小玺，真赝相错，十不一真”。（《书画记》）这种妄意的推断，缺少依据，从画史研究的角度来说，可以说是不负责任的。近代亦有人根据刘益、富燮两人曾在政和、宣和年间“供御画”，推测赵佶所有的作品，都是这两人的代笔。赵佶的画迹真赝相杂，这是事实，但因此而否定其绘画创作，这是极不科学的研究态度。据史料记载，徽宗赵佶经常举行书画赏赐活动，这些赏赐给官僚臣下的大量作品中有画院画家的手笔，这本来就是十分自然，无可厚非的。作为皇帝画家赵佶，自然不可能用全部的精力去从事创作，来供给他必需的用途。翰林图画院原属宫廷服役机构，画院画家有义务画这些应制的作品，所谓“供御画”的作用正在于此。徽宗在上面题印，只是表示他对官僚臣下的恩赐之意罢了。在历代画家中，因应酬关系，而出于代笔的也不少。如《宣和画谱》所记：“吴元瑜晚年，多取他画或弟子所摹写，冒以印章，谬为己笔。”可以肯定，这些“他画”或弟子摹作，在相当程度上保存了吴元瑜的绘画样式。同样，即使现存徽宗画迹中有画院中人手笔，这些作品也是根据徽宗首肯的模式去创作的，从中仍旧可以见出徽宗的绘画风格和审美趣味，而绝不能因此否定他的艺术创作。

美术史家徐邦达在《宋徽宗赵佶亲笔与代笔画的考辨》一文中，将传世的徽宗画迹分为粗拙简朴与精工细丽两种，认为后者只能代表徽宗的鉴赏标准，应是画院中人代笔，而简朴生拙的才是赵佶亲笔。徐邦达关于代笔问题的研究显然比前人深入具体了许多。但是，从绘画史研究的角度来看，一个画家的画风往往不只一种，有主要的画风，也有次要的画风。两种画风有时几乎对立，让人难以相信是出于一人之手。画写生的人有时也画写意，画青绿的人有时也喜欢水墨。早年用功的作品与老年成熟的作品也必然大有差别。作画人若一生只画一种风格的画，那是画工，不是画家。对赵佶画笔真赝的考辨见仁见智都是属于情理之中的。但是，每一位优秀的画家，总有一种艺术化的人格精神把他所有不同体貌、不同风格的作品融为一体，声息相应。

谢稚柳在《宋徽宗赵佶全集·序》中对赵佶各种风格的花鸟画迹的考辨则是较为详审精到的。首先，谢稚柳根据赵佶各个时期不同风貌的画笔中前后统一的笔势特征，将《竹禽图》、《柳鸦芦雁图》、《御鹰图》、《金英秋禽图》、《枇杷山鸟图》、《四禽图》、《写生珍禽图》、《祥龙石图》、《瑞鹤图》、《杏花鹦鹉图》等定为赵佶真笔。认为这些画以其精微灵动的写生和清新文雅的格调表现出赵佶画笔特有的性格和情意，与画院画家在表现形式方面的刻意追随是判然有别的。其次，以笔势特征为主，“那停在芙蓉上的锦鸡与并栖在梅枝上的白头鸟，我们看不出与上列赵佶亲笔的笔情墨意，其中蕴含着共同之处，这些只能说是追随赵佶的格调，是无可逃遁的。”谢稚柳还根据《南宋馆阁续录》把《芙蓉锦鸡图》和《腊梅山禽图》定为御题画，“是‘三舍’学生的创作，或是每月考试的作品，被赵佶入选了，才在画上为之题字”。谢稚柳论证考鉴，比前人似更接近事实的真相。赵佶各种风格的花鸟画迹中虽有赝迹，但他在花鸟画领域中的创造性成就却是不容否定的。

总而言之，“徽宗皇帝天纵将圣，艺极于神”（《画继》），诗词书画各方面都达到了一定的艺术高度，尤其是绘画方面，无论山水、花鸟、人物，都能“寓物赋形，随意以得，笔驱造化，发于毫端，万物各得全其生理”（《广川画跋》）。正如劳伦斯·西克曼在《中国的艺术和建筑》一书中所说：“帝位为徽宗的绘画活动创造了条件，但徽宗的画并不是因其帝位，而是因其画作本身的艺术魅力而流传后世的。”这是一句十分客观的公道话。可以说，徽宗赵佶是历史上唯一真正拥有较高的艺术涵养和绘画才能，并真正称得上画家的皇帝。

文人画：池塘秋晚图

宋徽宗赵佶的艺术主张，强调形神并举，提倡诗、书、画、印结合，他是工笔画的创始人，花鸟、山水、人物、楼阁，无所不画，这便是卓然大家的共同特点。他用笔挺秀灵活，舒展自如，充满祥和的气氛。他注重写生，体物入微，以精细逼真著称，相传他曾用生漆点画眼睛，更加生动、栩栩如生，令人惊叹。赵佶的画取材于自然写实的物像，他构思巧妙，着重表现超时空的理想世界。这一特点打开了南宋刘松年、李嵩和夏圭在山水画构图方面的变革之门。他还强调形神并举的绘画意念。劳伦斯·西克曼在《中国的艺术和中国的建筑》一书中曾说，赵佶的画写实技巧以“魔术般的写实主义”给人以非凡的诱惑力。赵佶提倡诗、书、画、印结合。他创作时，常以诗题、款识、签押、印章巧妙地组合成画面的一部分。这成为元、明以后绘画派传统特征。

宋徽宗赵佶在位时，曾广泛收集历代文物书画，并亲自掌管翰林图画院，让文臣分门别类，著书评论，编辑《宣和书谱》、《宣和画谱》、《宣和博古图》等书，这些都对宋代的绘画艺术起到了推动和倡导作用。他还增加画院画师的俸禄，将画院列入科举制度中，以“野水无人渡，孤舟尽自横”、“嫩绿枝头红一点，恼人春色不须多”等诗句为题，考录画师，给画院注入“文人画”的气质。许多画师，如李唐、苏汉臣、米芾等，皆是由此脱颖而出，树誉艺坛。皇帝如此钟爱书画，文人雅客又怎能不趋之若鹜？北宋书法、宫廷画在此时发展到极致。

在书法上，宋徽宗赵佶起初学的是黄庭坚，后又学褚遂良和薛稷、薛曜兄弟，并杂糅各家，取众人所长又独出己意，最终创造出别具一格的“瘦金体”，既有“天骨遒美，逸趣霭然”之感，又有强烈的个性色彩，如“屈铁断金”。特点是笔画瘦细而有弹性，尾钩锐利，运笔迅疾。字一般呈长形，张弛有度，有一种秀美雅致、舒畅洒脱的感觉。而且通篇法度严谨，一丝不苟。这种瘦挺爽利、侧锋如兰竹的书体，需要极高的书法功力、涵养以及神闲气定的心境来完成。此后尽管学习这种字体的人很多，但能达到其神韵的却寥若晨星，这足以见证赵佶的书法功力。相比之下，赵佶的诗词显得较为平庸，尤其是前期诗词，多为矫情之作，享乐情调十分明显。但在沦为亡国之君之后，他触景生情，写了不少情真意切的佳作，像“彻夜西风撼破扉，萧条孤馆一灯微；家山回首三千里，目断山南无雁飞”，读来让人心中隐隐作痛。

《瑞鹤图》是公认的宋徽宗存世工笔写实类花鸟画真迹，为存世绝少的宋徽宗“御笔画”。

此画庄严耸立的汴梁宣德门，门上方彩云缭绕，十八只神态各异的丹顶鹤，在上空翱翔盘旋，另两只站立在殿脊的鸱吻之上，回首相望，天空及宫殿周围的祥云皆以平涂渲染，更烘托出仙鹤动飞之势和曼妙体态，气氛祥和吉庆。画后有赵佶瘦金书叙述一段。

《瑞鹤图》曾收入《宣和睿览集》，金军攻入汴梁时，这件作品被拆成单幅的卷轴流散出去，清乾隆晚期被收进清宫，溥仪私自夹带出宫后流失到东北，最终成为辽宁博物馆的藏品。

现藏辽宁省博物馆的《瑞鹤图》，是宋徽宗赵佶之“御笔画”，构图和技法俱皆精到：构图中一改常规花鸟画传统方法，将飞鹤布满天空，一线屋檐既反衬出群鹤高翔，又赋予画面故事情节，在中国绘画史上是一次大胆尝试；绘画技法尤为精妙，图中群鹤姿态百变，无有同者，鹤身粉画墨写，睛以生漆点染，整个画面生机盎然。

《池塘秋晚图》卷本幅以荷鹭为主体，将各种动、植物分段安排在画面上。卷首画红蓼与水蜡烛，暗示水岸。接着白鹭一只迎风立于水中。荷叶欹倾，水草顺成一向，衬托白鹭充满张力的姿态。荷叶有的绿意未退，有的则枯萎残破，墨荷与白鹭之间的黑白对比，增强水墨色调的变化关系。后有鸳鸯，一飞一游，红蓼、水蜡烛及枯荷装点出萧瑟的秋意。而白鹭的眼神、鸳鸯的动向尚有往后延伸之势，让观者有意犹未尽之感。

宋徽宗对绘画有精湛的研究，尤擅长花鸟，据传画鸟用生漆来点睛，成豆形突出于画幅之上，又黑又亮，炯炯有神。

《池塘秋晚图》卷本幅为粉笺本，此粉笺新纸时，光洁亮丽，其上尚印有卷草纹图案，是当时极为珍贵的材质。由于纸面经过上粉处理，具有不吸水性，因而影响到笔墨的趣味。乍看之下，笔墨甚为质朴，有斑驳古趣。其构图是将各种动、植物分段逐次安排在画面上，是唐代及其以前习见的构图式，在描绘花草的形态技法较为古朴，有唐人装饰意味的遗意。

茶事演进

宋代，是我国茶事演进的重要阶段，盛行点茶、斗茶以及茶百戏等。宋徽宗赵佶精于茶艺，曾多次为臣下点茶，蔡京《太清楼侍宴记》

记其“遂御西阁，亲手调茶，分赐左右”。据熊蕃《宣和北苑贡茶录》记载，徽宗政和至宣和年间，还下诏北苑官焙制造、上供了大量名称优雅的贡茶，如玉清庆云、瑞云翔龙、浴雪呈祥等。

宋徽宗对中国茶事的最大贡献是撰写了中国茶书经典之一的《大观茶论》，为历代茶人所引用。关于该书书名，此书绪言中说：“叙本末列于二十篇，号曰《茶论》。”熊蕃《宣和北苑贡茶录》说：“至大观初今上亲制《茶论》二十篇”。南宋晁公武《郡斋读书志》中有著录：“《圣宋茶论》一卷，右徽宗御制”。《文献通考》沿录，可见此书原名《茶论》。由于晁公武是宋人，所以称宋帝所撰茶论为《圣宋茶论》。明初陶宗仪《说郛》收录了全文，因其所作年代为宋大观年间（1107—1110年），遂改称《大观茶论》，清代古今图书集成收录此书时沿用此书名。《大观茶论》全书首绪言，次分地产、天时、采择、蒸压、制造、鉴别、白茶、罗碾、盏、筅、瓶、杓、水、点、味、香、色、藏焙、品名，共二十目。对于地宜、采制、烹试、品质等，讨论相当切实。其中尤其是关于点茶的一篇，详细记录了宋代流行点茶这种代表性的茶艺，为后人了解宋代点茶提供了依据。

宋徽宗赵佶的一生似一场美丽的杏花，春去春回，梦醉梦醒，他不知道归路，也无法向上天向命运询问什么，更不能要求什么。亡国之后，注定了他有家难回。宋徽宗与李后主一样死于异国，伴随他的只是朝来寒雨晚来风，无言哽咽，人前不敢分明说。还有那份羞见旧时月的惭愧，他的晚年在不可想象的精神折磨中度过。到宋徽宗赵佶永远地在寒冷而遥远的五国城里闭上了眼睛，他的那些风流与雅好，全都遗失在胡沙万里和北国风雪中了。玉京不堪忆，昔日繁华早成了逝水，帝王已无家。花城人去今萧索，空有春梦，断魂绕胡沙。家山何处，只有一支羌笛，无限凄清地吹彻，伴着一地落梅花。

初入仕途被秦桧嫉恨

北伐献策：飞霜掠面寒压指，一寸丹心唯报国

军僚幕府：铁马秋风大散关

提刀独立顾八荒

蜀中生涯：自号放翁 燕饮不颓放

一枕凄凉眠不得

宦海浮沉：山重水复疑无路，柳暗花明又一村

嘲咏风月

陆游的梅花：已是黄昏独自愁，更着风和雨

编修国史

晚节之辩

死去元知万事空 但悲不见九州同

六十年间万首诗

风格多样的豪放陆游词

中国第一部长篇游记：《入蜀记》

史学成就《南唐书》

笔札精妙

小楼一夜听春雨，深巷明朝卖杏花

第四章

陆游：红尘烟雨一放翁

琴瑟两分
被迫休妻的原因
含泪另嫁
红尘相逢泪如雨
一怀愁绪 几年离索
角声寒 夜阑珊
欲笺心事
情是一杯断肠的毒药
折得黄花沈园更断肠
尚余一恨无人会
玉骨久沉泉下土
暮年风雨凄凉欲断肠
红颜难逃薄命
不堪幽梦太匆匆
家世背景
生于乱世

有一片蒹葭，在露白风清日，看城上斜阳，听画角哀伤，复见诗人陆游又在沈园里老泪纵横！不可想象，年八旬犹在此间泪如倾，那是一种怎样的情感?

此生情衷路，最苦难相守，付一生伤痛，多少清泪，郁孤台下流。多少愁悲，一番惆怅，有情人，总难如愿。怨！怨！怨！纵使生死两茫茫，却难忘当年缠绵处，佳人早逝红粉成土。枉自嗟呀空悬念，谁怜两心，夜深无寐，望空中正月华如练。憾！憾！憾！

宋词人里，最悲情的是陆游，这份悲情不仅是自怜自叹，更多的是对国土沉沦乱世飘零的大悲悯。

周恩来这样说：“宋诗陆游第一，不是苏东坡第一。陆游的爱国性很突出，陆游不是为个人而忧伤，他忧的是国家、民族，他是个有骨气的爱国诗人。”

陆游（1125—1210），字务观，号放翁，晚年又号龟堂老人。汉族，1125年11月13日（旧历十月十七）生，越州山阴（今绍兴）人，南宋文学家、史学家、爱国诗人。陆游生逢北宋灭亡之际，少年时即深受家庭爱国思想的熏陶。宋高宗时，绍兴二十三年（1153年），参加礼部考试，却因秦桧排斥而仕途不畅。宋孝宗即位后，赐进士出身，历任福州宁德县主簿、敕令所删定官、隆兴府通判等职，因坚持抗金，屡遭主和派排斥。乾道七年（1171年），应四川宣抚使王炎之邀，投身军旅，任职于南郑幕府。次年，幕府解散，陆游奉诏入蜀，与范成大相知。宋光宗继位后，升为礼部郎中兼实录院检讨官，不久即因"嘲咏风月"罢官归居故里。嘉泰二年（1202年），宋宁宗诏陆游入京，主持编修孝宗、光宗《两朝实录》和《三朝史》，官至宝章阁待制。书成后，陆游长期蛰居山阴，嘉定二年（1210年）与世长辞，留绝笔《示儿》。

陆游一生笔耕不辍，诗词文俱有很高成就，其诗语言平易晓畅、章法整饬谨严，兼具李白的雄奇奔放与杜甫的沉郁悲凉，尤以饱含爱国热情对后世影响深远。陆游亦有史才，他的《南唐书》，"简核有法"，史评色彩鲜明，具有很高的史料价值。主要作品《剑南诗稿》、《渭南文集》、《放翁词》、《南唐书》等数十个文集存世，自言"六十年间万首诗"。

陆游与唐婉的一段千古情殇，陆游对家国的一腔壮志未酬，至今犹令多少人扼腕叹息。他的一生，仕途蹭蹬，忧国忧民，沉郁厚重。他用一生写了一场大悲剧，成就了他的人品如青天下高山，让人肃穆尊敬。

陆游以诗传世，赵翼评价说："宋诗以苏、陆为两大家，后人震于东坡之名，往往谓苏胜于陆，而不知陆实胜苏也。(陆游诗)少工藻绘，中务宏肆，晚造平淡。朝廷之上，无不已划疆守盟、息事宁人为上策，而放翁独以复仇雪耻，长篇短咏，寓其悲愤。"而梁启超更是赞美为："诗界千年靡靡风，兵魂销尽国魂空。集中十九从军乐，亘古男儿一放翁。"

但陆游的词也同样不容小觑。他既有"西北望，射天狼"的豪情壮志，也有"杨柳岸，晓风残月"的愁情满怀。刘克庄在《后林诗话》中评价陆游的词，说："放翁长短句，其慷慨激昂者，稼轩不能过；流丽绵密者，可出晏疏原、贺放回之上。"冯煦则评价为："剑南屏除纤绝，独往独来，其逋峭沉郁之概，求之有宋诸家，无可方比。"

琴瑟两分

宋高宗绍兴十四年，即公元 1144 年的一个风和日丽、阳光明媚的日子，这一天，二十岁的陆游和表妹唐婉喜结良缘。陆游和表妹唐婉从小青梅竹马，耳鬓厮磨，感情甚笃。

唐婉，字蕙仙，是陆游舅舅唐宏的女儿，自幼文静灵秀，不善言语却善解人意，貌美且有才情。

婚后，他们"伉俪相得"，"琴瑟甚和"。整天谈诗论词，簪花绣蝶。温柔贤淑的婉儿让陆游觉得他们就像是古典书卷里的才子佳人，举案齐眉，酬唱相惜。

能和自己最爱的又懂自己的人结婚，是两个人幸福到骨子里的事。何况他们二人不仅英俊美貌皆备，而且还都是才华横溢，两个人在一起总有说不完的话、道不尽的情。新婚燕尔，你唱我和，吟诗赋词，如胶似漆，如影随形。幸福之情溢于言表，纵然在睡梦里都会笑醒。

就在两个人都被幸福冲昏了头脑的时候，让两个人都始料不及的事情发生了：陆游的母亲居然要儿子休妻，也就是说逼迫他们离婚。

陆游的母亲论血缘关系，是唐婉的姑妈。她曾经也是很喜欢唐婉的，否则不会同意他们的婚事。在那个时代，他们能够结婚，没有老人的允许，那是不可能的。事实上，当初两家父母和众亲朋好友，也都认为他们是天造地设的一对，于是陆家就以一只精美无比的家传凤钗作信物，订下了唐家这门亲上加亲的姻事。

青梅竹马，情投意合，有凤钗为媒，有情感作聘。本是一段美满的婚姻，而且婚后也确实有过一段美好的日子，二人鱼水欢谐，情爱弥深。

关于陆游出妻的原因，九百年来，大体有如下几种说法，陈鹄说“不当母夫人意，出之”；刘克庄说“二亲督教甚严，恐其惰于学也，数谴妇，放翁不敢逆尊者意，与妇诀”；周密说陆妻“弗获于其姑”。陆游晚年的诗作提及唐婉不孕。后人多从陈、周之说，归咎于陆母，并引据陆游《恶姑》诗，认为陆母抱孙心切，而陆妻竟不能生子。但陆母是北宋名臣唐介的孙女，且陆游是陆宰第三子，长兄陆淞比他大十六岁，陆游的大侄与陆游年纪相仿，陆母完全不必为陆家无后而担忧，何况陆游与前妻才共同生活了两三年。相比较而言，刘克庄的说法较为可信。这件悲剧事情的原因，在于陆游父母担心其对儿女之情的眷恋影响对陆游对“功业”的追求。新婚燕尔的陆游终日流连于温柔乡里，根本无暇顾及应试功课进仕为官。陆游的母亲唐氏一心盼望儿子金榜题名，光耀门庭。目睹眼下的状况，她大为不满，几次以姑姑和婆婆的身份对唐婉大加训斥，责令她以丈夫的科举前途为重，淡薄儿女之情。但陆、唐二人情意缠绵，无以复顾，情况始终未见明显的改善。陆母因此对儿媳大起反感，认为唐婉实在是陆家的扫帚星，将儿子的前程耽误殆尽。所以，有好几次痛骂这个儿媳妇，并下了棒打鸳鸯、非要拆散他们的决心。

之所以会变得如此的不可改变，当然是有原因，最主要的原因就是，陆母来到郊外无量庵，请庵中尼姑妙因为儿子和儿媳妇卜算命运。妙因一番掐算后，煞有介事地说：“唐婉与陆游八字不合，先是予以误导，终必性命难保。”陆母闻言，吓得魂飞魄散，急匆匆赶回家，叫来陆游，强令他道："速修一纸休书，将唐婉休弃，否则老身与之同尽。"然后陆母按照算命人所教授的办法，将唐婉的种种不是历数一遍，陆游心中悲如刀绞，素来孝顺的他，面对态度坚决的母亲，除了暗自饮泣，别无他法。

在封建礼教的压制下，虽然陆游进行了种种哀告和恳求，却终归只能一纸休书说分手，于是这一美满婚姻就这样被拆散了。

但是，休书写了，只能是舆论上和法律上解除了婚姻关系，但在心里他又怎么能舍得这么好的妻子呢?

陆游暗中悄悄另筑别院安置唐婉。

陆游一有机会就前去与唐婉鸳梦重续、燕好如初。不幸的是，陆游的母亲很快知道了这个秘密，于是再度拆散了他们二人。为了防止陆游再度约会唐婉，让他彻底死了这颗心，陆母强逼陆游娶妻王氏，彻底切断了陆、唐之间的悠悠情丝。陆游与王氏结婚后，很快生出了孩子。陆游共有七子二女。《陆游年谱》中有记述：长子陆子虡淳熙十五年出仕，官至淮西濠州通判；次子陆子龙庆元三年出仕武康尉，官至东阳丞；第三子陆子修嘉泰四年，出仕闽县；第四子陆子坦嘉泰四年春，出仕临安；第五子陆子布生于淳熙元年（1174 年），第六子陆子聿生于淳熙六年（1178 年），他们均在陆游生前未曾作官；第七子陆子约；史载，陆游有二女，但名不详。

含泪另嫁

陆家的绝情让唐家愤愤不平，觉得不把女儿嫁出去，面子失尽。

唐婉气质温婉，年轻美丽，又诗书皆修，哪怕成了弃妇，依然是世人爱慕的女子。

唐婉在陆游另婚后很久，也迫于父命，改嫁给"同郡宗子"同城的另一个读书人赵士程。

赵家系皇家后裔、门庭显赫。赵士程家世高贵，又宽厚温和，是个文雅的读书人，作为丈夫他并不比陆游差，甚至心怀大度。他对曾经遭受情感挫折的唐婉表现出诚挚的同情与谅解。唐婉饱受创伤的心灵已渐渐平复，并且开始萌生新的感情。唐婉再婚后在沈园和陆游相遇，当时，她正和丈夫在沈园的亭子上用餐，正好陆游也行游到此，唐婉心底坦荡，问询丈夫能否送前夫一壶酒，坦荡的赵士程点头同意了，让人不得不赞一句，这样的男人难得，过去，只是过去，无需介怀。

最终，就这样，一对情意深切的鸳鸯，行将被无由的孝道、世俗功名和虚玄的命运八字活活拆散。两人各自转身，成为了陌路。

祸福旦夕之间，可恨的八字算命铸成这令人发指的罪恶。两个有情人，有心同梦，却无缘同床。无情的刀刃将情缘斩断，一个流泪不止，一个负伤而走。此后，一对曾经海誓山盟的爱人，携着悲痛，奔赴各自的宿命，又被辗转的流年，弄得下落不明，相互音讯不通。茫茫人海，潮来潮往，每个人就是一粒尘沙，不知道要在佛前跪求多少年，才可以换一次擦肩，换一段邂逅，换一世同行。他们几乎都不曾想过，还能在风雨多年后重逢。而重逢后的陆游，一生郁郁寡欢，留给世人的是那个“细雨骑驴出剑门”的惆怅背景，而唐婉则在花样年华中抑郁而终。

红尘相逢泪如雨

在母亲严厉的督教之下，无奈的陆游只得收拾起满腔的幽怨，重理科举课业，埋头苦读了三年，陆游二十九岁那年只身离开了故乡山阴，赴临安（今浙江杭州）参加“锁厅试”。在临安，陆游以他扎实的经学功底和才气横溢的文思博得了考官陆阜的赏识，被荐为魁首。

名列第一的陆游并不知道，获取第二名的恰好是当朝宰相秦桧的孙子秦埙。秦桧深感脸上无光，在第二年春天的礼部会试时，硬是借“喜论恢复”之由，竟将陆游的试卷剔除。于是，复试时，陆游被除名了，这使得陆游的仕途在一开始就遭受了风雨。

礼部会试失利，一腔报国理想覆灭的陆游怅然回乡。家乡风景依旧，桃花处处烂漫。睹物思人，心中倍感凄凉。为了排遣愁绪，陆游时时独自倘徉在青山绿水之中，或者闲坐野寺探幽访古；或者出入酒肆把酒吟诗;或者浪迹街市狂歌高哭。就这样,他过着悠游放荡的生活。在一个繁花竞妍的春日晌午,窗外满园春色,心内郁闷悲苦,陆游随意漫步,去到城外禹迹寺南的沈园散心。沈园是一个布局典雅的园林花园,园内花木扶疏,石山耸翠,曲径通幽,是当地人游春赏花的一个好去处。虽然连年的战事让沈园人烟寥落,但园内繁花竞艳,妖娆依旧,这也勾引起仕途不顺、正四处悠游散心的陆游的雅兴。

在园林深处的幽径上迎面款步走来一位锦衣女子,低首信步的陆游猛一抬头,竟是阔别数年的前妻唐婉。这次相遇虽然距他们分离已有十年,在不曾奢求的时候意外重逢,这是命运所给的恩赐。

陆游和唐婉就是在那满城春色的柳畔邂逅,突如其来地相遇。沈园,这个因为一段伤感的相逢,而生动了八百年前的沈家园林,至今仍有人去追寻佳人的身影。

在那一刹间,时光与目光都凝固了,两人的目光胶着恍惚迷茫,不知是梦是真,眼帘中饱含的不知是情、是怨、是思、是怜。此时的唐婉,已由家人做主嫁给了同郡士人赵士程,门庭显赫的赵士程对曾经遭受情感挫折的唐婉,表现出理解与柔情,终于渐渐平复了唐婉饱受创伤的心灵。

这时与陆游的不期而遇,无疑将唐婉已经封闭的心灵重新打开,里面积蓄已久的旧日柔情、千般委屈一下子奔泄出来,柔弱的唐婉对这种感觉几乎无力承受。

而陆游,几年来虽然借苦读和诗酒强抑着对唐婉的思念,但在这一刻,内心深处的旧日情思不由得涌出。

善解人意的赵士程独自离开,留下二人相聚。然而,四目相对,千般心事、万般情怀,却不知从何说起。

这次唐婉是与夫君赵士程相偕游赏沈园的,那边赵士程正等她进食。人生如戏,这样的一段场景,分明就是一场情感剧烈冲突的戏剧,而导演,就是命运。

在好一阵恍惚之后,已为他人之妻的唐婉终于提起沉重的脚步,在深深的一瞥之后走远了,只留下了陆游在花丛中怔怔发呆。唐婉明白,这条飞絮缤纷的幽径,已经无法同行。他们之间,言语已是多余,转身之后,那一地,落满的都是叹息。

和风袭来，吹醒了沉在旧梦中的陆游，他不由得循着唐婉的身影追寻而去，来到池塘边柳丛下，遥见唐婉与赵士程正在池中水榭上进食。隐隐看见唐婉低首蹙眉，有心无心地伸出玉手红袖，与赵士程浅斟慢饮。这一似曾相识的场景，陆游看得心都碎了。

唐婉派人送过酒食，与陆游隔湖而饮。三人沉默地喝酒，最难受的应该是赵士程。他是个磊落大度之人，眼看着妻子和前夫欲说还休，他依然在“爱你的人和我爱的人”里扮演的是“爱你的人”，无怨无悔。

酒越喝越淡，人愈想愈伤。昨日情梦，今日痴怨尽绕心头，感慨万端，于是沈园墙上留下字字泣血的千古伤心之词——《钗头凤》：

【钗头凤】

陆游

红酥手，黄縢酒，满城春色宫墙柳。
东风恶，欢情薄，一怀愁绪，几年离索。
错、错、错！
春如旧，人空瘦，泪痕红浥鲛绡透。
桃花落，闲池阁，山盟虽在，锦书难托。
莫、莫、莫！

一怀愁绪　几年离索

红润酥嫩的纤手送来一壶飘香的黄縢美酒，恰是满城的春色正浓。沈园里的垂杨婀娜，东风却要狂恶地吹散着往日琴瑟相御的欢情。是旧恩薄如纸吗？不是，决然不是。饮下一杯薄薄的愁绪，勾起几年幽幽的离情。错，错，错，真的是他的错。春色依然还在，她却在独自消瘦，盈盈粉泪，顺着胭脂的浅痕，将精美的锦帕染透。花自飘零，水自空流，当年如山的盟约何曾忘记。只是用柔情写成的诗笺，再也不知寄往何方。

还是那双红润酥软的手，还是我们一起喝过的黄縢酒，还是这个我们曾一起出游过的沈园，还是这满园春色的季节，苗条的柳枝却被宫墙锁住。东风，太可恶，那种欢喜相爱的柔情如此短暂。满怀的离别忧愁，几年被迫离散分居的痛苦和回忆，沉痛地打击着我，错！错！错！

如今春依然如故，而你的人却在徒然消瘦、憔悴，现在我们偶然见面了，回去之后你一定以泪洗面、那泪水会洗掉脸上的胭脂，一定会将你的手帕染成红色。桃花零落了，热闹的池馆亭阁已被寂寞很久，我和你的山盟海誓虽然还在心里保存着，但现在即使让鱼雁来传书这样的事情都难以托付。罢了！罢了！罢了！

“错！错！错！”是谁的错？是我的错？是母亲的错？还是社会的错？我该恨谁呢？幸福的婚姻被人为拆散，恩爱夫妻被棒打鸳鸯，两人在感情上遭受难以想象的折磨和痛苦，而这几年来的离别，带给彼此的，只是满怀愁怨。这一切，正像烂漫的春花被无情的东风所摧残而无奈地凋谢。

“莫！莫！莫！”罢了！罢了！罢了！问题是，真的能“罢了”吗？真的能忘怀吗？真的能“放下”吗？平时人们为摆脱苦恼，最爱说两个字“放下”，问题在于，谁能放下？说得轻巧。看得过，忍不过。说得到，做不到。

真的是字字有泪。这样的词，如果不是亲身经历，是写不出来的。

“红酥手，黄縢酒，满城春色宫墙柳。”这三句抚今追昔，所表现的情感是极其丰富而又复杂的。“红酥”言其细腻而红润。李清照《玉楼春》(红梅)词:“红酥肯放琼苞碎,探看南枝开遍未?”词中以“红酥”形容红梅蓓蕾之色,是个令人陶醉的字眼。陆游用“红酥”来形容肤色,其中便寓有爱怜之意。词人为什么只写手如红酥?这是因为手最能表现出女性的仪态。如《古诗十九首》“纤纤濯素手”;苏轼《贺新郎》“手弄生绡白团扇,扇手一时似玉”,都是借手来显现人物的体态与仪表的例子。但在这首词里,词人不仅借对手的描写来衬托唐婉仪容的婉丽,同时联系下句“黄縢酒”来看,正是暗示唐婉捧酒相劝的殷勤之意。这一情境陡地唤起词人无限的感慨与回忆:当年的沈园和禹迹寺,曾是这一对恩爱夫妻携手游赏之地。曾几何时鸳侣分散,爱妻易嫁已属他人。满城春色依旧,而人事全非。“宫墙柳”虽然是写眼前的实景,但同时也暗含着可望而难近这一层意思。“东风恶,欢情薄”是借春风吹落繁花来比喻好景不长,欢情难再。“东风恶”的“恶”字多有人理解为恶毒之恶,这是不对的。由于对“恶”字语义的误解,更将此句加以引申,认为“东风恶”是陆游影射自己的母亲太狠毒,拆散了儿子的美满姻缘。这更是望文生义的无稽之谈。为了纠正对此句的错误理解,在此不得不稍加辩证。盖宋元时语中的“恶”字本为表示事物程度的中性“甚词”,义同太、甚、极、深,并不含有贬义。如康与之《忆秦娥》词:“春寂寞,长安古道东风恶。”意谓春光已去,而长安古道上的春风还在劲吹。周邦彦《瑞鹤仙》词:“叹西园,已是花深无地,东风何事又恶。”是说西园落花已经飘零满地,东风又何必刮得如此之甚呢!元胡只从《快活三过朝天子》散曲:“柳丝舞困小蛮腰,显得东风恶。”这是形容春风中杨柳不停地迎风飘舞,显得东风甚猛;如果柳丝是小蛮(白居易有妾名小蛮,善舞)的腰肢,她必定感到十分困倦了。据此可知“东风恶”并非影射陆游的母亲。至于这首词在客观上是否具有反封建的社会意义,这是另一回事,不应和词的本文阐释混为一谈,否则将会曲解作品原意而厚诬古人之嫌了。辩证既明,那么“一怀愁绪”以下三句自然是紧承好景不长,欢情难再这一情感线索而来,是陆游在向前妻唐婉倾诉几年来的愁苦与寂寞。最后结以“错、错、错”三字,却是一字一泪。但此错既已铸成,即便引咎自责也于事无补,只有含恨终身了。

词转下阕,却另起一意。这里是用代言体直拟唐婉口吻,哭诉别后终日相思的苦情:“春如旧,人空瘦,泪痕红浥鲛绡透。”这三句词因为是拟唐婉口吻,所以仍从往日同赏春光写起,而丝毫没有复沓之感,反而令人觉得更加凄楚哀怨,如闻泣声,如见泪眼,人物音容,宛然在目。“春如旧”一句与前阕“满城春色”相对应,既写眼前春色,也是追忆往日的欢情,但已是“物是人非事事休”了。“人空瘦”,正是“为伊消得人憔悴”,一个“空”字,写出了徒唤奈何的相思之情,虽然自知相思无用,消瘦无益,但情之所钟却不能自已。“泪痕红浥鲛绡透”,正是数年来终日以泪洗面的真实写照。“桃花落,闲池阁,山盟虽在,锦书难托。”这四句写出了改嫁后的无限幽怨:任它花开花落,园林清幽,但却无心登临观赏。俞平伯《唐宋词选释》认为:“‘闲池阁’此指沈园近迹。”虽也可通,但不如解为赵氏园林为更近词之本意。盖从前阕“满城春色”,后阕“春如旧”所写景色来看,都不是暮春气象。因此说“指沈园近迹”就与前文牴牾不通了。另据陈鹄《耆旧读闻》说:赵士程“家有馆园之胜”,可见这两句指唐婉改嫁后不能忘情于前夫,赵家虽有园林池阁,却因抑郁寡欢而从未登临。下转“山盟虽在,锦书难托”。用前秦苏蕙织锦回文诗赠其丈夫故事,直将改嫁后终日所思和盘托出,补足上二句之意。结句“莫、莫、莫”三字为一叠句,低徊幽咽,肝肠欲断,这是绝望无奈的叹息,也是劝慰前夫,自怨命薄的最后诀别。据说唐婉在沈园与前夫会晤之后不久,便抑郁而死。

前人评论陆游《钗头凤》词说“无一字不天成”。所谓“天成”是指自然流露毫不矫饰。陆游本人就说过:“文章本天成,妙手偶得之。”正因为词人亲身经历了这千古伤心之事,所以才有这千古绝唱之词。这段辛酸的往事,成为陆游终生的隐痛,直到晚年他还屡次来到沈园泫然凭吊这位人间知己,写下了《沈园》诸诗。

角声寒,夜阑珊

公元 1155 年的春天格外明媚,到处莺歌燕舞,位于浙江绍兴城南的沈园里更是绿树红花。再嫁的唐婉已渐渐愈合心中的伤口,体贴的丈夫赵士程看到天气好，唐婉心情也好，便夫妻双双至沈园里赏春。结果是出人意料的，再嫁后的唐婉原本幸福的生活被一首词给粉碎了。

就这样，在宋朝，在沈园，在一个满城春色日子，有过一段伤感的相逢。

关于沈园之会的发生时间，周密记为绍兴乙亥岁春（1155 年），陈鹄却记为绍兴辛未年（1151 年），两种说法，相差四年。两相比较，陈鹄的说法较为可信。沈园之会当于绍兴二十一年（1151 年），陆游 27 岁。首先，陈鹄的主活年代与陆游晚年相衔接，而且他的记载乃是其亲眼所见；而《齐东野语》在年月顺序上较为混乱。其次，陆游在绍熙三年（1191 年）诗题明云“四十年前曾题小阕壁间”，绍熙三年上推 40 年，是绍兴二十二年（1152），前一年即辛末（1151 年），与陈鹄所记正合。

在分手十年后的那个春天，在山阴城沈家花园里，上演了那著名的沈园重逢一幕。

悲剧的最高潮还不是陆游一扬头喝下唐婉送来的那杯苦酒，尔后在粉墙之上奋笔题下《钗头凤》这首千古绝唱。

最震撼人心的是，在陆游题词之后。

游园之后不久，秦桧病死，陆游被朝廷任用，离开了故乡。

而对于唐婉来说，沈园怆然而别，伤痛久久难平复。第二年春天，又经过一年的唐婉故地重游，忽然瞥见陆游留在墙上的诗。园墙上《钗头凤》墨迹斑斑，她反复吟诵，想起往日二人诗词唱和的情景，不由得泪流满面，心潮起伏。

唐婉孤零零地反复诵读《钗头凤》，春光依旧，物是人非，断肠人提笔和词，愁怨难排解地和词一首《钗头凤》：

【钗头凤】

唐婉

世情薄，人情恶，雨送黄昏花易落。
晓风干，泪痕残，欲笺心事，独语斜阑。
难、难、难！
人成各，今非昨，病魂尝似秋千索。
角声寒，夜阑珊，怕人寻问，咽泪装欢。
瞒、瞒、瞒！

唐婉不久便郁闷愁怨而死，《钗头凤》成了她的绝笔。写完最后一个字，这个可怜的女子也为爱情流干了最后一滴泪。

欲笺心事

世事炎凉，黄昏中下着雨，打落片片桃花，这凄凉的情景中人的心也不禁忧伤。晨风吹干了昨晚的泪痕，当我想把心事写下来的时候，却不能够办到，只能倚着斜栏，心底里向着远方的你呼唤；和自己低声轻轻地说话，希望你也能够听到。难、难、难。今时不同往日，咫尺天涯，我身染重病，就像秋千索。夜风刺骨，彻体生寒，听着远方的角声，心中再生一层寒意，夜尽了，我也很快就像这夜一样了吧？怕人询问，我忍住泪水，在别人面前强颜欢笑。瞒、瞒、瞒。

词的上片，交织着十分复杂的感情内容。“世情薄，人情恶”两句，抒写了对于在封建礼教支配下的世故人情的愤恨之情。

世情所以薄，人情所以恶，皆因情受到封建礼教的腐蚀。《礼记·内则》云：“子甚宜其妻，父母不悦，出。”用“恶”、“薄”两字来抨击封建礼教的本质，极为准确有力。作者对于封建礼教的深恶痛绝之情，也借此两字得到了充分的宣泄。“雨送黄昏花易落”，采用象征的手法，暗喻自己备受摧残的悲惨处境。那个黄昏其实下的是一场花瓣雨，在风起的黄昏，那么多的花瓣，决然离开枝头，纷纷下落，再也不能回头了，就如同这段被生生断送的美好情感。阴雨黄昏时的花，原是陆游词中爱用的意象。其《卜算子》曾借以自况。唐婉把这一意象吸入己作，不仅有自悲自悼之意，而且还说明了她与陆游心心相印，息息相通。“晓风干，泪痕残”，写内心的痛苦，极为深切动人。被黄昏时分的雨水打湿了的花花草草，经晓风一吹，已经干了，而自己流淌了一夜的泪水，至天明时分，犹擦而未干，残痕仍在。以雨水喻泪水，在古代诗词中不乏其例，但以晓风吹得干雨水来反衬手帕擦不干泪水，借以表达出内心的永无休止的悲痛，这无疑是唐婉的独创。“欲笺心事，独语斜阑”两句是说，她想把自己内心的别离相思之情用信笺写下来寄给对方，要不要这样做呢？她在倚栏沉思独语。“难、难、难！”均为独语之词。由此可见，她终于没有这样做。这一叠声的“难”字，由千种愁恨，万种委屈合并而成，因此似简实繁，以少总多，既上承开篇两句而来，以表现出处此衰薄之世做人之难，做女人之更难；又开启下文，以表现出做一个被休以后再嫁的女人之尤其难。

过片“人成各，今非昨，病魂常似秋千索”，这三句艺术概括力极强。“人成各”是就空间角度而言的。作者从陆游与自己两方面设想：自己在横遭离异之后固然感到孤独，而深深爱着自己的陆游不也感到形单影只吗？“今非昨”是就时间角度而言的。其间饱含着多重不幸。从昨日的美满婚姻到今天的两地相思，从昨日的被迫离异到今天的被迫改嫁，已是不幸。但不幸的事还在继续：“病魂常似秋千索。”说“病魂”而不说“梦魂”，显然是经过考虑的。梦魂夜驰，积劳成疾，终于成了“病魂”。昨日方有梦魂，至今日却只剩“病魂”。这也是“今非昨”的不幸。更为不幸的是，改嫁以后，竟连悲哀和流泪的自由也丧失殆尽，只能在晚上暗自伤心。“角声寒，夜阑珊，怕人寻问，咽泪装欢”四句，具体倾诉出了这种苦境。“寒”字状角声之凄凉怨慕，“阑珊”状长夜之将尽。这是彻夜难眠的人方能感受得如此之真切。

大凡长夜失眠，愈近天明，心情愈感烦躁，而此词中的女主人公不仅无暇烦躁，反而还要咽下泪水，强颜欢笑。其心境之苦痛可想而知。结句以三个“瞒”字作结，再次与开头相呼应。因此愈瞒，愈能见出她对陆游的一往情深和矢志不渝的忠诚。

与陆游的原词比较而言，陆游把眼前景、见在事融为一体，又灌之以悔恨交加的心情，着力描绘出一幅凄怆酸楚的感情画面，故颇能以特有的声情见称于后世。而唐婉则不同，她的处境比陆游更悲惨。自古“愁思之声要妙”，而“穷苦之言易好也”（韩愈《荆潭唱和诗序》）。她只要把自己所遭受的愁苦真切地写出来，就是一首好词。因此，此词纯属自怨自泣、独言独语的感情倾诉，主要以缠绵执着的感情和悲惨的遭遇感动古今。

两词所采用的艺术手段虽然不同，但都切合各自的性格、遭遇和身份。可谓是各造其极，俱臻至境。合而读之，颇有珠联璧合、相映生辉之妙。

情是一杯断肠的毒药

情是一杯断肠的毒药，让人甘心饮下；情是月光里温柔的刀声，多少人闭眼等待那心口的一凉。陆游的情意还在，当年两人谈诗论词、簪花绣蝶的温馨浮现出来。她含泪在沈园陆游题词的旁边和了一首《钗头凤》，后来一直都沉浸在往事前尘中，抑郁愁怨。

唐婉是一个极重感情的女子，与陆游的爱情本是十分完美的结合，却毁于世俗的风雨中。赵士程虽然给了她感情上的抚慰，但毕竟曾经沧海难为水。与陆游那份刻骨铭心的情缘始终留在她情感世界的最深处。自从看到了陆游的题词，她的心就再难以平静。追忆似水的往昔、叹惜无奈的世事，往日的种种煎熬着她，使她日渐憔悴，抑郁成疾，当年就悄然逝去。在秋意萧瑟的时节，她也化作一片落叶随风飘散而去。只留下一阙多情的《钗头凤》，令后人为之欷歔叹息。没有背叛，没有辜负，她给自己挖好坟墓，用落叶裹着爱情，一起葬下。春天开始的故事，必定是在秋天结束。她应该终于秋天，她如一片落叶，结束了咽泪装欢的日子。

唐婉重游沈园，发现墙壁上陆游提的《钗头凤》，石破天惊，那些已经平寂的伤痕，在这个男人的深情告白和婉转牵挂中惊涛骇浪，再一次涌起，涨潮。如果说，当年和陆游分别之后，唐婉还有勇气开始新生活，那么现在，她想心已经完全被思念的泛滥洪流淹没了。离别之后的相思，是需要有引子的，而最直接最有杀伤力的引子，就是来自对方的挑拨和伤痛。原来那个男人不曾绝情，只是难违母命，原来这个男人一直在想念她，从而内心伤痛！

女人就是这样，你不爱我了，我可以把泪流在心里，优雅地转身离开，做出无所谓的姿态；但是，如果他还爱着我想着我为我每日不眠不休，于是，优雅也不要了，理智也不要了，转身就扑上去。

一番悲痛过后，唐婉本来平静的心情，遭遇了一场雨雪风霜，疼痛的记忆太明显了，她忽略了丈夫的敦厚和现在家庭的美满，满心满眼都是世态炎凉人情冷暖，世情是淡薄的，人情是淡薄的，爱情也是淡薄的，而这雨后的黄昏更是充满了凄凉。

有情人天涯陌路，想传递个音信都不可能，一是山高路远，一则礼教不容，然而，摧毁这样的女子，只要两个字：深情。所以，几年之后，陆游一首深情《钗头凤》再次俘获了唐婉。这首《钗头凤》刻在了唐婉的心里，最后，也是这首《钗头凤》带走了她美好的生命。她本可以遗忘，和赵士程继续走完以后幸福安逸的人生。可她是红颜，痴心的红颜，这注定了她的薄命。她将所有的思念，所有的悲哀，所有的血泪，填成一首《钗头凤》，为了纪念她的爱情，哀悼她的人生。

此时的唐婉，感叹人成各，今非昨，于是，病体缠绵，生命不久。

分别之后的那些黄昏里，唐婉心神俱裂，独自依在栏杆上，看雨打落花，听号角呜咽；陆游却在多年后的一个遥远驿站，看好了一个能诗词的小女子，执意带回来纳为侍妾。是的，他把这个小女子当成了唐婉的替身，他根本不知道唐婉对他的情感至死不渝，他只知道自己一直爱着唐婉，无论如何也不能忘怀。

唐婉在思念中病体越来越沉重，直到为情而早逝。而陆游却在多年后，带着新娶的侍妾走进家门，但仅仅是半年时间，这个小妾又被老婆赶出家门。他的诗文再好，但他的软弱也是不可原谅的。

当年，唐婉如花的生命因重逢的伤痛而枯萎了，一代佳人就此香消玉殒。而当时，陆游正提三尺青锋，北上追寻还我河山的理想。秦桧死后，孝宗时陆游被赐进士出身，一生沉沦在通判、幕僚等小官上，并屡遭弹劾、罢黜，终其坎坷一生，也未能看见王师北定中原的那一天。

两个人天各一方，注定是永远不能同行了。

折得黄花沈园更断肠

这两首《钗头凤》以血泪和生命写成词，如泣如诉，读来让人肝肠寸断。

据说，陆游得知唐婉的死讯后，痛不欲生，寝食难安。“沈园题词”成了他永远的痛，永远的伤。

后来，陆游多次到沈园题诗怀念，在愧疚中怀想她一生。

烟雨沈园中，陆游一直想着她的唐婉。沈园记录了陆游和唐婉那一段凄婉动人的爱情故事，也保留下了陆游此后无数怀念的诗作。

这一幕爱情悲剧和真挚情感构成了爱的千古绝唱。爱，不是一件简单的事；爱，是难以忘却的。

照江丹叶一林霜，折得黄花更断肠。
商略此时须痛饮，细腰宫畔过重阳。

——陆游《重阳》

1170 年，陆游四十六岁出任夔州通判，途经江陵唐婉故乡为之悼念而作，其时唐婉已逝十多年。

陆游北上抗金，又转川蜀任职，几十年的风雨生涯，依然无法排遣诗人心中的眷恋。1187 年，六十三岁的陆游北上抗金，又转川蜀任职，几十年的风雨生涯，唐婉也早已香消玉殒，依然无法排遣心中的眷念。“偶复来菊缝枕囊，凄然有感”，又写了两首情词哀怨的诗：《沈园》（一）（二）。

1192 年，六十八岁的陆游重游沈园，看到当年题《钗头凤》的半面破壁，物是人非，触景生情，感慨万千，似越空而来，又写下感怀：

序：余年二十时尝作菊枕诗颇传于人，今秋偶复采菊缝枕囊，凄然有感

【沈园】

陆游

（一）

采得黄花作枕囊，曲屏深幌闷幽香。
唤回四十三年梦，灯暗无人说断肠！

（二）

少日曾题菊枕诗，囊编残稿锁蛛丝。
人间万事消磨尽，只有清香似旧时！

【禹迹寺南有沈氏小园四十年前尝题小阕壁间，偶复一到而园易主，刻小阕于石，读之怅然】

陆游

枫叶初丹槲叶黄，河阳愁鬓怯新霜。
林亭感旧空回首，泉路凭谁说断肠。
坏壁醉题尘漠漠，断云幽梦事茫茫，
年来妄念消除尽，回向蒲龛一炷香。

尚余一恨无人会

陆游的文才颇受新登基的宋孝宗的称赏，被赐进士出身。以后仕途通畅，一直做到宝华阁侍制。

这期间，他除了尽心为政外，也写下了大量反映忧国忧民思想的诗词。

到七十五岁时，1199 年，他上书告老，蒙赐金紫绶还乡了。陆游浪迹天涯数十年，企图借此忘却他与唐婉的凄婉往事，然而离家越远，唐婉的影子就越萦绕在他的心头。此番倦游归来，唐婉早已香消玉殒，自己也已至垂暮之年，然而对旧事、对沈园依然怀着深切的眷恋。

后陆游七十五岁，住在沈园的附近，沈园一幕萦绕心头，“每入城，必登寺眺望，不能胜情。”并为纪念心上人而写下数首《沈园》诗。

这一生，还有一段刻骨铭心的爱情，是陆游到死都没能放下的，都说是情深不寿，多年后的沈园重逢，让彼此更深切地思念前缘旧梦。写出千古绝唱《钗头凤》之后，归去后的唐婉就忧郁而死，果真情深不寿。留下陆游怅叹一生、追忆一生。

在唐婉逝去四十年的时候，陆游重游故园，在沈园幽径上踽踽独行，追忆着深印在脑海中那惊鸿一瞥的一幕。

一个人重游故园，踯躅在满地落叶中，挥笔和泪，作《沈园》诗：

【沈园】

陆游

（其一）

梦断香消四十年，
沈园柳老不飞绵；
此身行作稽山土，
犹吊遗踪一泫然。

（其二）

城上斜阳画角哀，
沈园无复旧池台；
伤心桥下春波绿，
曾是惊鸿照影来。

陆游想起了小时候天真烂漫的婉儿，喜欢扑花戏蝶；喜欢低眉浅笑；喜欢看他骑着竹马，想起婚后温柔情深的婉儿，喜欢中庭赏花；喜欢小窗望月；喜欢看他烛畔挥毫。一切的一切，让他的昏眼顿时涌出一股浊泪。他生起无限的留恋，两首《沈园》诗，情照出了陆游的伤情，他愿化作会稽山上的一冢细土，生生世世也要陪着婉儿，不离不弃。

问世间情为何物？直教人生死相许！问世人爱是什么？竟能够如此深沉地伤痛，在“美人作土”、“红粉成灰”之后的几十年，还让形容枯槁的诗人用将枯竭的生命力吟出“此身行作稽山土，犹吊遗踪一泫然”、“伤心桥下春波绿，曾是惊鸿照影来”这样的血泪篇章、这样的断肠诗句！

人世间什么样的事都可以消磨殆尽，而真情真爱却会历久弥新。“知音少，弦断有谁听？”岳飞的这个名句之于放翁，看其唯一的红颜知己却如惊鸿一瞥，转眼却逝，空追忆，却一生不复能再得，这样看，放翁一生真是过于凄凉。霜白寒侵，红叶漫山，湖上轻舟人成各，淡淡风拂面，却黯然神伤。

西风吹，落黄花瓣瓣，香飘几多远，人儿难相约。伤心莫听钗头凤，忍泪几多行，沈园不成行，黄花无语，城上斜阳留一抹夕阳残红，一阕钗头凤，引古今多少诗心起共鸣。

宫墙柳，一片柔情，付与东风飞白絮；
六曲栏，几多绮思，频抛细雨送黄昏。

——钱君陶

这是钱君陶先生在沈园书写的对联。

暮春之初光景奇，湖平山远最宜诗。
尚余一恨无人会，不见蝉声满寺时。

——陆游《禹寺》

1201 年，此为陆游七十七岁时所作。

玉骨久沉泉下土

1205 年，八十一岁的陆游再度梦游到沈园。沈园的柳棉吹之殆尽，绍兴的黄酒历久弥香，白发苍苍的老人还在刻骨地相思着他的表妹，一个叫唐婉的曼妙女子，一个纤丽如画、温润如玉的女子。四十年的时间在指尖绕过，如同昨梦前尘。唐婉的轩窗照镜、簪花弄眉，如兽炉里袅然的青烟，一缕缕云散开来，折磨着他那颗未死的心。幽幽中，他缓缓道出“城南小陌又逢春，只见梅花不见人。玉骨久成泉下土，墨痕犹锁壁间尘。”这位痴情的老人，便是悲歌击筑的陆游。

离去时的英武少年，归来已是尘满面、鬓如霜。壁间墨痕深锁，伊人凋落成泥。红尘滚滚，有人相遇，有人别离，如花绽放的年纪，轻轻擦肩而过，没有道一声“珍重”。沈园里踽踽独行的陆游，把沈园当成了怀旧的场所，也是他伤心的地方。他想着沈园，但又怕到沈园。春天再来，撩人的桃红柳绿，恼人的鸟语花香，风烛残年的陆游虽然不能再亲至沈园寻觅往日的踪影，然而那次与唐婉的际遇，伊人那哀怨的眼神、羞怯的情态、无可奈何的步履、欲言又止的模样，使陆游牢记不忘。到八十一岁时，这位孤独的老人，还梦回沈园，写下：“城南小陌又逢春，只见梅花不见人。”于是又赋“梦游沈园”诗：

（其一）

路近城南已怕行，沈家园里更伤情；
香穿客袖梅花在，绿蘸寺桥春水生。

（其二）

城南小陌又逢春，只见梅花不见人；
玉骨久沉泉下土，墨痕犹锁壁间尘。

——陆游《十二月二日夜梦游沈氏园亭二首》

“路近城南已怕行，沈家园里更伤情”，时隔多年陆游对唐婉的这段感情依然没有减淡，对于沈园这个故地依然是无法释然，就连路近了那儿就感觉害怕，无法释怀。要多深的感情才能如此啊？！“只见梅花不见人，玉骨久成泉下土”，这里又多么凄凉和无助！

在这两个有情人意外重逢之后，沈园数度易主，人事风景全部改变了昔日风貌，已是“粉壁醉颗尘漠漠”，唯有“断云幽梦事茫茫”。

诗中以梅花作为意象，既向世人表明自己的情操——“零落成泥碾作尘，只有香如故”，也暗示唐婉高洁的品行和坚韧的节操，表明对唐婉的爱情至死不变。陆游以梅花自喻，然而城南小陌的那株梅花，难道不是他情系一生的唐婉吗？她心如日月、情比金坚，为爱而开，为情而落。这朵梅落在陆游的心里，从此，不再寂寞开无主，不再黄昏独自愁。

暮年风雨凄凉欲断肠

1206 年，八十二岁的陆游又写下了《城南》悼念唐婉，1207 年、1208 年陆游又分别于八十三岁、八十四岁时作了《禹祠》、《禹寺》各一首：

陆游直到离世前一年，再度重游沈园，依然怀念唐婉，此情至死不变，殊为感人。

唐婉情深不寿，而陆游虽然重情义却也一直活到了八十五岁，八十五岁生日之际，除了那首著名的《示儿》陆游写下了最后一首关于唐婉的诗，依然是说自己在春游沈园的时候遇见了唐婉，而蓦然回首，美人已经是一抔黄土了：

沈家园里花如锦，半是当年识放翁。
也信美人终作土，不堪幽梦太匆匆！

——陆游《春游》

这是陆游最后一首思念唐婉的诗。

这些沈园诗还有另一个版本，现录于下：

【城南】

陆游

城南亭榭锁闲坊，
孤鹤归来只自伤。
尘渍苔侵数行墨，
尔来谁为拂颓墙？

【禹祠】

陆游

祠宇嵯峨接宝坊，
扁舟又系画桥傍。
豉添满箸莼丝紫，
蜜渍堆盘粉饵香。
团扇卖时春渐晚，
夹衣换后日初长。
故人零落今何在？
空吊颓垣墨数行。

【禹寺】

陆游

禹寺荒残钟鼓在，
我来又见物华新。
绍兴年上曾题壁，
观者多疑是古人。

【重阳】

陆游

高楼独立满天霜，风雨凄凉欲断肠。
怅对黄花一杯酒，不堪今日是重阳。

【菊枕】

陆游

（一）

偶见摊前菊枕囊，幽幽意绪诱人香。
当年也欲采花蕊，争忍长宵寂寞肠！

（二）

曾读陆游菊枕诗，生情缕缕泪如丝。
不堪世上多痴绝，但愿今时异旧时。

【禹迹寺南有沈氏小园】

陆游

春来垂缕又鹅黄，两鬓那堪新染霜。

壁上有诗长作感，林前无语每牵肠。

当时月色千分惑，今日灵台万绪茫。

修到天花身不沾，晨钟暮鼓佛龛香。

【禹寺】

陆游

一样春风何所奇，林花点缀曼吟诗。
人间空自痴和怨，钟鼓谁听朝暮时？

【沈园】

陆游

（一）

拂尽沈园当日哀，春光旖旎绿池台。
纷飞蛱蝶人陶醉，林角莺声香扑来。

（二）

壁上词留八百年，读来犹是恨绵绵。
惊鸿照影几番梦，遗迹伤心一喟然。

【梦游沈氏园】

陆游

（一）

几度城南偏独行，沈园旧事负痴情。
伤心又读钗头凤，月映池波感慨生。

（二）

梦里柳丝无限春，轻轻飘拂绾游人。
剧怜酥手黄縢酒，鹤驾嵇山已绝尘。

【城南】

陆游

又向城南觅旧坊，小桥流水暗嗟伤。
数行墨字空留恨，唯有清风长拂墙。

【禹祠】

陆游

满寺蝉声扰酒坊，追凉来到小桥旁。
可怜雨霁春如沐，始觉风过花倍香。
鸿影依稀犹一瞥，痴情悱恻正悠长。
沈园故事终凄美，赚尽游人泪两行。

【禹寺】

陆游

年年禹寺钟声旧，今日沈园春色新。
叹息壁间词一阕，抛珠滚玉几痴人！

【春游】

陆游

千红万紫花堪惜，枝上黄莺莫笑翁。
八百年来犹一梦，美人诗客共匆匆。

不堪幽梦太匆匆

我看到江南的丝丝小雨，八百年来一直漫天飘洒着，淋漓在古老的小城和魂牵梦绕的沈园。这江南烟雨是奔流了八百年的眼泪，淹没了缠绵和幽怨，于是那个永恒在《钗头凤》中的温婉女子款款而来，那个惊鸿一瞥的哀怨佳人凌波照影在伤心桥下，那个匆匆而别、终作土的美人从八百年不堪的幽梦中柔情醒来，翩然而至……

沈园还在吗？斑驳的壁永恒在每一个人的心上，只是因为那《钗头凤》。唐婉是在陆游的描述中，让世人知道她那双柔软的“红酥手”，通过沈园这个悲剧大舞台，清晰出她那黛玉一般的清高气质。

是的，不论世事如何无常，也不论时光如何无情掷人而去，在她心底真正爱的，还是只有他一个人。

是的，当然是他。那样绝妙的美丽开局，那样跌宕起伏那样荡气回肠的经历，还有那样无可奈何的收场，还有欲罢不能欲说还休的余情缭绕。

曾是寂寥金烬暗，断无消息石榴红。爱了就是爱了，即使音信断绝，那份爱也不会消没，更不会被忘记。真心爱过的两个人，即使不能两相厮守天长地久，却必定刻骨铭心，一生只有一次。

只好也只能因“怕人寻问，咽泪妆欢”的现实，风刀霜剑严相逼，消磨了青春与活力，茜纱窗下的凄婉，黄土陇中的遗憾，一声叹息，最终都在无用的挣扎中沉默以致灭亡。

世事炎凉人情薄，险恶人心更难测，雨送黄昏，片片桃花易落。当此凄凉情景，我心忧伤，晨风悄悄吹干了昨晚的泪痕，心事不能写下来，只能倚着斜栏，在心里向着远方的你，低声轻语心里话。可是，可是，你能听到吗？我心中至今仍在痛着的是那曾经的美好时光，难！音信断绝，心事怎么和你倾诉，更难！在世情薄人情恶的残酷境遇中生存，难上加难！

如今，他在他的岸，她在她的桥，可是在某些深夜，干枯的心会在忽然情动时，那样清晰地忆起曾经爱的甜蜜，于是便开始了一阵阵的作痛。

他和她曾经如此真诚地相信这世间有爱情有缘分。但缘分是什么呢？有人说缘分就是在对的时间、对的地点遇到对的人，但他和她没有，他和她是在绝对错的时间、绝对错的地点，却遇到了绝对对的人，一个永远的世间再无第二个的人，对于他和她来说。他和她曾经如此努力，因为他们相信爱情就是一切，但是生活是现实的，现实的生活里仅有爱情是不够的，就这样爱情最终敌不过一些暗礁。只好放弃了，是的，就这样放弃了，极不心甘、极不情愿地放弃了。

可是悠悠十年过去了，历历往事，仍然以最鲜明的记忆活在心里，也痛在心里。当年的情有多浓，爱有多烈，现在的痛就有多强多大。为什么爱到最后就是痛？爱过，哭过，怨过，痛过，伤过，她在这一次爱里耗尽了全部的感情，其实他也是。

红尘紫陌那么辽阔，可总有一些狭路相逢的故事发生。满城春色宫墙柳，叹息复叹息：东风恶，欢情薄！

这是陆游与唐婉的重逢，几年离索后沈园里的重逢，泪痕红浥鲛绡透。唐婉早已是风雨黄昏中一朵易落的花，病魂常似秋千索。

角声寒，夜阑珊，谁知道此刻我的心是怎么样的寒，夜风刺骨让彻体生寒，远处钟声让心中再生一层寒意，是的，夜已将尽，脆弱的我也将走到生命的尽头了。

满腹心事无以诉说，无尽的痛苦只能无奈忍受。

此时的唐婉犹如秋千架上的绳索，飘飘复荡荡，自己无法把握自己的命运。长夜无眠，角声凄凉，却还得强作笑颜。

唐婉死了，留给陆游一生无尽的痛楚与思念。

梦断香消四十年，沈园柳老不吹绵。
此身行作稽山土，犹吊遗踪一泫然！

——陆游《沈园二首》

这是已为八旬老翁的陆游重游沈园所作，而此时唐婉已死四十余载；往事虽历经四十轮春秋的时光荡涤，凭吊遗踪，陆翁犹潸然泪下。

可怜情种尽相思，千古伤心对此池。
滴下钗头多少泪，沈家园里草犹悲。
——陆游《沈园葫芦池诗》

沈园成就了陆游和唐琬凄惨伤怀的千古爱情佳话。陆游用近乎白话一样的描叙，抒发自己的几多凄凉，几多悲怆："可怜情种尽相思，千古伤心对此池。滴下钗头多少泪，沈家园里草犹悲。"陆游是终老相思。开头一个"可怜"，一个"千古伤心"，直抒胸臆，道尽了陆游和唐婉的爱情悲剧性结局，遗恨千古，留恨千古。"滴下钗头多少泪"，是陆游在人世间无法停止的伤心。葫芦池畔，杨柳依依，一池流水思悠悠，陆游低声问："问世间情为何物，直教人生死相许"？问竹、问梅、问荷、问草，皆不语。它们是和陆游一样悲哀，还是受到了陆游悲情的感染？草木皆悲，陆游更添一段情愁。

这一组《沈园》诗，追悼他俩刻骨铭心的爱情，怀念他心中永远的伊人——唐婉。

沈家园里花如锦，半是当年识放翁；
也信美人终作土，不堪幽梦太匆匆。
——陆游《春游》

陆游八十五岁那年春日的一天，忽然感觉到身心爽适、轻快无比。原准备上山采药，因为体力不允许就折往沈园，此时沈园又经过了一番整理，景物大致恢复旧观，陆游满怀深情地写下了最后一首沈园情诗。这时，离逝世只一年，陆游念念不忘的，仍然是唐婉。

这是陆游写的最后一首悼唐婉诗，数日后陆游也离开了这个世界。陆游用一生的思念与伤痛，唱出了一段凄婉感人的爱情悲歌。

封建礼教摧毁了陆游的纯真爱情，但它无法阻止陆游对爱情的向往和歌唱。面对严酷的现实，他无力回天，只能把一怀愁绪、一腔悲愤倾泄在于事无补的词中。一首《钗头凤》挽回不了陆游的爱情，但它成了千古绝唱。时过境迁，沈园景色已异，粉壁上的诗词也了无痕迹。但这些记载着唐婉与陆游爱情绝唱的诗词，却在后世爱情的人们中间长久流传不衰。

终其一生，陆游都没有走出他对唐婉的怀念，他的灵魂、他的心从来就没有离开过唐婉。从某种程度上说，他等待唐婉，等了一辈子。

道是缘浅那人痴。月下影成双对，独醉沈郎诗。陌上春来早，旧梦依稀，旧梦不多时。旧梦恍如昨日，聚散总依依。素月霓虹舞芳菲，尘世路，柳辞歌处已轮回。寄梦天涯远，岂堪魂魄碎西风？匆匆，太匆匆。怎与红尘诀，难为陌路逢。

哪年开始哪年终？倦了深情，倦了苦寻踪，倦了一身寂寞，惊鸿照影，掠过千年，无语叹初衷。城上的画角，吹痛了一辈子的情愁，泫然凭吊，又怎能救赎生离死别的自忏。错错错也罢，莫莫莫也罢，钗头凤的金簪，已永恒地插在了沈园。游人的脚步，踩碎无数叹息。多少世纪的剥蚀，春波依然，诗情依然。

家世背景

陆游一生，经历过北宋二朝、南宋四朝，身体素质好，又善于养生，活了八十六岁。在中国古代的诗人、词人中，他可能是最长寿的。

陆游出生于名门望族、江南藏书世家。陆游的高祖陆轸，字齐卿，是大中祥符年间陆游进士，官至吏部郎中，追赠太傅；祖父陆佃，师从王安石，精通经学，官至尚书右丞，所著《陶山集》十四卷、《春秋后传》、《尔雅新义》等是陆氏家学的重要典籍。

陆游的父亲陆宰，历任淮西提举常平、淮南东路转运判官等职，有藏书楼“双清堂”。通诗文、有节操，北宋末年出仕，南渡后，因主张抗金受主和派排挤，遂居家不仕；陆游的母亲唐氏是北宋熙宁初年参知政事、宰相唐介的孙女，亦出身名门。

宣和七年（1125 年）十月十七日，陆宰奉诏入朝，由水路进京，于淮河舟上喜得第三子，取名陆游。同年冬，金兵南下，并于靖康二年（1127 年）攻破汴京（今开封），北宋灭亡（靖康之耻），陆宰携家眷逃回老家山阴。

建炎三年（1129 年），金兵渡江南侵，宋高宗率臣僚南逃，陆宰改奔东阳，家境才开始逐步安定下来，时陆游年仅四岁。

生于乱世

俗话说“宁为太平犬，不做乱世人”，陆游出生在宋徽宗宣和六年（1125 年），正好赶上北宋灭亡前夕。

这年冬天，金兵就打到了东京城下，把堂堂北宋的首都给围起来了。宋徽宗赵佶面对危局，选择自己逃跑到江南。于是，赵佶让位给儿子赵桓。赵桓硬着头皮在混乱中登基。赵桓对能否击退金兵也没有把握，一方面，重用兵部侍郎李纲，让他负责守城；另一方面，暗中派人和金兵统帅谈和，答应对方很屈辱的条件。李纲不负众望，誓死坚守东京城 33 天，金兵久攻不下，最后只好撤兵。

赵佶一看金兵退了，又带着美女、字画回来了。赵佶一回来，国家大事赵桓就免不了请示汇报。

1127 年，也就是靖康二年四月，金兵又杀回来了，再次围困了东京，这次一举攻下了京城，赵佶、赵桓父子，还有其他的宗室成员，另有后妃、高官、工匠等一万四千多人都成了俘虏，被押解到北方金国。北宋亡国了。

根据台湾龚弘先生的说法（见《两宋人物》，龚弘著，齐鲁书社，2005 年）陆游出生时的 1125 年，恰在其父陆宰被派京西路（安徽寿春）计度转运使赴任途中。舟行淮上遇暴雨，大水周游在船的前后左右，父乃以“游”字命其名。有一说其母梦见秦观（少游），乃不但以“游”字为名且以“务观”为号，以示仰慕此同代诗词前辈名家之意。“游生不久，即逢靖康之变，金人入侵”，兵荒马乱，陆家与万千家庭都有逃难之苦。

金人追宋高宗自扬州而杭州、绍兴、宁波乃至温州海上。陆氏一家原已返抵家乡山阴（绍兴），因金人无情的追迫，只得一地又一地逃难，直到后来在东阳（浙江金华）安顿下来。

处于两宋之交，成长在偏安的南宋，民族的矛盾、国家的不幸、家庭的流离，给他幼小的心灵带来了不可磨灭的印记。陆游自小见长辈们“相与言及国事，或裂眦嚼齿，或流涕痛哭，人人自期以杀身翊戴王室”。在陆游小小的心灵上，早就烙上了痛恨金人的印记，并在他心中悄悄埋下他日欲图报国复仇的种子，然后便长成洗雪国耻、收复失地的理想。

即使在陆游临终前，他还是把自己这代人未完成的北定中原的心愿，交给儿子，并留下一首《示儿》诗：

死去元知万事空，但悲不见九州同。
王师北定中原日，家祭无忘告乃翁。

——陆游《示儿》

家庭环境的熏陶无疑直接影响一个人性格的形成，陆游一辈子想复仇，一辈子不忘北定中原，反对投降派，这种性格的形成和他的家庭、他的父亲有极大的关系。其父陆宰最看不上秦桧身边的那帮投降派官员，还不到退休的年龄，即在五十岁之后，就毅然辞官，到绍兴老家和有志于北伐的主战派官员们坐而论道，希望有朝一日能够收复失地。

初入仕途被秦桧嫉恨

南宋小朝廷在临安（杭州）苟安之后，陆游也跟着父亲离开金华，回到老家山阴（绍兴）故居。整整十年，他都在相对安静地求学。这十年，他读书很辛苦，也为他日后的成为南宋一代大诗人、词人奠定了坚实的基础。

陆游自幼聪慧过人，先后师从毛德昭、韩有功、陆彦远等人，宋史说他“年十二能诗文”。十二岁即能为诗作文，在乡里负有盛名。因长辈有功，以恩荫被授予登仕郎之职。

陆游爱书如命。吃饭睡觉都不忘携带书卷，甚至在患病时，一边痛苦地呻吟，一边还在大声地念书。卧室里的书堆积地像一堵围墙，以至于出入都不方便。后有客人到他家看见此番情景，震惊不已。于是给他卧室留一名为书巢。他人也成为书痴了。

那个时代，读书人想出人头地只有一条路可走，那就是参加科举考试，“学而优则仕”，除非你是皇族后代。陆游的科考之路很不顺利，因为他得罪了当朝宰相——秦桧。他怎么得罪了秦桧呢?

原因很简单，就是陆游的成绩太好了，两次考试均为榜首。绍兴二十三年（1153 年），陆游进京临安（今杭州）参加锁厅考试（现任官员及恩荫子弟的进士考试），主考官陈子茂阅卷后取为第一，因秦桧的孙子秦埙位居陆游名下，秦桧大怒，欲降罪主考。原来，秦桧想让他的子孙垄断科场第一的位置，偏偏乡试成绩第一名却是陆游。

次年（1154 年），陆游参加礼部考试，又是第一，秦桧不能容忍有人才气掩盖住他的孙子，又见陆游在考卷上流露出深深的收复故土的情感，秦桧遂指示主考官不得录取陆游，说陆游和他父亲“轻言扫胡（伐金）”，破坏社会稳定，不利于“维稳”，取消了陆游的第一名，让他名落孙山，然后，竟然把自己的孙子秦埙“替补”成第一名。

从此陆游被秦桧嫉恨，仕途不畅。

当年，无奈的陆游只好忍气吞声，得罪了秦桧，他怎么考都当不了官，干脆回到绍兴老家读兵书，练剑术，读书人，学剑读书就是在集聚力量，等待机会。

一直到绍兴末年，绍兴二十八年（1158 年），秦桧病逝。这之后，孝宗继位，陆游才及第，被赐进士出身。但陆游仍心有余悸，害怕秦桧的余党报复他，直到秦桧死了二年，人们渐渐地淡忘秦桧，这才敢出来做官。

陆游初入仕途，任福州宁德县主簿，不久，调入京师，任敕令所删定官。

陆游进入朝中后，应诏上策，进言“非宗室外戚，即使有功，也不应随意封加王爵”；高宗酷爱珍稀玩物，陆游认为“亏损圣德”，建议皇帝严于律己。

绍兴三十一年（1161 年），陆游以杨存中掌握禁军过久，权威日盛，多有不便，进谏罢免杨存中，高宗采纳，降杨存中为太傅、醴泉观使，升陆游为大理寺司直兼宗正簿，负责司法工作。

北伐献策：飞霜掠面寒压指，一寸丹心唯报国

绍兴三十二年（1162年），宋孝宗赵昚即位，任命陆游为枢密院编修官，赐进士出身。

陆游上疏，建议整饬吏治军纪、固守江淮、徐图中原。当时孝宗在宫中取乐，并未重视，陆游得知后告诉大臣张焘。张焘入宫质问，孝宗遂罢陆游为镇江府通判。

隆兴元年（1163年），宋孝宗以张浚为都督，主持北伐。陆游上疏张浚，建议早定长远之计，勿轻率出兵。

张浚派大将李显忠、邵宏渊领兵出击，收复灵壁、虹县，进据符离，因李邵不睦，宋军大败（符离之战），偏安之论随即甚嚣尘上。张浚上疏领罪，被贬为江淮宣抚使。

隆兴二年（1164年）春，陆游在镇江任上结识张浚，献策出师北伐，张浚赞扬为“志在恢复”。四月，“隆兴和议”将签成，陆游上疏东西两府，进言说：“江东之地，自吴国以来，莫不以建康为都城。临安濒临大海，运粮不便，且易受意外袭击，皇上驻扎临安，只能作为权宜之计。合约签订之后，皇上应驻扎建康、临安，金朝来使，或到临安，或到建康，这样一来，可以争取时间建都立国，而不令金朝生疑。”

当时龙大渊、曾觌掌权，陆游就对枢密使张焘说：“曾觌、龙大渊利用职权，广结私党，迷惑朝廷，今日不除，后患无穷。”张焘闻言奏报朝廷，孝宗大怒，贬陆游为建康府通判。

乾道元年（1165年），陆游调任隆兴府通判。有人进言陆游“结交谏官、鼓唱是非，力说张浚用兵”，朝廷即罢免了陆游的官职。

公元1161年，金主完颜亮率部南侵，宋金夹江对峙，完颜亮死于内讧，金兵退。赏识陆游的张浚以枢密使主持北伐，但很快北伐失利，“隆兴和议”签订，主战派失势，张浚被黜。

刚调为隆兴府（今江西南昌）通判的陆游，因力劝张浚北伐，发生部下将领不合的情况，“飞霜掠面寒压指，一寸丹心唯报国”的陆游，被冠上“交结台谏，鼓唱是非，力说张浚用兵”之罪名而遭免职，被罢黜归乡，一住就是五年，直到四十六岁时，朝廷起用，出任夔州通判。

军僚幕府：铁马秋风大散关

乾道五年（1169 年）十二月，朝廷征召已赋闲四年的陆游，任为夔州通判陆游，主管学事兼管内劝农事，陆游携家眷由山阴逆流而上，采撷沿路风土民情，作《入蜀记》。

乾道七年（1171 年），王炎宣抚川、陕，驻军南郑，召陆游为干办公事，陆游得书甚为欣喜，只身前往南郑，与张季长、阎苍舒、范西叔、高子长等十余人同在南郑幕府任职。

王炎委托陆游草拟驱逐金人、收复中原的战略计划，陆游作《平戎策》，提出“收复中原必须先取长安，取长安必须先取陇右；积蓄粮食、训练士兵，有力量就进攻，没力量就固守”。

陆游到王炎的军幕后，常到骆谷口，仙人原，定军山等前方据点和战略要塞，并到大散关巡逻。

宦途中，陆游感觉最畅快的时光大约是在蜀地度过。四十八岁的时候，陆游受四川宣抚使的王炎的邀请，到南郑（今陕西南郑）任职。在王炎的幕下，他担任检法官一职。当时的战事紧急。南郑属于前线，陆游身着戎装，意气风发，督促练兵，亲赴战场。在大散关（今陕西宝鸡西南）曾与金兵遭遇激战。“当年万里觅封侯，匹马戍梁州”和《书愤》中的“铁马秋风大散关”，说的就是这段意气风发的军旅生涯。

这段往事在他的心中留下经久不灭的痕迹。为了收复故土，他殚精竭虑，为王炎出谋划策，但是这一切，得不到朝廷的支持。后来王炎被召回朝廷，陆游在南郑也待不下去了。他满心的希望化成了泡影，他心伤不已。离开南郑，途经剑门作了一首诗《剑门道中遇微雨》说：“衣上征尘杂酒痕，远游无处不销魂。此身合是诗人来，细雨骑驴入剑门。”

提刀独立顾八荒

当时吴璘之子吴挺代父掌兵，骄傲放纵、多次因微小过失杀人，王炎不敢得罪。陆游建议用吴玠之子吴拱代替吴挺掌管兵权。王炎认为“吴拱胆怯、缺少智谋，遇到敌人必败”，陆游反驳说：“吴挺遇敌，又怎能保证他不败？如果吴挺立有战功，更难驾驭。”至韩侂胄北伐时，吴挺之子吴曦叛敌，陆游的话果然得到验证。

十月，朝廷否决北伐计划的《平戎策》，调王炎回京，幕府解散，出师北伐的计划也毁于一旦，陆游感到无比的忧伤。

大散关一带的军旅生活，是陆游一生中唯一的一次亲临抗金前线、力图实现爱国之志的军事实践，这段生活虽只有八个月，却给他留下了终生难忘的记忆。

随着王炎调回临安，陆游也被调至成都担任安抚司参议官的闲职。一腔热血无处抛洒，陆游消磨于歌伎舞女，醉里乾坤。

岁月蹉跎，宝刀依旧，丈夫“提刀独立顾八荒”，是“拔剑四顾心茫然”的悲怆。生逢乱世，多少热血男儿渴望万里从戎、以身报国，却只留壮志难酬、无路请缨的悲愤。

【金错刀行】

陆游

黄金错刀白玉装，夜穿窗扉出光芒。
丈夫五十功未立，提刀独立顾八荒。
京华结交尽奇士，意气相期共生死。
千年史策耻无名，一片丹心报天子。
尔来从军天汉滨，南山晓雪玉嶙峋。
呜呼！楚虽三户能亡秦，岂有堂堂中国空无人。

【夜游宫】

陆游

雪晓清笳乱起，梦游处、不知何地。
铁骑无声望似水。
想关河，雁门西，青海际。
睡觉寒灯里，漏声断、月斜窗纸。
自许封侯在万里。
有谁知，鬓虽残，心未死！

这首词作于陆游从南郑前线归来的第二年。在四川眉山时，他结实了蜀中隐士师伯浑，陆游十分称赞他的文章后并将此词寄给他。关于梦境，很容易就想起陆游的那首诗《十四月四日风雨大作》："僵卧孤村不自哀，但思为国戍轮台。夜阑卧听风吹雨，铁马冰河入梦来。"这首词亦是记梦，勾述陆游那一段金戈铁马的冰河岁月。

清晨，只见一片雪光交映，胡笳的声音纷乱四起。梦魂中他尚不知何处，恍惚间望见了铁骑之师，缓缓无声地前行，如水脉脉地流移，好像是置身在苍莽的关塞，雁门关就在眼前。青海湖边的战火又燃，这里便是西北抗金的最前线了。号角声将梦惊醒，一切又笼罩在寂静中，寒灯荧荧。漏滴尽，不知过了几更，他见到明月一轮，斜卧在窗纸上。当年万里觅封侯的雄心仍在，但何人能够识取。虽然华发早生，但报国之情未灭。

雁门关自古以来便为兵家所争之地，地势非常险要，历史留在雁门关的恩怨太多，无数的英雄豪杰葬身于此，不免让人欷歔而叹。陆游曾写下一首《塞下曲》，与上词词意相通。"老矣犹思万里行，翩然上马始身轻。玉关去路心如铁，把酒何妨听谓城。"

蜀中生涯：自号放翁　燕饮不颓放

乾道八年（1172 年），陆游被任为成都府路安抚司参议官，官职清闲，陆游骑驴入川，颇不得志。次年，改任蜀州通判；五月，经四川宣抚使虞允文举荐，陆游又改调嘉州通判。

淳熙元年（1174 年）二月，虞允文病逝，陆游又调回蜀州通判。再任蜀州期间，陆游深入考察地方风土民情，并先后造访翠围院、白塔院、大明寺等当地名胜，愈发爱上了这块天府之地，并萌发出“终焉于斯”的念头。

三月，参知政事郑闻以资政殿大学士出任四川宣抚使，陆游大胆上书，建议出师北伐，收复失地，未被采纳。

五月，陆游主持州考，杨鉴夺得第一名，取得参加秋试的资格，陆游写诗以资鼓励。八月，陆游在蜀州阅兵，作《蜀州大阅》，抨击南宋养兵不用、苟且偷安。

十月，陆游又被派到荣州代理州事。

淳熙二年（1175 年），范成大由桂林调至成都，任四川制置使，举荐陆游为锦城参议。范成大统帅蜀州，陆游为参议官，二人以文会友，成莫逆之交。

陆游应出镇四川的范成大之邀入幕以后，因陆游与范成大曾经同僚，旧友异地相逢，隔三差五聚一块儿喝酒，谈得最多的还是抗金报国、收复河山。那段时间陆游借酒浇愁，放浪形骸，被讥为“恃酒”，南宋主和势力诋毁陆游“不拘礼法”、“燕饮颓放”。第二年，范成大迫于压力，将陆游免去嘉州（今四川乐山）知府官职。陆游就在杜甫草堂附近浣花溪畔开辟菜园，躬耕于蜀州。

淳熙三年（1176 年），为回应主和派攻击他“颓放”、“狂放”，陆游自号“放翁”，进行反击。

六月，陆游奉命主管台州桐柏山崇道观，以“祠禄”维持家人生计。

被罢职的陆游倒也郁闷得可爱，说自己这是“罪其无辞”，自号“放翁”。还辩解什么呢？不停地上书，不停地唠叨，还不让人心烦？真放得下吗？放开的是个人富贵荣辱，放不开的依旧是北望中原。

【关山月】

陆游

和戎诏下十五年，将军不战空临边。
朱门沉沉按歌舞，厩马肥死弓断弦。
戍楼刁斗催落月，三十从军今白发。
笛里谁知壮士心，沙头空照征人骨。
中原干戈古亦闻，岂有逆胡传子孙。
遗民忍死望恢复，几处今宵垂泪痕。

写这首诗的时候，陆游五十三岁，“隆兴和议”已签十五年。全诗就像一幅苍凉悲郁的水墨长卷，月下万里关山苍莽，贵人醉生梦死，诗人鬓染白霜，征人抛骨他乡，北人望断肝肠，一支羌笛，吹碎了理想，吹灭了希望。

淳熙四年（1177 年）六月，范成大奉召还京，陆游送至眉州，恳请范成大回朝后，劝皇帝“先取关中次河北”、“早为神州清虏尘”。

一枕凄凉眠不得

那个小女子，只是一个驿长之女，有着灿烂的青春，野菊花一般热烈美好恣意盛开。偶尔伤春悲秋，在墙壁上提了一首诗：

玉阶蟋蟀弄清夜，金井梧桐辞故枝。
一枕凄凉眠不得，挑灯起作感秋诗。

多情的陆游一次夜宿驿栈，在客舍壁上见到这首题诗，陆游便问店主何人作此诗，客栈小二说是驿卒女儿作。陆游见这个女子有如此才情，便上门提亲，后纳为妾。

她情愿与否，没有片言记载，一个大人要一个驿长的女儿做侍妾，是太平常的事情了，人们根本就懒得提起，这个侍妾从驿站跟着陆游去上任，每天伺候他的饮食起居。

这个小女子也是陆游的红颜知己，一度视她为唐婉第二；两人经常花前月下，衔觞赋诗。

陆游妻子王氏好妒，容不下忍不了他们两人的轻歌曼舞，诗词相和，仅仅半年时间，便将她逐去。临别时，女子作了一首词，《全宋词》收录了这个侍妾作的《生查子》：

【生查子】

只知眉上愁，
不识愁来路。
窗外有芭蕉，
阵阵黄昏雨。
晓起理残妆，
整顿教愁去。
不合画春山，
依旧留愁住。

小令清雅哀婉，女孩子的才情可见一斑。一个渴望爱和温柔的女子，独自凭窗落泪，听雨打芭蕉，黯然对镜长叹，那么美的青春年华，满腔的情思，都化作一抹相思泪。陆游，娶了她，又不爱她，只好整日里独守空房。

她的结局和唐婉一样悲凉，唐婉抑郁而死，驿站王氏女，后来被陆游续娶的妻子驱赶出家门，无所依附，最后又回到娘家，在思念和悲凉中度过余生，老死驿站。

陆游在母亲的霸道下，不能保护爱人；在妻子凶悍时，他依然选择败退。

抛开门第身份不说，她们都是文雅细腻多情的女子，却生生将自己的人生融化进大诗人人生画卷中模糊的背景。他只是路过她们的爱情，她们却搭上了一生，唐婉后嫁的赵士程对她很好，王氏小妾也完全有机会再寻幸福，只是，她们都放弃了，一个郁郁而终，一个老死驿站。结局都太荒凉，以至于让人失去了同情。

女人的一生会经过无数的人，有些人是用来生活的，有些人是用来成长的，有些人呢，只是用来怀念的。王氏女和唐婉，都颠倒了这个法则，当男人路过她们的爱情，花丛恣意，痴情的女人便允许他们顺便带走了自己的生命。她们的错就错在把一辈子的思念倾注到他身上，希冀他是那个可以陪自己一辈子，爱自己一辈子，值得自己相思一辈子的人。

宦海浮沉：山重水复疑无路，柳暗花明又一村

淳熙五年（1178 年），五十四岁离川东归后的陆游诗名日盛，

一直传到朝廷里。一次宋孝宗问宠臣周必大说：“今代诗人谁能与李白相比？”周必大以陆游对。从此之后，陆游留下了“小李白”的美名。于是孝宗召见他，先后任命为福州、江西做了两任提举常平茶盐公事。

孝宗非常赏识陆游的才气，但是陆游为人太过于狂放性直，这是为官之大忌，所以终不予重用。陆游曾经上奏孝宗说要整治朝廷之乱，他举着笏板指着御榻说：“天下英雄，睥睨此座者居多。陛下须好作，乃可长得。”

陆游对孝宗都是这样的语气，所以多被一些奸佞小人抓住把柄大加弹劾，陆游的仕途非常不得志，一生转徙于各地，羁旅之苦浸染了他那颗壮志难酬的心，难怪后来他要将自己命为放翁，大约是一种看不清希望的自我颓废。

淳熙六年（1179 年）秋，陆游被任为江西常平提举，主管粮仓、水利事宜。次年，江西水灾，陆游号令各郡开仓放粮，并亲自“榜舟发粟”。

同时上奏朝廷告急，请求开常平仓赈灾。十一月，陆游奉诏返京。因陆游在江西任上“奏拨义仓赈济，檄诸郡发粟以予民”，给事中赵汝愚借机弹劾陆游，“不自检饬、所为多越于规矩”而参他“擅权”，陆游忿然辞官，重回山阴。

陆游归隐会稽山阴，江南水乡的秀美和民风的淳朴，让他那颗疲惫的心得到了些许慰藉。他往来于山林村舍之间，生活过得是不亦乐乎。他的诗《游山西村》作得犹让人喜欢，“莫笑农家腊酒浑，丰年留客足鸡豚。山重水复疑无路，柳暗花明又一村。萧鼓追随村社近，衣冠简朴古风存，从今若许闲乘月，拄杖无时夜叩门”。扫去了胡尘万里的苍凉之意，露出了山水隐士的逸致闲情。在此期间，他写下了很多清新俊逸的诗篇，真的给人留下了一放翁的形象，看他的一首《点绛唇》：

【点绛唇】

陆游

采药归来，独寻茅店沽新酿。
暮烟千嶂。处处闻渔唱。
醉弄扁舟，不怕黏天浪。
江湖上。遮回疏放。
作个闲人样。

淳熙七年，陆游在江西常平盐公事的任上，因为私自开仓发放粮食赈济灾民，惹恼了朝廷。被政敌以“擅权”罪名弹劾而落官。陆游也落得个清静，在山阴似神仙般地做着他的隐者。

草药归来的时候，寻找着茅店，他想去买新醅的酒酿。“绿蚁新醅酒，红泥小火炉”的晚景甜香醉人，他一杯接一杯地饮着，顿时豪情万丈。暮烟从山峰褶皱的痕间升起，袅然萦绕如同置身仙地。山谷中到处在回荡着他高歌渔曲的声音。醉后驾一叶扁舟，滔天大浪又何妨。闲隐在江湖，就是要活出此番真性情来。也学着疏放，做个花底闲人模样。陆游的晚年真的很像醉翁欧阳修，徜徉在田园山水间。

嘲咏风月

淳熙十三年（1186 年），陆游闲居乡里山阴五年之后，朝廷才重新起用他为严州（今浙江建德）知州。陆游入京向孝宗辞行，时陆游诗名大胜，孝宗于延和殿勉励陆游说：“严陵山青水美，公事之余，卿可前往游览赋咏。”

陆游在严州任上，“重赐蠲放，广行赈恤”，深得百姓爱戴。闲暇之余，陆游整理旧作，命名为《剑南诗稿》。

淳熙十五年（1188 年）七月，陆游严州任满，卸职还乡。不久，被召赴临安，朝廷升他为军器少监，掌管兵器制造与修缮，再次进入京师。

淳熙十六年（1189 年）二月，孝宗禅位于赵惇（宋光宗）。光宗即位后，改任礼部郎中兼实录院检讨官。陆游上疏，提出治理国家、完成北伐的系统意见，建议“减轻赋税、惩贪抑豪”；“缮修兵备、搜拔人才”，“力图大计”，以恢复中原。

绍熙元年（1190 年），陆游升为礼部郎中兼实录院检讨官，再次进言光宗广开言路、慎独多思，并劝告光宗带头节俭，以尚风化，不想反遭弹劾，理由是陆游“喜论恢复”，谏议大夫何澹弹劾陆游之议“不合时宜”，主和派也群起攻之，朝廷最终以“嘲咏风月”为名将其削职罢官。陆游再次离开京师，悲愤不已，自题住宅为“风月轩”。

陆游的梅花：已是黄昏独自愁，更着风和雨

陆游一生力主抗战，矢志不渝，却屡遭打击，归老故乡。罢官路上古道西风，驿站断桥边一枝孤梅风雨飘摇，辚辚马车里断肠人同病相怜。

【卜算子·咏梅】

陆游

驿外断桥边，寂寞开无主。

已是黄昏独自愁，更着风和雨。

无意苦争春，一任群芳妒。

零落成泥碾作尘，只有香如故。

驿亭之外的断桥边，一枝梅花独自开放，无人观赏和陪护，甚至无人理睬。到了黄昏时分，这枝梅花无依无靠，那里独自伤感、忧愁，更何况还要遭受风吹和雨打。

梅花并不想费尽心思去争芳斗艳，对百花的妒忌与排斥毫不在乎。即使是梅花零落了，花瓣被往来的车辆碾作尘土，那么，梅花的香气还是依然如故。

历代爱梅的人多不胜数，梅的高洁世人都喜欢。客栈的驿外断桥

边，一枝梅花静静地开，寂寞地诉说着她的孤独，无人赏看，无人陪护，如那别浦中芳心正苦的莲，独自忧伤在黯然的黄昏。不料是雨又是风，她默默地忍受。无意与群芳争妍，却一开惊艳地让百花妒羡。纵使片片凋零化作尘土，她也有清雅的芳香，如故。

陆游在咏梅，也是在写自己，表明自己的追求和品格。“群芳”爱嫉妒就嫉妒好了，我才不管那么多呢，我不会改变我的初衷，我不会同流合污。风吹雨打又怎么样？我不怕，也习惯了。很多文人墨客都与一株植物结缘。“采菊东篱下，悠然见南山”的陶渊明，似南山的秋菊，孤标傲世。这首《卜算子》以“咏梅”为题，咏物寓志，表达了自己孤高雅洁的志趣。这正和独爱莲之出淤泥而不染，濯清涟而不妖的濂溪先生（周敦颐）以莲花自喻一样，陆游则以梅花自喻，他是“驿外断桥边”的寒梅，清幽绝俗。仿佛寻找一种，适合表达自己性灵和情怀的植物，才不会被尘世的茫茫风烟所隐没。

这是陆游一首咏梅的词，其实也是陆游自己的咏怀之作。上片写梅花的遭遇：它植根的地方，是荒凉的驿亭外面，断桥旁边。驿亭是古代传递公文的人和行旅中途歇息的处所。加上黄昏时候的风风雨雨，这环境被渲染得多么冷落凄凉！写梅花的遭遇，也是作者自写被排挤的政治遭遇。

下片写梅花的品格：一任百花嫉妒，我却无意与它们争春斗艳。即使凋零飘落，成泥成尘，我依旧保持着清香。末两句即是《离骚》“不吾知其亦已兮，苟余情其信芳”，“虽体解吾犹未变兮，岂余心之可惩”的精神。比王安石咏杏：“纵被东风吹作雪，绝胜南陌碾成尘”之句用意更深沉。

古来的咏物诗词有两种：一种本意就在于刻画歌咏的对象；另一种是借歌咏的对象作为比拟和象征，寄托另外的寓意和感情。这首咏梅词属于后一种。作者采取拟人化的手法，用梅花比喻自己，借以表现他的信念和品格。词的上片写梅花的处境。陆游自喻为梅，但不是长在显赫门庭的梅，不是游人云集的园林中的梅，也不是文人雅士庭院中的梅，而是生长在荒野驿外的一株无人理睬的寒梅，孤独地经历着岁月更迭、季节轮回。开了又落，落了又开，无人欣赏，备受冷落。而驿外边的梅花依旧是梅花，依旧开得寂寞、开得无主。“驿外断桥边”，这就是她生长的地方。“驿”是驿站。驿站本来就已经远离繁华的都城，而这株梅树还不属于这个驿站，她生长在驿站之外的一个断桥旁边。桥断而没有修，可见那里的荒凉偏僻了。自然，她只能“寂寞开无主”。她孤单一株，自开自落，没有人观赏，也没有人养护。这里使用了“寂寞”这个形容人的感觉的词语，就是把梅当作人来描写的。“无主”是没有人过问的意思。“已是黄昏独自愁，更著风和雨”。“著”，加上的意思。黄昏的降临和自己的无依无靠，已经使她陷于愁苦之中。然而，她的苦况并不是到此为止，她又遭到了风吹雨打的摧残。花而知愁，自然也是拟人。“已是”和“更著”两个词，透露了作者对于这株梅花悲惨遭遇的深厚同情。多少个寂寥黄昏，她独自忍受愁苦，更有无情风雨，偏偏这时来袭，让她陷入寒冷的困境。但她不畏严寒，在凄风苦雨中，傲然绽放，誓与红尘抗争到底。在这里，一个“愁”字，将梅花的神韵渲染，仿佛让我们看到，那素洁的花蕾上，萦绕着如烟的轻愁。“更著”二字，加重了环境的艰苦，但梅花坚定的意志，没有被风雨粉碎，依旧在冷峻中傲放，铮铮铁骨，令人敬畏。读到此，禁不住想问，这就是陆游在官场所处的环境吗？他如同一枝高洁的梅花，不为浮名，有着敢与权势抵抗的傲气。

陆游曾经称赞梅花“雪虐风饕愈凛然，花中气节最高坚”(《落梅》)。梅花如此清幽绝俗，出于众花之上，可是“如今”竟开在郊野的驿站外面，破败不堪的“断桥”，自然是人迹罕至、寂寥荒寒、梅花也就备受冷落了。一株生长在荒僻郊外的“野梅”，既得不到应有的护理，更谈不上会有人来欣赏。随着四季的代谢，它默默地开了，又默默地凋落了。它孑然一身，四顾茫然——有谁肯一顾呢，它可是无主的梅呵。“寂寞开无主”一句，作者将自己的感情倾注在客观景物之中，首句是景语，这句已是情语了。日落黄昏，暮色朦胧，这孑然一身、无人过问的梅花，何以承受这凄凉呢？它只有“愁”——而且是“独自愁”，这与上句的“寂寞”相呼应。驿外断桥、暮色、黄昏，原本已寂寞愁苦不堪，但更添凄风冷雨，孤苦之情更深一层。“更著”这两个字力重千钧，前三句似将梅花困苦处境描写已至其但二句“更著风和雨”似一记重锤将前面的“极限”打得崩溃。这种愁苦仿佛无人能承受，至此感情渲染已达高潮，然而尽管环境是如此冷峻，它还是“开”了。

它，“万树寒无色，南枝独有花”（道源）；它，“万花敢向雪中出，一树独先天下春”（杨维桢）。上阕四句，只言梅花处境恶劣、于梅花只作一“开”字，但是其倔强、顽强已不言自明。

上阕集中写了梅花的困难处境，它也的确还有“愁”。从艺术手法说，写愁时作者没有用诗人、词人们那套惯用的比喻手法，把愁写得像这像那，而是用环境、时光和自然现象来烘托。况周颐说：“词有淡远取神，只描取景物，而神致自在言外，此为高手。”（《蕙风词话》）就是说，作者描写这么多“景物”，是为了获得梅花的“神致”；“深于言情者，正在善于写景”（田同之《西圃词说》）。上阕四句可说是“情景双绘”。让读者从一系列景物中感受到作者的特定环境下的心绪——愁。也让读者逐渐踏入作者的心境。

环境是这样险恶，遭遇是这样不幸，那么，这株令人同情的梅花，究竟怎样？她又是如何对待这一切的呢？词的下片作出了回答。“无意苦争春，一任群芳妒。”“无意”，是不打算、无心的意思。“苦”，这里是说千方百计、煞费苦心。“争春”，是在春光中争妍斗艳。看来，有些花是在那里费尽心机地卖弄姿色，希图在装点大地的春色中争一席之短长。而这株梅花却全然没有这样的心计和打算。她无意去争春，对于来自百花的庸俗猜忌，也不屑一顾而听之任之。这两句词，从对比中突出了这株梅花纯洁自爱、不同流俗的高贵品质。作者虽然完全没有从梅花的外貌来刻画，读者还是可以从字里行间感觉到她的无比美丽。如若不然，又何以谈得上“争春”和遭妒呢？陆游借冷落梅花，写出自身在官场备受排挤的遭遇。仕途的浮沉，让这位失意英雄，感叹自身就像这一树野外的寒梅，有一种四顾茫然的落寞。同时也表达他似梅花这般不慕繁华权贵不逐奢侈的傲世高洁品格。性格孤高的陆游，绝不会争宠邀媚，曲意逢迎，只坚贞自守这份铮铮傲骨。他宁可做一朵开在驿外断桥边的野梅，也不做生长在高墙深院的梅花，被凡尘束缚，失了雅洁和灵逸。

下阕托梅寄志。梅花，它开得最早。“万木冻欲折，孤根暖独回（齐己）；”“不知近水花先发，疑是经冬雪未消（张谓）。”是它迎来了春天。但它却“无意苦争春”。春天，百花怒放，争丽斗妍，而梅花却不去“苦争春”，凌寒先发，只有迎春报春的赤诚。“苦”者，

【卜算子·咏梅】

毛泽东

风雨送春归，飞雪迎春到，
已是悬崖百丈冰，犹有花枝俏。
俏也不争春，只把春来报；
待到山花烂漫时，她在丛中笑。

【卜算子·咏梅】

郭沫若

曩见梅花愁，今见梅花笑，
本有春风孕满怀，春伴梅花到。
风雨任疯狂，冰雪随骄傲，
万紫千红结队来，遍地吹军号。

抵死、拼命、尽力也。从侧面讽刺了群芳。梅花并非有意相争，即使“群芳”有“妒心”，那也是它们自己的事情，就“一任”它们去嫉妒吧。在词中，写物与写人，完全交织在一起了。草木无情，花开花落，是自然现象。其中却暗含着作者的不幸遭遇揭露了苟且偷安的那些人的无耻行径。说“争春”，是暗喻人事；“妒”，则非草木所能有。这两句表现出陆游性格孤高，绝不与争宠邀媚、阿谀逢迎之徒为伍的品格和不畏谗毁、坚贞自守的铮铮傲骨。这枝寒梅无意苦争春，一任群芳妒。春天本是万紫千红的季节，百花争妍，蜂飞蝶舞，在气候的锣鼓声中，你方唱罢我登场。唯独梅花，无意争春，凌寒先发，只将春来报。她就是这样，敢于在雪中怒放，玉骨冰肌，令百花失颜。然而梅花本无意相争，而惹得百花相妒，妒她鲜妍的朵、妒她清瘦的骨、妒她幽冷的香。梅花却无心计较这些，她一如既往，在属于自己的季节绽放，开落随缘，与人无尤。不解悲喜的草木都如此，何况是碌碌尘寰中的人世。陆游卓然的傲骨，难免被那些苟且偷安的小人妒忌，然而，他似冷傲的梅花，洁身自好，处浊世，依旧洁净如初。

最后几句，把梅花的“独标高格”，再推进一层：“零落成泥碾作尘，只有香如故”。前句承上阕的寂寞无主、黄昏日落、风雨交侵等凄惨境遇。这句七个字四次顿挫：“零落”，不堪雨骤风狂的摧残，梅花纷纷凋落了，这是第一层。落花委地，与泥水混杂，不辨何者是花，何者是泥了，这是第二层。从“碾”字，显示出摧残者的无情，被摧残者的凄惨境遇，这是第三层。结果呢，梅花被摧残、被践踏而化作灰尘了。这是第四层。看，梅花的命运有多么悲惨，简直不堪入目令人不敢去想象。读者已经融入了字里行间所透露出的情感中。但作者的目的绝不是单为写梅花的悲惨遭遇，引起人们的同情；从写作手法上来说，仍是铺垫，是蓄势，是为了把下句的词意推上最高峰。虽说梅花凋落了，被践踏成泥土了，被碾成尘灰了。“只有香如故”，它那“别有韵致”的香味，却永远“如故”，仍然不屈服于寂寞无主、风雨交侵的威胁，只是尽自己之能，一丝一毫也不会改变。即使是凋落了，化为“尘”了，也要“香如故”。

在作者的笔下，这株梅花的可贵，不仅表现在她盛开于枝头的时候，同样，也表现在她凋落于地面以后。“零落成泥碾作尘，只有香如故。”

“零落”，是说梅花凋谢坠落。“碾”，即滚轧之意。这株梅花就是凋落在地，被轧成了泥粉，她美丽的形体再也不存在了，但她那沁人心脾的香味仍将久久不散，就像她过去盛开时那样。被狂风骤雨摧残，纷纷飘落，碾作尘土。纵算化作尘泥，那冷香幽韵，也依旧如故。这就是梅花的命运，她不怕寂寞无主，不惧风雨相欺，不屑百花妒忌，就连碾作尘泥，也要做最骄傲的自己。这也是陆游的命运，他不屈现实的威逼，寂寞而洁净地活着。这饱受摧残、孤芳自赏、化粉犹香的梅花，实际上是陆游的自我写照。他出于爱国热忱，坚决主张武装抗金、收复河山，却一再受到南宋统治集团中的主和派的排斥打击。但他坚守信念，百折不挠，直到八十五岁高龄临死之前，还写了《示儿》诗，要他儿子“王师北定中原日，家祭无忘告乃翁”。结合陆游的身世再读这首词，就会感到更加亲切。那冷落、昏暗、风雨交加的环境，不就是陆游处身其中的政治环境吗？那无意争春、听任群花忌妒的风度，不正体现了陆游爱国无私、光明磊落、不屑于与投降误国的昏庸官僚们为伍的精神吗？那化粉犹香的品格，不正是陆游坚贞不屈、至死不移的崇高的爱国信念的写照吗？

末句具有扛鼎之力，它振起全篇，把前面梅花的不幸处境，风雨侵凌，凋残零落，成泥作的凄凉、衰飒、悲戚，一股脑儿抛到九霄云外去了。正是“末句想见劲节”（卓人月《词统》）。而这“劲节”得以“想见”，正是由于该词十分成功地运用比兴手法，作者以梅花自喻，以梅花的自然代谢来形容自己，已将梅花人格化。“咏梅”实为表白自己的思想感情，给人们留下了十分深刻的印象，成为一首咏梅的杰作。

陆游一生爱梅，留下过许多与梅有关的诗句。如《梅花绝句》中的“何方可化身千亿，一树梅花一放翁”，又如《落梅》诗中“雪虐风号愈凛然，花中气节最高坚”。梅的香气是清冽的，容不得半点的俗染。

对于陆游，不得不说的是他的诗人地位。他一生作诗有九千三百余首，仅在数量上也就要让人咋舌，要知整个《全唐诗》中收集的诗作也就四万多首。在数量上是惊人的，而且诗的质量上乘，再试举和梅花有关的几首诗：

《梅花绝句》其一

陆游

山月皓中庭，幽人酒初醒。
不是怯清寒，愁蹋梅花影。

《梅花绝句》其二

陆游

闻道梅花坼晓风，雪堆遍满四山中。
何方可化身千亿，一树梅花一放翁。

编修国史

绍熙五年（1194 年），太上皇赵昚病故，宋光宗赵惇称病不肯居丧，满朝哗然。知阁门事韩侂胄与知枢密院事赵汝愚等密谋，废除赵惇，立太子赵扩为帝，是为宋宁宗。

韩侂胄是赵扩妻韩氏的叔父，把持朝政，独揽大权，贬朱熹、斥理学、兴“庆元党禁”，专权跋扈，陆游便写诗谴责韩侂胄。

嘉泰二年（1202 年），陆游被罢官十三年后，朝廷诏陆游入京，担任同修国史、实录院同修撰一职，主持编修孝宗、光宗《两朝实录》和《三朝史》，并免去上朝请安之礼，不久陆游兼任秘书监。

编修国史其间，因韩侂胄主张北伐，陆游大力赞扬和支持，给予种种合作，并应韩侂胄之请，为其作记题诗，勉励韩侂胄抗击外侮，为国立功。

嘉泰三年（1203 年）四月，国史编撰完成，宁宗升陆游为宝章阁待制，陆游遂以此致仕，时年七十九岁。

晚节之辩

陆游的所谓晚节问题，指他在韩侂胄当政时曾再度出仕，并曾为韩侂胄作《南园记》、《阅古泉记》。《宋史》将韩侂胄列入《奸臣传》，并称朱熹之说“其能太高，迹太近，恐为有力者所牵挽，不得全其晚节”，为有先见之明。由于朱熹在当时士大夫中有很大的影响，南宋后期以来许多公私记载都指责陆游竟投靠奸臣韩侂胄，陆游的“晚节”问题即由此而产生。

要弄清楚陆游是否有附从权奸之嫌，当从韩侂胄掌政后的两件大事入手。

一件是庆元党禁。陆游对赵汝愚的平庸不才早有不满，对于庆元元年赵汝愚的罢相，陆游的反应比较冷淡，但陆游并未因此支持庆元党禁，而是对党争提出了尖锐批评，认为这是虚耗国力的内讧。而且与名列“伪党”之籍的朱熹、周必大等保持着来往。

再一件事是开禧北伐。不论韩侂胄本人杂有何种个人动机，收复中原毕竟在客观上符合爱国士大夫的愿望和要求，且北伐中原是陆游的毕生大志，正是以北伐为基础，陆游才和韩侂胄发生了关系。

就这两次重大历史事而言，陆游并没有附庸于韩侂胄而自污人格。

死去元知万事空　但悲不见九州同

嘉泰三年（1203 年）五月，陆游回到山阴，浙东安抚使兼绍兴知府辛弃疾拜访陆游，二人促膝长谈，共论国事。辛弃疾见陆游住宅简陋，多次提出帮他构筑田舍，都被陆游拒绝。

嘉泰四年（1204 年），辛弃疾奉召入朝，陆游作诗送别，勉励他为国效命，协助韩侂胄谨慎用兵，早日实现复国大计。

开禧二年（1206 年），韩侂胄请宁宗下诏，出兵北伐，陆游闻讯，欣喜若狂。宋军准备充分，出师顺利，先后收复泗州、华州等地。

但韩侂胄用人失察，吴曦等里通金朝，按兵不动，图谋割据。陆游诗翰多次催促，吴曦不理。不久，西线吴曦叛变，东线丘崈主和，韩侂胄日益陷于孤立。

开禧三年（1207 年）十一月，史弥远发动政变，诛杀韩侂胄，遣使携其头往金国，订下“嘉定和议”，北伐宣告彻底失败。陆游听到这些不幸的消息，悲痛万分。

嘉定二年（1209 年）秋，陆游忧愤成疾，入冬后，病情日重，遂卧床不起。十二月二十九日，陆游与世长辞，享年八十五岁。

陆游经历过多次官场沉浮，在光宗绍熙元年（1190 年）之后的二十余年，长期蛰伏在山阴老家农村。那段时间，陆游活得逍遥自在，自己曾说："眼明身健何妨老，饭白茶甘不觉贫。"

他这一生，写下了近万首诗词，其中大部分，都以爱国为主，所以被称做爱国诗人。风格雄奇奔放、沉郁悲壮，在思想和艺术上取得卓越成就，有着遮掩不住的万丈光芒，故此生前有"小李白"之称。他在晚年虽然退隐江湖，做了几十载闲逸的陆放翁，但他的爱国之情不减当年。

1210 年 1 月 26 日，留下这首遗诗后，八十五岁的陆游闭上了眼睛，至死也没能看见北定中原的那一天。

陆游的孙子陆元廷，闻宋军兵败崖山，忧愤而死。

陆游的曾孙陆传义崖山兵败后，绝食而亡。

陆游的玄孙陆天骐在崖山战斗中，不屈于元，投海自尽。

1279 年，陆游的后人陆秀夫负八岁的宋帝昺跳海身亡，南宋灭。

六十年间万首诗

陆游具有多方面文学才能，尤以诗的成就为最，自言"六十年间万首诗"，存世有九千三百余首，大致可以分为三个时期：46 岁入蜀以前，偏于文字形式；入蜀到 64 岁罢官东归，是其诗歌创作的成熟期，也是诗风大变的时期，由早年专以"藻绘"为工变为追求宏肆奔放的风格，充满战斗气息及爱国激情；晚年蛰居故乡山阴后，诗风趋向质朴而沉实，表现出一种清旷淡远的田园风味，并不时流露着苍凉的人生感慨。

朱熹高度评价他：放翁老笔尤健，在当今推为第一流。

杨万里则说：君诗如精金，入手知价重。

刘克庄这样说：《三百篇》寂寂久，九千首句句新。譬宗门中初祖，自过江后一人。

陆游的诗歌涵盖面非常广泛，几乎涉及南宋前期社会生活的各个领域，按内容大致可分为四个方面：

一、坚持抗金，讨伐投降派。陆游坦率直言“和亲自古非长策”，“生逢和亲最可伤，岁辇金絮输胡羌”，并揭露“诸公尚守和亲策，志士虚捐少壮年”。其乐府诗《关山月》高度概括了上层统治者和守边士兵、沦陷区人民在主战和主和立场上的矛盾，集中揭露了南宋统治集团的妥协求和政策造成的严重恶果。陆游的这类诗歌，以其鲜明的战斗性、针对性，鼓舞了人们的抗金的斗志，得到志士仁人的推许。

二、抒发慷慨激昂的报国热情和壮志未酬的悲愤。陆游年轻时就以慷慨报国为己任，把消灭入侵的敌人、收复沦陷的国土当作人生第一要旨，但是他的抗敌理想屡屡受挫。于是，他的大量诗歌，既表现了昂扬的斗志，也倾诉了深沉的悲愤之情。如《书愤》一诗，诗人一心报国却壮志难酬，昂扬豪壮中带着苍凉悲怆，既是诗人个人的遭遇也是民族命运的缩影，又是这类作品的典型代表。

三、描写田园风光、日常生活。陆游热爱生活，善于从各种生活情景中发现诗材。无论是高山大川还是草木虫鱼，无论是农村的平凡生活还是书斋的闲情逸趣，“凡一草、一木、一鱼、一鸟，无不裁剪入诗”。《游山西村》一诗，色彩明丽，并在景物的描写中寓含哲理，其中“山重水复疑无路，柳暗花明又一村”因而成为广泛流传的名句。他的《临安春雨初霁》，描写江南春天，虚景实写，细腻而优美，意韵十足。

四、爱情诗。由于宋代理学对士人思想感情的约束和宋词的发展，宋诗言情的功能渐渐减弱，宋代的爱情诗在数量和质量上，都难以和唐诗比肩，但陆游却是个例外。陆游年轻时曾和前妻有着一段刻骨铭心的感情经历，他悼念前妻的诗歌，情真意切，令人动容，晚年创作的《沈园二首》，被后人称作“绝等伤心之诗”，是古代爱情诗中不可多得的精品。

在艺术风格上，陆游的诗兼具现实主义特点，又有浪漫主义作风。陆游性格豪放，胸怀壮志，在诗歌风格上追求雄浑豪健而鄙弃纤巧细弱，形成了气势奔放、境界壮阔的诗风。陆游把在现实生活中无法实现的壮志豪情都倾泻在诗中，常常凭借幻境、梦境来一吐胸中的壮怀英气，陆游的梦境、幻境诗，飘逸奔放，被誉为“小李白”。

然而对功名的热望和当权者的阻力之间有着无法克服的矛盾，严酷的现实环境给诗人心灵压上了无法摆脱的重负，因而陆游又崇尚杜甫，关怀现实，主张诗歌“工夫在诗外”，诗风又有近于杜甫的沉郁悲凉的一面。

陆游的诗，语言平易晓畅，章法整饬谨严。陆游反对雕琢辞藻和追求奇险，其诗语言“清空一气，明白如话”。

陆游重视锻炼字句，他的对偶，新奇、工整，而不落于雕章琢句之嫌。赵翼曾评陆诗“看似奔放实则谨严”，刘克庄亦有“古人好对偶被放翁用尽”之叹。

陆游的七言古诗《长歌行》，笔力清壮顿挫，结构波澜迭起，寓恢宏雄放的气势于明朗晓畅的语言和整饬的句式之中，典型地体现出陆诗的个性风格，被后人推为陆诗的压卷之作。

陆游在南宋诗坛上占有非常重要的地位。南宋初年，虽然局势危急，但士气尚盛，诗坛风气也颇为振作；随着南宋偏安局面的形成，士大夫渐趋消极，诗坛风气也变得委靡不振，吟风弄月的题材走向和琐细卑弱的风格日益明显。陆游对这种情形痛心疾首，他高举起前代屈、贾、李、杜和本朝欧、苏及南渡诸人（吕本中、曾几等）的旗帜与之对抗，以高扬爱国主题的黄钟大吕振作诗风，对南宋后期诗歌产生了积极的影响，江湖诗派中的戴复古和刘克庄都师承陆游。到了宋末，国破家亡的时代背景更使陆游的爱国精神深入人心。

陆游的诗歌，对后代的影响也是深远的。特别是清末以来，每当国势倾危时，人们往往怀念陆游的爱国主义精神，陆诗的爱国情怀也因此成为鼓舞人民反抗外来侵略者的精神力量。陆游写山水景物和书斋生活的诗篇，因描写细腻生动、语言清新优美，也颇受明、清诗人的喜爱。陆诗中对仗工丽的联句常被用作书斋或亭台的楹联，也说明陆游的这一类诗篇在后代拥有广大的读者。

风格多样的豪放陆游词

陆游兼有诗名和词名，他虽然是用余力作词，但也是让人仰视，他作词视野非常广阔。既有黄钟大吕般的爱国词篇，又有闲庭胜步的逸性之作。爱情和报国始终是他心中的两个主题。对他的词，历代名家都是击节叹赏。毛晋曾说："放翁词，纤丽处似淮海，雄慨处似东坡，超爽处似稼轩。"刘克庄也说："放翁激昂慷慨者，稼轩不能过；飘逸高绝者，与陈简斋、朱希真相颉颃。流丽绵密者，欲出晏叔原、贺方回之上。"如此殊荣，放翁听了应该也要窃喜三分了。

陆游一生的主要精力用于诗歌创作，"是有意要做诗人"，对作词心存鄙视，因而，作为"辛派词人"的中坚人物，与其诗相比，陆游的词数量并不多，存世共约一百四十余首。但陆游才气超然，并曾身历西北前线，因此，陆游也创造出了稼轩词所没有的另一种艺术境界。

陆游词的主要内容是书写爱国情怀，抒发壮志未酬的幽愤，其词境的特点是将理想化成梦境而与现实的悲凉构成强烈的对比，如《诉衷情・当年万里觅封侯》回想当年，满腹怆然。陆游也有咏物词和爱情词，其《卜算子・咏梅》，上阕写景、下阕表志，显示出身处逆境而矢志不渝的崇高品格；《钗头凤・红酥手》一词，节奏急促，声情凄紧，先后两次感叹，荡气回肠，凄婉动人。

陆游词风格多样，有不少词写得清丽缠绵，真挚动人，与宋词中的婉约派比较接近；而有些词常常抒发着深沉的人生感受，或寄寓着高超的襟怀，或寓意深刻，又和苏轼比较接近。最能体现陆游的身世经历和个性特色的，是慷慨雄浑、荡漾着爱国激情的词作，风格与辛弃疾比较接近。

但陆游词亦因风格多样而未能熔炼成独特的个性，有集众家之长、"而皆不能造其极"之感。

陆游的一生都在为恢复中原故土而奔波操劳。临死前也不忘嘱咐儿子"王师北定中原日，家祭无忘告乃翁"。他的那种"位卑不敢忘忧国"的情怀感动了无数的热血之人。但是他的大半生却是怀才不遇，壮志难酬，隐身于山林做一放翁。在他的爱国词中，多有着一种报国无门的怅恨。

当年万里觅封侯，匹马戍梁州。关河梦断何处？尘暗旧貂裘。胡未灭，鬓先秋，泪空流。此生谁料，心在天山，身老沧洲！

——陆游《诉衷情》

此时的陆游已是年老衰迈，隐居在故乡山阴，但他对国事仍是念念不忘，心系故国。

当年，万里迢迢赴戎机，关山隐隐度若飞，挥戈跃马，征戍在西北荒凉的梁州，只为了能建功立业受赏封侯，如今关河梦断。梦醒时，夜寂静，挂在壁上的戎装只剩得一件色暗的貂裘，上面纤尘满布。胡骑的马蹄声依然响彻中原大地，他的两鬓尽是沧桑，一腔的幽恨，只能用泪水来诉说。谁会想到此生竟会如此，心时时在疆场，身日日闲在沧州。

刘师培说陆游“剑南之词，屏除纤艳，清真绝俗，逋峭沉郁”，这种风格与他一生矢志不渝的爱国情怀深密联系。后来国家的局势每况愈下，但是陆游从来没有放弃“万里觅封侯”的壮志雄心。收复失地的梦想在他的心头从来都没有破灭。他就是这样一个执着的词人。他的衷心也是苍天可鉴。只奈何南宋朝廷的黑暗与腐朽，奸臣当道，忠臣义士又如何能施展他们一身的抱负，所以落得空留余恨。怀壮志统一国土，含悲愤宿愿未酬。祠前唯见楠柏高，剑南诗兴尚依稀。

小楼一夜听春雨，深巷明朝卖杏花

陆游的一生虽几度出任公职，但大部分时间是在乡赋闲，其间写过大量简淡古朴、朴素秀逸的田园诗，作旷达之想，以求寄托。

这些诗冲淡恬适，清新古朴，仿佛纷扰尘世间，只剩这春雨杏花、柳村农家。

多少次梦回沙场，瓜洲渡战船上的雪啊，大散关铁马后的风啊……壮士银甲金刀，横戈跃马……夜半惊醒，泪湿枕巾。别人是“梦里花落知多少”，他却是“铁马冰河入梦来”。七十余年的坎坷沧桑，怎还不能熄灭他的一腔报国理想，以他的品行，自是不屑权臣韩侂胄的为人，又怎会写诗颂扬，可因他支持北伐，一切就有了原谅的理由。

【游山西村】

陆游

莫笑农家腊酒浑，丰年留客足鸡豚。
山重水复疑无路，柳暗花明又一村。
箫鼓追随春社近，衣冠简朴古风存。
从今若许闲乘月，拄杖无时夜叩门。

【临安春雨初霁】

陆游

世味年来薄似纱，谁令骑马客京华。
小楼一夜听春雨，深巷明朝卖杏花。
矮纸斜行闲作草，晴窗细乳戏分茶。
素衣莫起风尘叹，犹及清明可到家。

【书愤】

陆游

早岁那知世事艰，中原北望气如山。
楼船夜雪瓜洲渡，铁马秋风大散关。
塞上长城空自许，镜中衰鬓已先斑。
《出师》一表真名世，千载谁堪伯仲间！

【十一月四日风雨大作】

陆游

僵卧孤村不自哀，尚思为国戍轮台。
夜阑卧听风吹雨，铁马冰河入梦来。

【秋夜将晓出篱门迎凉有感】

陆游

三万里河东入海，五千仞岳上摩天。
遗民泪尽胡尘里，南望王师又一年。

【长歌行】

陆游

人生不作安期生，醉入东海骑长鲸；犹当出作李西平，手枭逆贼清旧京。
金印辉煌未入手，白发种种来无情。成都古寺卧秋晚，落日偏傍僧窗明。
岂其马上破贼手，哦诗长作寒螿鸣？兴来买尽市桥酒，大车磊落堆长瓶；
哀丝豪竹助剧饮，如钜野受黄河倾。平时一滴不入口，意气顿使千人惊。
国仇未报壮士老，匣中宝剑夜有声。何当凯旋宴将士，三更雪压飞狐城！

【鹊桥仙】

陆游

华灯纵博，雕鞍驰射，
谁记当年豪举？酒徒一半取封侯，
独去作江边渔父。
轻舟八尺，低蓬三扇，
占断苹洲烟雨。镜湖原自属闲人，
又何必官家赐予。

一个多情的书生，一个爱国的词人，一个闲适的老翁，尽在陆游一身。他在南宋一朝，如同悬在中天里的明月，光照万年。

爱国诗人陆游，一生力主北伐，虽屡受排挤和打击，但爱国之情至死不渝。饱经浮沉忧患，也多次生出闲隐之心，将豪放壮阔的爱国词风，转为清旷淡远的田园之风，同时也渗透太多苍凉人生的感慨。陆游在四十一岁时，买宅于山阴，就是如今的绍兴镜湖之滨、三山之下的西村，次年罢隆兴通判时，闲居于此。西村宅院，临水依山，风景秀丽，他每日以清风、白云为伴，心情也渐渐舒展，暂忘朝廷的倾轧，边塞的战火。每日闲事渔樵，甚至倦于读书写字，只拿垂竿，去江边独钓，所以自号渔隐。

陆放翁坐看云起，风月静好。春朝秋夕，此心如镜，看云卷云舒，缘起缘灭，皆自在寻常。那时候，云水只是云水，萍踪还是萍踪，悲无可悲，喜无可喜之时，又何须惧怕万丈红尘？

他身寄湖山，心系河岳，这一首《鹊桥仙》意境深远，洒脱而超然。他在词的开篇，流露出他对戎马生涯的追忆。“华灯纵博，雕鞍驰射，谁记当年豪举？”那是他生命中刻骨铭心的岁月，所以才会如此的一往情深。他在镜湖边，怀想当年华灯下，和同僚们一起纵情饮酒，赌博取乐，骑上彪悍的骏马，追风逐云，纵横驰骋。只是，这样的豪举，谁还记得？“谁记”二字，道出了淡淡的无奈和遗憾，从华丽转向了落寞。

词是从他在南郑幕府生活写起，他初抵南郑时满怀信心地唱道："国家四纪失中原，师出江淮未易吞。会看金鼓从天下，却用关中作本根。"他在军中的生活也极为舒畅，华灯纵博，雕鞍驰射，多少豪情壮举。然而不到一年，朝廷的国策有了转变，雄韬伟略皆成空。

风流云散后，便有了这样的结局："酒徒一半取封侯，独去作江边渔父。"那些终日酣饮取乐的酒肉之徒，碌碌庸庸的人，反倒受赏封侯；而那些满怀壮志，有学识的儒生，霸气凌云，但求马革裹尸的英雄，却被迫投闲置散，放逐田园，作了江边的渔父。也许那些酒肉之徒，懂得见风使舵，而英雄多傲骨，不屑于奉迎攀贵，所以有了两种不同的结果和宿命。一个"独"字，写尽了太多的人生况味。

陆放翁就是这样，在穷途末路的时候，寻找到自己的海阔天空。这世间的欲求总是太满，只是再满的欲求也不能填补虚空。因为，欲求本身就是一种空芜，你追求的时候，它突然消失，你淡然的时候，却已经拥有。这首词，写出他笑傲人世，不为所缚的放达，意境深远，读来荡气回肠。

他确实来到镜湖之滨，作了不问世事的渔父，"轻舟八尺，低蓬三扇，占断苹洲烟雨"。在轻舟上，看湖光万顷，烟水苍茫，表达一种疏旷而清远的山水境界。"占断"二字，写得坚决而豪迈，此身寄予镜湖，不受任何俗事干扰。所以他才会骄傲潇洒地说："镜湖原自属闲人，又何必官家赐予。"是啊，这镜湖风月，源于天然，本就属于江湖闲散之人，又何须，你官家来赐予，来打扰我的平静。唐代诗人贺知章老去还乡，玄宗曾诏赐镜湖一曲以示矜恤。而陆游就借这个故事，来表达他心中愤然与不屑的情怀。既然皇帝要将我闲置，那百官之中没有我一席之位，我放逐江边，做个渔翁，不需要你们批准，也与你们再无瓜葛。

陆游还写了一首《鹊桥仙》：

【鹊桥仙】

陆游

一竿风月，一蓑烟雨，
家在钓台西住。卖鱼生怕近城门，
况肯到红尘深处？
潮生理棹，潮平系缆，
潮落浩歌归去。
时人错把比严光，
我自是无名渔父。

这首词写出渔父悠闲淡定的生活和心情，虽不及那首词意境高旷，却比那首词更平和。看得出，他已经全然将自己看做是一个江边渔父，一竿风月，一蓑烟雨，他连卖鱼都避开市场，又怎会去红尘追逐虚浮的名利？潮起打渔，潮落归家，一壶老酒，一肩烟霞，他比独自披羊裘钓于浙江的富春江上的严光还要淡然。严光披羊裘垂钓，可见他还有求名之心，而放翁，只想做江边一个无名的渔父，无来无往。

可他真的做到了吗？直到死前，还忘不了中原的平定、河山的收复，可惜未能如愿。

陆游的诗词文俱工，虽然他对词的态度不如诗重要，但名作也是不少，最有名的恐怕就是《钗头凤》了。放翁有一颗痴情的心，他与表妹唐婉相亲相爱却被生硬地分开，一别就是生死。如《钗头凤》中“东风恶，欢情薄，一杯愁绪，几年离索，错错错”。词人始终活在悔恨之中，不能与自己心爱的人白头偕老而一夕成为永别。词人也只有剩下满腹的幽怨含恨终生，直到耄耋之年，词人仍然不能忘情。他还在时刻想念着他的婉儿表妹，这正应了白居易的诗“老来多健忘，唯不忘相思”。

陆游的风格明显偏于豪放派，读起来很有气势，特别是律诗。他的爱国情怀至老未减，一片赤诚，感人不已。如《雨夜》：

【雨夜】

陆游

北风吹雨乱疎钟，
蔌蔌灯花破碎红。
孤梦正行天一握，
高城俄报鼓三通。
衰迟空抱屠龙技，
豪俊谁收汗马功。
但愿舆图早来复，
白头敢望起云中。

不过陆游诗写的太多，有时难免重复，朱彝尊说他“句法稠叠，令人生憎。”

悲天悯人是宋词的风骨，感伤凄凉才是宋词的铅华，怀着一颗洁净的心来，去聆听那些浪迹尘世断肠山鬼的吟唱，在晨钟暮鼓中感悟宋词传世的精华。晓风残月，何以寄托千年不变的绮梦；小桥流水，堪能诉说百代流传的圣情。在这里，能找到“大江东去”的豪放，也能找到“人比黄花瘦”的婉约；能听到“磨损胸中万古刀”的愤懑呐喊，也能听到“杨柳岸，晓风残月”的浅吟低唱；有怒发冲冠的报国志，也有窗前明月的故乡情，有独上西楼的长相思，有草长莺飞的梦江南，有春光乍泄的蝶恋花，有斗霜傲雪的一剪梅。刻写历史，刀刀见血；鞭笞黑暗，字字带泪；思索人生，笔笔入理；憧憬光明，声声不倦。含英咀华，处处现其博大：这是历史的凝固，也是现实的观照，是文人的妙笔，也是哲人的沉思；是千里莺啼的锦绣江山卷，也是宫廷王朝的血雨腥风图；大漠孤烟，塞外鼓角，新坟旧鬼，金风玉露，共同托起的是中国文学的高峰。

陆游虽然和辛弃疾同有豪放之风，但他们还是有区别的。我一直没把辛弃疾看成文人，他首先是英雄，然后才是词人。陆游是典型的文人，不过陆游有侠气，为人磊落有雄豪气。很喜欢他的那两首《书愤》、《临安春雨初霁》，两首都有流传甚广的名句，前者慷慨大气，后者婉约清丽，实是不可多得的极品。簪花别，峨嵋不展潇湘月，潇湘月，玉楼春色，广陵成绝。浮烟不掠斜阳咽，纤尘浸染愁肠结，愁肠结，雨狂花谢，玉人思雪。